地唄
三婆
有吉佐和子作品集

ariyoshi sawako
有吉佐和子

講談社文芸文庫

目次

地唄・三婆

有吉佐和子作品集

地唄

「名流邦楽と舞踊大会」が芸術祭の終幕を飾って新橋演舞場で開催されていた。D新聞社に各種慈善団体の協賛である。各流の宗家《そうけ》家元がずらりと顔を揃え、大家連に伍して新進にも場が与えられている。時宜にも適って切符の売行きはかなりいいらしい。

出演者の一人である菊沢邦枝《くにえ》は、先刻から楽屋口に立って入ってくる人を待っていた。長身に黒と淡緑の暈《ぼか》しの地に鮮やかな四君子《しくんし》を染め描いた総絵羽《そうえば》の着物が似合って派手やかだから、薄暗い下足棚の垣を通って入ってくる人々は、おやという顔で邦枝を見上げ、見知りの人は、

「今日《こんち》はお芽でとう」

と挨拶して通り抜けて行く。

三時開演の予定が、二十分遅れて始まっていた。二番目に梶川《かじかわ》流の若家元が新振付で「千鳥」を踊る。その地方《じかた》を邦枝は受持っているのだ。迫ってくる時間に気を揉みながら、彼女は父の姿の現われるのを未《ま》だか未だかと待っていた。

芸術院会員であり、最近は無形文化財の栄誉を受けた菊沢寿久翁は、大家の中でも大立者だから、無論今日のプログラムでは喜利《きり》に近く出演する予定で、従って日の高いうちに楽屋入りする筈もないのであったが、邦枝はそれを承知でいながら、どうしても待たずにはいられないのだ。戸外の寒風が、時折吹き込んでくる。楽屋入りする人々は皆コートの背を丸めている。袷《あわせ》に帯つき姿の邦枝は、しみじみ冬を感じていた。

今日の会が邦枝には一応日本で最後の舞台になる。出来れば今日弾く琴の音を父の耳に、入れておきたい。そういう希《ねが》いがあった。

三年近く、父には会わない。

邦枝が二世の垣内譲治と結婚する時、蒼白になって怒り猛った菊沢寿久。理由などは無かった。老いた盲目の父は、一人娘が夫を持つということ自体を、許せなかったのだ。

大検校《だいけんぎょう》の娘という異様な雰囲気の中で育ってきた邦枝は、東洋の古い滓《おり》を全く持たない男に愛されて初めて生命の開眼をみた。少なくとも邦枝自身はそう思っていた。譲治が二世であることや、眼や皮膚の色を除けば全くのアメリカ人であることなどは、日本の脾弱《ひよわ》い青年は懼《おそ》れた彼女の常ならない背景《バック》を、それ故にこそ無視して邦枝を抱擁できるものだと感じていたのだったから、父が、

「邦枝は毛唐と結婚するちゅうのか」

と罵った時には、その「毛唐」に惚れたのだと心では見得を切ったものであった。

寿久の頑迷は和らげる術のないものであったし、「久離《きゅうり》切って勘当」という大時代な言葉が邦枝の理性では遣りきれないので、執《しつ》こく父を訪ねて愁嘆場を空廻りさせるような真似はするまいと思っていた。父と娘の不自然な離れ方を、更に無理して清算するのは避ける気だった。

しかし突然、それは当然のことであったのに邦枝には突然のように考えられたのだが、譲治が、勤務先のアメリカ大使館の人事異動で、本国へ帰ることになった時、邦枝は茫然自失して、ただ父の事を憶《おも》い、立ち尽してしまっていた。古い伝統に息吹《いぶ》く音曲《おんぎょく》の守人《もりびと》の生活《せいかつ》には、母国の土を離れるという予想がつかなかったのだ。譲治は原因不明の、妻の帰国拒否に出遭って面喰らっていたようである。

時間がやがて邦枝に冷静を返してよこした時、譲治を愛している妻は夫と行動を共にすべきであると悟らねばならなかった。

どんな結果になるか分らないが、ともかく今までに累積した特異な教養を、より一層身につけてアメリカへ持って行ってみよう。道が拓けるかどうかは、それからのことだ。ようやく「度胸」のきまる頃、もう出立の日は間近に迫っていた。

父上様御親展と表記した封書は、門弟の新関《にいぜき》という女の手で送り返されてきていたし、邦枝が出演する会には、寿久は頑として参加しないという噂もきいた。最近になって、邦枝の渡米の近いことと、偏狭な寿久の性格に関係者達が気付いて、今日の会には知人が肝いりで、邦枝の出演を寿久に知らせていない筈であった。父と娘を秘かに同じ日のステージに坐らせよう、そしてそれを邦枝への餞別にしようという周囲の好意を、邦枝は有難く受けていたのだ。

「では、お願い致します」

女形《おんながた》に装った梶川猿寿郎《えんじゅろう》が、衣裳を端折《はしょ》り上げて邦枝に近寄り、頭を下げた。立方《たちかた》が出演前に地方《じかた》へ示す礼儀である。

邦枝は慌て気味で挨拶を返したが、はずみでついまじまじと楽屋草履を爪《つま》がけた男の素足を見てしまった。塗りたてた白粉《おしろい》が指爪に鼠色にこびりついて穢《きた》ない。容姿艶麗《えんれい》の舞台が評判の梶川さんが、と思った拍子に緊張が解けて気が楽になった。

菊沢寿久は、邦枝の待つ限りでは到頭現われなかったが、彼女はもう拘泥せず舞台に上り、毛氈《もうせん》に直った。琴一面。菊沢邦枝ただ一人の演奏なのである。

舞台には銀屛風一双があるばかり。紫紺に浅黄《あさぎ》の雲形模様という古粋《こいき》な着物姿で、立役はポーズをつけている。指先の琴爪を確かめて邦枝は呼吸を整える。三年前まではこういう座に必ず寿久と並んでついたものだという感傷も追い払っていた。

梶川猿寿郎は、地唄舞という女の畠に女形の分野を開拓してみようという、同じく若い邦舞家の誰彼からは時代錯誤と嗤《わら》われる試みを最近続けていた。邦枝には正統派の先代に薫陶を受けた彼の心境が、分りすぎる程よく分る。つまり邦枝も「千鳥」を流行の新感覚で弾く気はないのであった。古人の大らかな心に、せかついて生きる現代人が賢しらに対《さかむか》うのは浅はかというものだ。邦枝は古曲には、ただ誠実を念頭に置く。邦枝には寿久から承《う》け継いだ矜持がある。目を賤《いや》しみ耳を尊しとするのではないが、踊っている舞い手を立方というに対称して、地方と呼ばれる演奏者の立場にいても、梶川猿寿郎を忘れて弾くのが正しいと思う邦枝だ。それが結局立方に一番よく協力することでもある。

終ると、清潔な拍手が起った。幕の下りる間、頭を下げて最後の聴衆に礼を尽す心で、邦枝は琴爪をはめた指を左掌《ひだりて》で包み、感無量のものがあった、ふと、父は聴いていたろうかと思った。梶川猿寿郎が叮寧に手をついて礼を云うのに、そそくさと応えてしまい、邦枝は楽屋の一番奥の、父の控え室に行ってみた。

未だ来ている筈がなかった。がらんと寒い部屋の中で、邦枝は、

「とうとう聴いてもらえなかった」

声を出して呟いていた。

「千鳥」は箏曲《そうきょく》では最もポピュラーな曲の一つだから邦枝には勿論自家薬籠中のものであったが、日本で演奏する最後の曲、父と同じ日の演奏ということに、何か誘われるものがあって、演目が定ってから今日の日まで懸命に稽古を重ねていた。古今調子《こきんちょうし》。後唄《あとうた》をつけて何度繰返したことか。終って、技に悔いはなかったが、菊沢寿久のいなかったことだけ

が、謂いようもなく残念でならない。

父の演奏を、ラジオやこうした会では欠かさず聴いて学んでいた邦枝だが、寿久の方はおそらく邦枝の唄も琴も三味線も、聞いたことはないのだろうと思えた。来月アメリカへ発つのだということも、多分父は知らないのではなかろうか。それもよし、知らせずにすめば、いっそ黙って行ってしまおう。厳し過ぎる父に、子は冷たく去るよりない。しかし父の本心は一体どうなのだろうか。盲目の身が習性となって、それ故の頑なさだとしたら、なまじな知性などで親に近づかない娘の方に非があるということになるのではなかろうか。

止めどなく邦枝は自問自答を続けていた。寒く広い部屋に一人で、湿気て何がなし埃っぽい畳の上に坐っていた。

膝に置いた手の指には、婚約指輪の上にエメラルドのプラチナリングが重なっている。今日の着物の基調色に合わせて塡《は》めてきたものだ。十三絃の糸の上を走る時は強靭で寧ろ筋ばって見える指も、楽屋で見る時は色白くしなやかである。その上で緑の石が冴えて明るい。

盲目の父を持ちながら、邦枝はかえってその為にだろうか色彩には普通以上に神経質である。今日も家を出がけに、翡翠にしようかこれにしたものかと随分迷って、結局新しい着物の染めがアメリカ向きに派手目な上り方だったので、それにはエメラルドが相応かと、やっと決めた。六年前、琴の稽古中に滅多なことでは褒めぬ父に褒められた機を汐《しお》と、邦枝がねだって買ってもらったものである。

「エメラルドって高いもんやろが」

「でもダイヤモンドより安いわ」

「同じ買うんやったらダイヤにし、女子《おなご》の財産や、買うたるがな」

「だけど、エメラルドの色が好きなのよ、私は」

「何色や」

「グリーン」

「何やて」

「緑よ。ほら、この音」

巾（第十三絃）を弾いて左手で軽く押えた。片方の耳を乗り出すように聴いて、寿久は云った。

「緑か。ふん、そやな、お前に似合うやろ」

その時の会話を、邦枝は懐かしく思い出していた。

乳児期すでに失明していた寿久に、色彩を娘は音で伝えた。三味線や琴で、彼は娘から色を聴いた。音感に並はずれた才能を持つ父と子が考え出した「言葉」であった。

盲目の大検校は、目あきとの対抗意識で今日を築いていたが、愛娘《まなむすめ》には素直に和《なご》んでいたのである。あけぼのの色、水あさぎ、白も紫も、二人は音で鑑賞した。

「お父さん、今日は私、緑の勝った絵羽を着てますのよ。とても似合いますって。指輪はね、ほら、あのエメラルド」

存分に邦枝は過去の父と語っている。

やがてその部屋に琴屋が琴を運びこんできた。続いて見慣れた三味線鞄が届けられた。もうそんな時間になったかと、邦枝は驚き、腕時計の針を確かめると空腹を感じたので部屋を出た。すぐ左手が客席へ抜ける近道である。曲りかけて楽屋口の彼方を見ると、菊沢寿久翁が痩軀《そうく》を新関の肥満した躰に守られて、こちらへやってくるところであった。部屋の中で孤り、空想の世界で、充分父に甘えていた邦枝は、今が今会う気になれなかった。暗い舞台裏に潜むようにして寿久と新関をやり過すと、それで一応の満足をしたつもりになった。寿久が演奏を終えた後に訪ねようと思ったのである。

ところが観客席の脇を通って劇場食堂のウィンドの前に立つと、やはり食欲は無いようだった。それで、すぐ引返して楽屋へ戻った。順序として、先ず新関に会わなければならない。

部屋の入口に立った邦枝を認めて、新関は、あ、と口を開いたが、邦枝の目くばせで黙って、ひどく愛想のよいお辞儀をした。邦枝もやむなく叮寧に頭を下げ、手真似で、一寸《ちよつと》外へと合図をした。菊沢寿久は大きな座蒲団に坐って、挨拶にきた誰彼と笑顔で静かな応対をしている。盲人は、姿だけは何時《いつ》も謙虚に見えるものだ。

新関はすぐに出てきた。

「まあまあ邦枝さん、お懐かしいこと。今日はお芽でとうございます。梶川さんの地《じ》をなさったんですって、拝見したかったわ」

派手に話しかけてくるのを、そのまま劇場の二階食堂へ導きながら、邦枝はこの生理的にも彼女には到底肌の合わない女に、努力してにこやかに振舞おうとしていた。今日の事を予期して邦枝は新関に、日頃父が世話になる礼として反物を用意してきてあった。クロークに預けてあったのを取り出して食堂に入った。こういう相手への贈り物は話の直前に手渡すべきだ。

「あら、まあ、まあまあ」

新関は大仰に恐縮して、それから大変話しよくなった。

「親一人子一人ですのに、すっかり貴女《あなた》に世話をして頂くことになってしまって、申訳ありませんわ」

「いいえ、そんなこと。私は先生の弟子なんですもの、お世話させて頂くの当然ですわよ。御安心になってて下さい。アメリカへいらしても私がちゃんと御面倒みますからね」

邦枝は暫く唖然として新関の無智な顔つきを見守ってしまった。

還暦をとうに過ぎて、菊沢寿久は老いたりといっても、既往若くて名人の讃を獲っていた現在の芸術院会員は、腕も決して下るどころではなかったし、経済的にも新関あたりに大きな口を叩かせるようなことは無いと分っているだけに、邦枝は自分が出たあと父の収入や家の中は一体どういうことになっているのかと空怖ろしかった。冗費の殆ど無くなっている寿久だから、彼の収入から月々の経費を差引いたものは相当な額で残る筈なのだ。それが目当てだと新関の悪口を叩くむきもあるが、あながち悪口とは思えない節もある。しかし、それが今更どうなるわけのものでもない。年と共に、殊に娘に背信されたと思い込んでしまってからの寿久は、益々心を狭《せば》めて門弟達の持て余しになったりしているのは、邦枝も聞き知っているから、新関の悪いところばかりを難じるわけにはいかないのだし、何よりともかくこの女しか世話する者はない現状なのだから、邦枝のしなければならず、また出来ることは、ただ頼む、それだけなのであった。

「お願い致しますわね、新関さん。母の居りました時から、私が父の身の廻りはしてあげてましたでしょう？　ですから、今離れているのは怠慢なようで、申訳なくてたまらないんですのよ」

「大丈夫ですよ。そんなに御不自由はないようですわ」

私を慰めるつもりなのだろうかと邦枝は疑っていた。

「それでね、新関さんは御存知でしょうけれど、来月の月初《つきはな》に、私ども羽田を発ちますのよ」

「まあ、そんなに直ぐのことだったんですか。まあ、ねえ。それで、それで何時帰ってらっしゃるの？」

「それが、判りませんの。うまくすれば、私だけ時々こちらへ来るような生活にできると思うのですけれど、でも、判りませんの」

「へええ。ねえ？」

新関は一向に邦枝の別離迫った心情など理解しないようであった。おそらく誰に対しても何事に就いてもそういう女なのだろうから望むのが無理というものかと、邦枝は観念する。

「父は」

思い切って邦枝は自分から云い出さねばならなかった。

「父は、私の渡米について何と云っておりますかしら」

「あら、先生は御存知ないんですよ。私だって今度の会のプログラム頂いた時にD社の方やM先生からお聞きしたばかりですもの」

今日の会のことはともかく、何故《なぜ》邦枝が日本を離れようとしていることぐらいは、父にきかせてくれなかったのだろうと、邦枝は椅子の背にぐたりと肩を落して思わず溜息をついた。薄々ひょっとするとそんなことではと予期していたが、冷たい宣告を聞いたものだ。

「よっぽどお耳に入れようかと思いましたのよ。でも先生は貴女のお名が一寸でも出たぁとは、そりゃ御機嫌が悪いの。二階へお上りになるのよ、すぐ。あの暗い部屋へ。もう困っちゃう。察して下さいよ。だから」

重々しく結論した。

「申し上げなかったの」

邦枝は諦めて、始めから出直した。

「新関さん。ひょっとすると、多分そんなことは無いと思いたいのですけれど、私はアメリカへ行ってしまったら、帰れない場合もあるということを覚悟しなきゃならないんですの。それですから」

新関が大真面目に厚い顋《あご》を引いて聞いているのに力づけられて、

「父に思い切って会っておこうと思いましたの。話してみようと思うのですけれど、どうかしら」

どうかしらと訊いてよい相手ではなかったが、うっかりそういう云い方をしてしまった。新関は瞼が重い程肥えた顔の中で、勿体《もったい》ぶって口を開いた。

「あんな方ですからねえ。一生会わんとおっしゃったら、本当に一生なんですからねえ。殊に貴女のことは、どんなに気を付けていてもお客様の話には出てしまうんでしたけども、その度《たんび》、そりゃ大変なんですよ。三年も経っているのに、ちっとも変らないんですよ。実の親と子なんですのにねえ。私なんかには一寸分りませんねえ」

もはや邦枝が寿久に会うことを快しとしないわけのものでは無いようである。ただ愚かさゆえに、実の娘より成り上り弟子の自分に分のあるような云い方をしているだけなのかもしれない。結局、邦枝は自分の決心を告げて、彼女の協力を仰ぐより他にないと思った。

「ともかく会ってみますわ、今日は。一週間先には出発ですから、もう日もありませんし。お部屋へ行かせて頂くわ」

素直に新関は肯《うなず》いたが、すぐ又困った表情に戻って、

「でも出演前にお気を荒さない方が」

「ええ、心得ています。お部屋で坐っているだけよ。機嫌が悪くなるようでしたら、演奏後も黙って帰るつもりですわ。本当はね、新関さん、父の傍に坐っているだけでいいのよ」

新関はにこにこして、匙にのせたプディングを口に運んでいた。これも機嫌の変りやすい性質かと、邦枝はつい彼女を見てしまうことだ。母の死後の娘、娘が坐ったあとの座に、今は坐っている女。そう考えるうちに、ふいと不快な疑いが起った。ひょっとして父は新関を。まさか。確信して打消したが、疑った内容にげんなりしてしまった。

舞台脇の暗い抜け途《みち》を戻りながら、新関は振りむいて、

「御存知でしょうけど、今日は『檝枕《かじまくら》』が出るんですよ」

と嬉しそうに囁いた。

プログラムには、立方神原《かんばら》ふで、地方菊沢寿久、そのすぐ隣に小型の活字で、菊関あい子と刷りこまれてあった。

秘曲ほどの扱いではないが「檝枕」は重い奥伝の一つである。菊沢寿久の三味線に合わせて琴を受持つのは弟子として栄誉に違いない。邦枝でも、父と二人で組んで出ていた頃は未だ「檝枕」に出る機会を許されなかった。羨望があった。改めて父と自分の距離、そして新関と父の距離を感じた。嫉妬であった。

楽屋には入れ替り立ち替り人の出入りが頻繁だった。

音曲界の長老の部屋は、主が盲目だからか、人数の割には静かだ。敬って話しかける者、手をついて礼厚く挨拶している者、大検校という古風な威厳を真性躰に持っている菊沢寿久の前で、人々は彼の心眼を畏れるように挙措に細心な注意を払っていた。黒羽二重《はぶたえ》の紋付を着た無形文化財は青年のような表情に古刀のような澄んだ微笑を浮べて誰にも対している。

邦枝は来訪者の目に立たぬように、入口に背を向けて坐っていた。ただ父を、そっと見ていた。付添いの弟子達は新関に云い含められているから、邦枝の存在に拘泥《こだ》わらぬように努めている。無論、菊沢寿久は気付く筈がなく、寿久に挨拶した客が出がけに邦枝を認めることがあっても、彼女の手真似ですぐに事態を悟り、心得て黙って部屋を去ってくれる。

楽屋の何とつかぬ騒がしさの間、邦枝は、ただ父を見詰めていた。齢の衰えが感じられず、三年前と変りのない菊沢寿久がいた。私は三年の間に随分変化しているのに、お父さん、貴方は。人の話ではますます偏窟で手がつけられなくなっているというが、邦枝の見るところでは、三年前に描かれた肖像画よりも尚、変化がなかった。

今も客と応対している寿久の横顔は若く、邦枝は盲目の表情を美しいとすら感じていた。折に昔、

「眼など、無くてもいいものではないのか」

と、異常な考えについ走らされたものである。音曲の世界で父と娘と対している時、盲《めし》いていればこそ寿久は、こうも音に住めるのであろうかと、邦枝は疑ったものであった。程なくアメリカという遠い異国へ自分は行ってしまうのだということを、邦枝は今、忘れそうであった。

黒の紋付は寿久の痩せた肩を更に尖らしてみせて、そこにだけ前よりも老いを強めていた。仙台平《せんだいひら》の袴は派手な青い大名縞《だいみょうじま》で、邦枝は悲しくおやおやと思った。多分今日も寿久は、自分で着るものを選んだのであろう。若い頃、粋を衒《てら》って青大名の目の粗いのを喜んだのは分るが、色彩や柄について目あきとはピントの違う寿久が、古稀に近くどう考えて

それを出させたものか。

新関が部屋の一隅で琴の絃を合わせている。そろそろ晩《おそ》く、菊沢寿久の出番は迫ってきていた。訪う人の潮もひいたようである。

暫く部屋には人声がと絶えて、舞台の派手な長唄囃子《ばやし》の合奏が、新関の琴と、寿久の三味線の調子調べを浮かせていた。

やがて、

「新関、琴持ってきなさい」

寿久が冷厳な口調で云った。

新関は黙って坐ったまま、口惜《くや》しそうな顔で若い弟子に運べと手真似で命じた。

菊関あい子と、菊の字を許されて、寿久門下では一応の腕と認められている新関なのだから、師の蔭唄を弾く琴の調子を任せて貰えぬ恥ずかしさは、察しがつくというものだ。

若い子が二人で琴を寿久の前に置くと、彼女は堪えられぬように立ち上って、邦枝にも顔を背けて部屋を出て行ってしまった。

寿久と、琴と、二人の弟子と、邦枝が残った。琴を間にして、邦枝は父に向い合いに座を移した。できれば「お父さん」と呼びかけたかった。機会を彼女は待った。

目の前で呼吸している女を、寿久は客の一人と思っているのかもしれない。こういう時客の多いのには馴れている寿久で、人を構わず徐《おもむ》ろに爪をはめると、彼は十三本の糸を第一絃から斗為巾《トイキン》と一時に一掻きした。

半雲井調子《はんくもいぢょうし》。「楫枕」の調べに間違いなかった。おそらく、誰もこの十三色の音程から誤りを指摘する者は他にいなかっただろう。が、邦枝は、

「四の糸が高い」

と瞬間に感じた。久しぶりの父の前で指は興奮していたのだろうか、考えるより早く動いて琴柱《ことじ》を微かに下げた。

微妙な音差を、咄嗟だった。

寿久は、直後、十三本の糸の上を、更にもう一掻きしていた。

四の糸が直っている。

前に居る者の動作が伝わっていた。じんとくるものがあった。琴爪に残った余韻が、腕に痺れてきた。

邦枝だ。

お父さん。

電流に打たれて、二人とも、はっと息を呑んだ。

寿久の顳顬《こめかみ》がひくひくと動いた。邦枝の言葉は喉にひりついていた。

次の瞬間菊沢寿久は、身をのり出して、四の糸の琴柱を元の位置に戻した。続いて五の糸を上げた。六の糸、七の糸、斗、為、巾に続いて、第一第二第三の糸を、彼は息もつか

ずに十三本全部、支柱を全部高くずらしてしまっていた。

邦枝が呆気にとられて、やがて寿久が何をしているのかを理解した時、彼は胸を張って高調子に改めた琴の上を、まるで挑戦するように、幾度も幾度も掻き鳴らしていた。追い出されるように、突き出されたように、邦枝は部屋の外へ出ていた。

人通り慌《あわただ》しい楽屋の廊下を逃れて、薄暗い舞台裏に立った。大道具の古ぼけた石地蔵が転がっている一隅で、彼女は涙を流さずに泣いた。喉が、奥まで乾いてしまっている。呼吸がこれで止るのだろうかと思った。腹の底が何度も大きく波をうった。

客席に廻って、気を静めるのに顔を洗おうかと、邦枝は洗面所に入ったが、入るなり正面にあった大鏡に詰問されて立止った。鏡の中で、瞳孔が痴呆している。盲人の子らしくない大きな眼だと思った。ようやく涙が出てきた。

蹌踉《そうろう》として邦枝は客席に入り、自分の席に着いた。父の演奏を譲治と並んで聴くつもりで、一階席の前方に席を買ってあった。何時から来ていたのか譲治はもう坐っていて、席に着いた邦枝を見返ったが、何も云わずに舞台に目を返した。

夫の隣に憩《いこ》えて、邦枝は声もなく泣き続けていた。「退けられた」という実感があった。父が、目ばかりで足らず傲然と口を結んでいたのが何度も思い返されるのだ。

「楫枕」の幕は、やがて開いた。

百匁蠟燭《ひゃくめろうそく》を灯《とも》して、金屏風の前に神原ふで女は悲愴な美しさで立っていた。盲目の菊沢寿久は、たった一人高野の老僧のように上手の緋毛氈《ひもうせん》の上で三味線を抱いて坐っている。琴の菊関は屏風に隠れて姿を見せない。

からろ押す
水の煙の　ひとかたに
なびきもやらぬ川竹の
うきふし　しげき
しげきうき寝の
泊り船
よりよる身にぞ思い知る

金屏風の彼方で、新関がどんなに困っているか手にとるようだ。総体に高い伴奏を、寿久は三味線と声で抑えていた。「楫枕」の曲を知る人は、琴が甲高《かんだか》くて戸惑うことだろう。舟遊女の悲しみと悲しい希いを、冴えて詠う地唄の中で、邦枝は父の果てない憤りを感じていた。寿久は聊《いささ》かも呼吸を乱さず、堂々と三昧境《さんまいきょう》に居て、なおかつ一度結んだ怒りの綱を聊かも弛めようとはしていないのであった。ヒステリックな琴を、三味線は完全に征服して、寿久は存分に唄っていた。立派な芸であった。

その地に泳いで、地唄舞の妙手は又、愛好家を堪能させていた。神原ふで女は、男ならば枯淡になるべき年齢に、女の華やかさを失わず瑞々しく、菊沢寿久との対称は面白い調和をみせているのだ。

　心づくしの　楫枕
　さして行方《ゆくえ》の遠くとも
　ついによるべは岸の上の松の根
　心ゆるして君が手に
　つなぎとめてよ
　千代万代《よろずよ》に

終っていきなり拍手のくる舞台ではなかった。緞帳《どんちょう》が静かに下って、下りきった時、観客は賞讃の溜息をついた。この深い感銘を大切にしたいという人達が多いのだろうか、後が大喜利《おおぎり》で賑やかな踊りがあるのだったが、席を立って随分出て行くようである。

邦枝と譲治も立ち上っていた。

「楽屋に行く？」

譲治が訊いた。邦枝は首を横に振った。

大分前に、涙は乾いていた。父の、というより菊沢寿久の地唄に打たれていた。偉いと思った。自分は未だ未だ至らないと思った。修業の浅さを思っていた。

「お父さんに会った？」

「会ったわ。でも、話は出来なかったの」

そのことに譲治はそれきり触れなかった。「楫枕」については神原ふでを美しいと云ったあと、寿久の地唄を、

「深く、強い《ディープ・アンド・スタウト》」

と呟いていた。

学生時代には東洋史を専攻した彼が日本の伝統芸術を愛好して、抑《そもそも》は菊沢大検校の地唄のファンとして邦枝に出会った譲治なのだから、彼がどんな気持で義父の演奏を聞き終ったものか。邦枝は黙っているよりなく、彼の後ろに立って劇場前の車溜りに自分達の乗用車を探した。

頬に冬の夜気を感じたが、寒くはなかった。

一週間は瞬くうちに過ぎた。手続き一切は譲治がやったから邦枝は殆ど自分のことだけを考えていればよかったのだが、彼女なりの「勉強」に一応の区切りをつけるために、恩師先輩の許へ通いつめていたのである。

琴、胡弓《こきゆう》、三味線の他に、急稽古になったが謡曲から小鼓、また清元常磐津の類まで、邦枝は貪婪に知ろうとしていた。アメリカに行くときまってからである。半年という短い時間であったが、邦枝はその短さに逡巡する暇にも学ぼうと考えたのであった。

芸術院会員菊沢寿久の一人娘は、どこに行っても望外の好意で奥の修業を覗かせて貰えた。倖《しあわ》せであった。但し、邦枝自身の問題としては厳しい将来を益々認めたことになる。

出立の日は早く明けた。

譲治が、郊外に住む彼の師（彼は学生時代に続けて東洋哲学を研究していた。日本の老泰斗の許に仕事の余暇をみては通っていたのである）に別れを告げるべく早朝家を出たせいもあったし、前日で準備も後始末も悉《ことごと》く片付いていたので邦枝は雑事に妨げられることなく存分に日本に居られると思い早起きしたからでもある。前夜晩くまで手伝ったメイドは、今日は午後出てくることになっていた。荷物の搬出も昼すぎの予定であった。飛行機は午後九時のパン・アメリカン機である。

青山の外人アパートの一室は、日本の一流ホテルを簡易化したようで、引越しに簡便なのが有難かった。家具一切は備え付けであり、間数も尠《すく》なく器具も最少限度で用が足りていたので、荷物は邦枝自身でも呆《あき》れる程、嵩《かさ》が小さかった。

父の家の道具の多いことを思い出した。どれも大検校の家の器物然として物々しく、納戸の中に蔵《しま》い込まれた物でも一つ一つが傲然と構えていたようである。あの押入れこの長持の奥の奥には、母が生前、財産のように蓄えていた襤褸《ぼろ》の類が詰っている筈だ。……すっかり片付いてしまった部屋の中は何処《どこ》から何処までただもう明るくて、邦枝は七時半にはすっかり掃除を済ませてしまったが、同時に生家の追想が薄れてきて、暫く馬鹿になったようだった。

いよいよ今日、日本を、三十年間住んでいた土地を離れるのだと思ってみても、仲々実感が湧いてこないのだ。

ウールの薄いワンピースを着ていたが、一寸汗ばんでいた。煖房は、申し分のない暖かさだ。夏服でもいられる程なのである。戸外は曇天に風が乾いて強く、早く厳冬が来ていた。師走の空が、窓から見える。今日離れる日本の空だ。地唄のような、父のような空だ。邦枝は、暖かい部屋の中から、寒い空を見ている。

小型のスーツケースが二つ。旅立ちに、身の廻りの手荷物は夫婦でこればかりである。邦枝は一つを開けて、一枚の着物を取出していた。塩沢の絣《かすり》に、今から着替えるのである。昨日定めた通り、正午まで悠々と三味線三昧に浸る心算《つもり》だった。

琴は嵩が手荷物には無理で飛行機に運びこめないから、船荷で前日送ってしまったが、三味線一挺は別にケースに納めて持って乗ることにしてあるのだ。

朱色の帯締めをきりっと締めると、邦枝は三味線を取出すのに絨毯《じゅうたん》に正坐した。ケースの蓋を何気なく開いて、彼女は思わず悲鳴をあげた。

胴に張られた白い皮が、無体《むたい》に割れていた。糸立てが胴中にはぐりこみ、棹を這いつくばう三本の糸は生気がなく、皮の破れた三味線は醜を極めていた。

猫の皮は、繊細な音色の母体となるだけに薄く弱く、手入れを怠るとすぐに自分から裂けるものなのであった。邦枝は昨日と一昨日の悠《ゆ》っくり落着ける時間のとれぬまま、つい心ならずも楽器を抱かなかったのだ。

「三味線はな、弾かん時でも大事にしては、可愛がってやらなあかんのや。放って置くと皮は怒って独りで裂けよる。心のゆるみは誰よりも早う皮に気付かれるわ」日に一度、撥《ばち》は持たぬ日も胴を摩《す》るなり爪弾《つまび》くなりして愛《いと》しまねば、芸の世界では人以上に魂を持つ楽器は怒るものなのだと、邦枝は幼い頃から叩きこまれてあった。成長して、それは湿度の所為《せい》だとか適当な加熱を必要とするのだとか、いっぱしの理屈で割切ってみても、邦枝は寿久の言葉を耳底から拭い去ることは到底できなかった。

菊沢寿久の家を離れて、此処《ここ》の生活に移ってから、邦枝はこれまでに数度できかぬ程、三味線の皮には泣かされていた。冷房、煖房何《いず》れの装置もあり、通風の調節も出来る贅沢な生活様式は、木造家屋で徐《おもむ》ろに季節の移り変りになずんで行った今までよりも機械文明的で、邦枝の躰は順応し得たが、邦枝よりももっと長く庇《ひさし》の深い家の中で生きてきた楽器はそぐわなさに耐えきれなくなると、昼夜を分たず突然凄絶な音をたてて、容器の中で割れるのである。

その都度、邦枝は菊沢検校の怒りになまで触れた心地になったものだ。その怒りは、あながち彼女にばかり向けられているとは考えられないのではあったが。

菊沢寿久まで連綿と続いてきた音曲という「芸」の歴史には、連綿として同じ修業の、同じ継承の法、一口に云えば同じ生活があったのだけれども、さて昭和も終戦後の今日、彼の芸を、そのかみ彼が伝えられたように承け継ぐ人間の生活は、亡くなってきている。現に邦枝も先刻、三味線を弾くために、そのために洋服を着物に着替えなければならなかった。常から底流れている心懸りが、形をとったのでないとは考えられまい。

邦枝は蒼ざめて、破《や》れ三味線を眺めていた。裂けた白い皮は皺が寄って、震えているようである。茫然自失、というより不吉な予感があって息苦しい。母国を去る日の朝の出来事なのである。

ふいに、一昨日出した父宛の速達が、今度も父には届かなかったのかと思った。稲妻のように連想が走り、一週間前の父の楽屋を呼びさました。

激流に身を揉まれて、邦枝は慟哭していた。噴きこぼれる涙の中で、彼女は大声をあげて泣いた。後頭部が鉄槌の一撃を喰らったように痺れてきた。このまま気でも遠くなればと祈るような気で、咆え続けた。自分は狂うのだろうかと思うようであった。

菊沢寿久はこの日、全く落着かなかった。原因は昨日の朝、新関から受取った邦枝からの封書であったが、それが直接のものとしても遠因は一週間前の「邦楽と舞踊の会」に由来している。

「楫枕」の琴の調子を整えている時、突然彼は邦枝を感じた。あの微妙な四の糸狂いを咄嗟に正せるのは邦枝以外にいる筈がなかった。しかし三年ぶりで我が子を身近に感じた寿久は、にべもない高調子で彼女を退けてしまっていた。親と娘の間に横たわっていた長い時間の空白が、彼の依怙地《いこじ》に命じた行動だった。

「楫枕」の演奏中、寿久の心は客席を駈け廻って、邦枝の居場所をさぐっていた。新関の弾く甲高い琴の音に、怒りが共鳴して、やがてそれが音叉の一角のように鎮まると、三味線と声がじっくり一つになった。

「邦枝。お前、聴いてるのんか。聴いてるのんか」

楽屋に戻ると新関が昂奮した声で、

「先生、琴は高調子でした。どうなすったのです」

と詰問してきた。

「よう弾いたな、新関」

褒められて呆気にとられているのに被せて、

「邦枝、来てたで」

「はあ。お話なさいまして」

「うん」

確かに話したのだと自分で納得しようとして、意外なことを聞いた。

「アメリカへいらっしゃるのが、あと一週間だなんて、まあ随分急なことですわねえ」

眼の奥に激痛を覚えた。耳の中で建物が瓦解するような音響があった。どう相槌を打ったものか記憶にない。

楽屋に又邦枝が来るのではないかと待つ心があったが、口は反対に急《せ》いて急き立てて、人々の挨拶も聞き流して家に帰りつくと、それから今日まで、来客にまで殆ど無言の行《ぎょう》である。

娘がアメリカへ行くという。しかも出立の日が間近いらしい。新関の口吻《こうふん》では、行きっぱなしになるようなことだ。我慢のならないのは新関が自分よりも先に自分の知らぬことを知っているということであった。しかも寿久は、親の沽券《こけん》を依怙地に守って、新関に彼は知っているのだと云ってしまっていた。ここ数日、新関が邦枝の話に触れようとすると、口を利くより先に気配で感じとって、寿久は不機嫌になってしまう。偏屈が前よりもっと甚だしいから、新関は邦枝に安心して同情することができた。結果として、話は出ないで終っていた。

勘当はしたが、寿久は邦枝がひたすら彼の赦しを待って謹慎しているものとばかり思っていた。そう思うことで、彼は娘と繋がっていられたのであった。追出されても、邦枝は菊沢寿久を離れ得ず狼狽を続けているものと思いこんでいたのであった。その自惚《うぬぼ》れが無慚に粉砕されていた。

アメリカへ行くか。毛唐の女房に堕ちた奴、当然のことだ。勝手に行くがいい、と、冷淡になろうと努めてみたが、邦枝が日本を去るというのは青天の霹靂《へきれき》であった。同じ日本にいると思えばこそ子を勘当する強い偏狭さが固持できていたのだろうか、邦枝が海を越えて異国へ移り渡ると聞いた寿久は、まるで自分の方が大海に孤り漂うように心細く、寂寥が途方もなく膨脹して耐えがたいものに思われてくるのだった。

「阿呆が」

三味線も唄も捨てる気イか。

「阿呆が」

毛唐の国で、お前に何がでける。なんでそんな馬鹿な気を起しくさった。

罵倒が、すぐ気弱く呟きに変る。寿久はじれに焦《じ》れて、独りで苛立っていた。

何日《いっ》行くのか。何時《いっ》までアメリカにいるのか。帰るのか、帰らないのか。誰も答える筈がなかった。寿久は頑なに聞かなかったのであったから。

やる方ない焦躁の四日が過ぎた。眠られず起きるなり三味線を抱いて、寿久が痩せた自分の腕を感じている時、速達二通が届いた。一通は新関に、一通は菊沢寿久に、どちらも邦枝からであった。

新関宛には、父と話す機会はなかった。残念だが、古く云う因縁事とはこれだろうかと思った。しかし最後にお願いしたい。別便の封書を父になんとかして読んで頂きたいのだ。と、走り書きしてあった。出立の日は明日に迫っている。新関は事態の急を悟り、劇的な自分の役割を感じた。これは正義派で儲け役である。

思い詰めた様子で寿久の部屋に入ると、切り出した。

「先生、邦枝さんから速達でお手紙が届きました。これで最後なのですから、どうぞ読んで差上げて下さい」

寿久は手をのばして、云った。

「渡し」

渡すと、彼は手紙をすぐ自分の懐ろへ納《しま》おうとした。

「あ、私お読みしますわ」

慌てて云う新関に、菊沢検校は怒気を含んで申し渡した。

「わしが読む」

それ以来、夜も越して今日まで邦枝の手紙は寿久の懐ろの中に入ったままである。盲目の老名人は地位も富も獲てはいたが、字は読めなかった。点字も習っていない。

彼はしかし、どんなことがあっても、邦枝の手紙を新関に読まれて、新関の声で邦枝の心を聞きたくはなかった。ただもう忌々しく、胸元の封筒に触れるのも嫌で、手がついそこに行きそうになると咄嗟に三味線の撥を構える。

「先生、お客様です」

縁から障子越しに、新関が云いに来た。声の位置で彼女が廊下で立ったまま云っているのが分る。寿久は故意に床の間むきで、返事をする。

「誰や」

「菊岡幸善さんとこの若いお弟子さんです。親御さんが御一緒ですわ。先達てお約束の方ですわ」

言葉尻を上げて、新関は断わらせまいとしているのだ。

「唄を聴け云うんやろが。通し」

門弟の又弟子で、余技としてでなく、本職になりたがっている優秀な娘がいるという話があり、一度聴いて貰いたいと頼まれてあったのである。日時の約束を前以てしていたし、聴くだけの話だからと、寿久は渋々客を迎え入れた。

二十歳前後の娘とその母親は、無形文化財の前におずおずとかしこまったが、新関がうながすと母親の方は立板に水となって、どういうわけか娘が三味線に夢中だということ、娘の先生は才能があるというがお世辞かもしれず、それを真に受けて道を誤らせたくないこと。ついては是非先生に聴いて頂いて、忌憚のない御批評を仰ぎ、その上で娘に決心をさせたいと云った。

　こういう手前勝手な考え方は寿久の最も嫌うところである。これも又、当世風か。物事を始める前に成功の如何を問題視する用心深さは、悧口な人間のすることで、芸の真髄にそうした悧口さでは到達できないのだ。

「御本人は、どないに思ってるんです」

「私、やれるだけやりたいのです」

　はきはきと答えたのが気に入った。

「ま、聴かせて貰いまほか、なんでも、そやな、『黒髪』やってみなさい」

　さすがに自分の三味線は用意してきていた。爪弾きで三本の糸の調子をみているのが微笑を誘った。一生懸命らしい。

　音感は悪い方ではない。緊張しているためか、出だしに聊《いささ》か落着きを欠いたようだが、やがてかなりの自信で唄いだした。

　黒髪の
　結ぼれたる想いをば
　とけて寝た夜の枕こそ

ひとり寝る夜の
あだ枕

声も悪くはない。これなら成程菊岡は褒めちぎったろうと思った。しかし、上手いと云うには気にかかる節がある。

音の良さは先ず感じ、音のとり方は正確なのだが「間」のとり方が気に喰わなかった。唄も節まわしは合っているのだが、音のすくい方に疑問がある、聴くうちに、地唄の肌合いとは異質なものに躓《つまず》き始めた。

「よろし。もう止めてよろし」

中途で止めさせて、云った。

「あんた、西洋音楽やったんと違いますか」

「はあ、ピアノをやらせておりましたんですが、一昨年から自分から三味線やりたいと申しまして」

母親をうるさく、

「ピアノと、三味線の違い分りますか」

「はい」

「何が違いますか」

「あの、三味線の方が、あの、難かしくて。ピアノは譜の通りに弾けば、一応の音が出て音楽らしくなりますのに、三味線は譜ではてんで曲になりません。それが私には魅力なんです。心だとか息だとかうまく云えませんけど大袈裟な表現をすれば機械文明に反撥するようで好きなんです」

ひたむきに喋り始めた。

「友達で三味線を弾く人ありますか」

「無いんですの。でも皆、不思議な音楽だって云います」

「古い、と云われたりしませんか」

「云われません。洋楽は後から日本に入ってきたので、それで三味線は古いと一概にけなされたムキがあるんじゃないでしょうか。反対にこの頃は外国の音楽家に印象派音楽として注目されたりしてるのですし。ピアノやヴァイオリンと質の違うものを、古い新しいと云い較べるのは間違ってると思います」

これは案外論客だったと、寿久は興味を覚えた。邦枝もこの年にはこういうことを云い立てて、しきりと自分の仕事の意義を理屈づけていたものだ。

「質が違ういうのは、どういうことです」

「生意気なようですけど、あの、洋楽は音の表を拾って行き、地唄は音の裏を拾うような、そんな気がするんです」

「なるほど」

「あの、陽の当る音と、当らない音って、云いたいのですけど」

寿久は脳裡に閃《ひらめ》いたものがあった。急に口早く云った。

「二階の部屋で、もう一曲聴きまほ。お母さんは遠慮して貰います」

自分の三味線を武器のように持って、菊沢寿久が女子大生を従えて階段を登って行くと、階下に残された母親と新関が顔を見合せた。

「才能がおありなんですわ、きっと」

「そうでございましょうか」

「脈がなくちゃ二階へ行きませんよ。彼処《あそこ》は滅多な人は入れない部屋なんですの」

「まあ」

二階では寿久が自分でスイッチを入れ、部屋を明るくした。

午前十時を過ぎたばかり。雨戸を閉めきった部屋には冬場のシンとした冷たさの中に奇妙な空気のたるみがあった。陽光を故意に拒んだ部屋と、盲目の人が電燈を点けた異様な光景に、若い子は胸を衝かれている。

「あんた大学へ行ってるそうやが」

「え。はい」

「道理でな理屈は達者や。そやがな」

「はい、分ります。地唄ほど理屈の通らない音楽はないと思っています」

つい笑って、寿久は降参した。

「偉いな」

くすくすと娘も笑った。

「偉い人に済みませんが、この手紙読んで貰えませんやろか」

寿久は懐ろから取出した封筒を渡した。

「その後で『葵の上』を弾いて下さい」

若い子は私信を読む光栄に感じて素直に封を切った。


栂枕うかがいました。これでお父様の演奏にはお目にかかれなくなると思うと、感無量でございました。不孝の身が、不肖と共に愧《はず》かしく、楽屋に御挨拶には出られませんでした。

十二月四日、夜九時のパン・アメリカン機にて羽田を発ちます。丁度ハワイに演奏旅行なさいます岩城先生御一行と同じ飛行機になりました。カリフォルニヤにもお出《い》でになるかもしれぬ由にて、その節は琴でお手伝いさせて頂けそうで、何かとお世話になることと存じます。

到頭何一つお父様のお気に召すことは出来ず仕舞いに日本を離れてしまう自分の腑甲

斐なさが、悲しゅうございます。お傍に伺えない惨めさが、いっそアメリカまで離れたなら無くなるものかと思ったりしておりますけれども。

子としてお尽しすることもなく口幅たいと思《おぼ》し召しましょうが、御健康を心からお祈り申上げております。

書きたいこと、聞いて頂きたいこと、胸に溢れるほど多くありましても日の迫りました今は、とても叶いません。ただ不孝をお詫びするばかりでございます。

邦　枝

父　上　様

読んだ娘は重大な意味を悟って、音をたてぬよう気づかいながら便箋を畳んでいる。

「『葵の上』はでけますか」

「はい。出来ます」

催促されて、三味線を構え呼吸を整えて弾きはじめた。暗い嫉妬の曲である。

時々呼吸困難になる演奏の中で、寿久はじいんと痺れていた。十二月四日は今日だ。今夜、邦枝は日本を離れるという。十二月四日。夜の九時。飛行機。羽田。突然今日発つという。爆音が耳をつん裂くように聞えた。飛行機。アメリカ。琴。岩城幸男。カリフォルニヤ。羽田。夜の九時。今日。雹《ひょう》を叩きつけられているようだった。火の気のない部屋は酷《ひど》く寒い。

ふと気がつくと、「葵の上」は終って、娘は膝の手の置き場に困っているようである。

「音曲は簡単な道やない。殊に、あんたのように洋楽の勉強を先にしたいう人は、初めから洗い直す気にならなあきません。ピアノを忘れてからやないと地唄のマは拾えませんで。音も大切やが、三味線や琴はマが魔物や」

「はい」

「よう考えて、やるか止めるか自分で決めなさい。生半可な覚悟ででけることやないよってにな」

「はい」

「若《も》しどうでもやる気やったら明日でも又来なさい。その上で腕の批評をしたげます」

大検校の厳《おごそ》かな声と、盲目の顔の前で難曲を弾いた経験と、そして実の娘の現況を知ったことが、女子大生を考えこませてしまったようである。

母娘《おやこ》が帰ったあと、寿久は居間でひっそりと坐っていた。何もしなかった。

昼食の膳が運ばれてきた時、彼は新関に云った。

「岩城さんがハワイに行くのやて？」

「そうだそうですね」

「見送らな不可《いか》んな」

「はあ?」

「七時にハイヤー呼んどき。羽田へ行く」

「今夜ですか」

「そうや。飯は一人で喰うで。行き」

夜の羽田空港は新装なって内部は電燈が眩《まばゆ》い程だった。人々が賑やかに群れている。船出前とは違って、陽気でさえある。悲劇的な別離感が極めて稀薄な雰囲気である。

箏曲《そうきょく》の岩城幸男が戦後何度目かの渡米をするのに、芸界のことと て派手な見送りが多く、花束やフラッシュが目くるめくようであった。

その余波で、菊沢邦枝も見知り人との挨拶に追われていた。母国を初めて離れるという哀感をつい忘れそうであった。岩城一門のような仰々しさは邦枝自身の芸風にも肌の合うものではなかったので聊か気疲れに参っていたが、それでも態々《わざわざ》夜遅くの出立を見送ってくれる好意には感謝したい。

譲治の方も彼の予想を遥かに上廻って大勢見送りに来ていた。邦枝は、そのうち殆ど初対面の人の挨拶を、夫の註釈づきで受けねばならなかったが、芸界の人々との一律な応対と違って一般社会に住む紳士淑女、それも割合国際的な立場にいる夫の知人達を一人々々認めて挨拶を返すことは、邦枝には努力がいる。今更のように日本の芸界が特異な世界に独り尊《たか》く構えていることを反省してしまう。これから先、こういう勉強も又、邦枝の課題なのだ。

税関の入口で怒濤のように、

「岩城先生、バンザイ」

の三唱が始まった。なんとも仰山なやり方だが、これは他の旅客達に税関検査の時間が迫ったことを告げる代りになった。アメリカ人は軽快な旅装で、日本人は乙に気取った晴れ姿で、それぞれ最後の手短かな別れの言葉を友垣《ともがき》に告げ、税関の入口に集まってきた。それだけでも百人近く、やはり大人数である。

その人波に押されて歩みながら、邦枝は背に譲治を感じて落着きを取戻した。愈々《いよいよ》行くのだ。夫と、夫の国へ。

「見送り人は入れません」と貼札の出ている柵近くに来て、邦枝は日本を振向いた。その瞬間、彼女は棒のように立止ってしまった。

「どうしたの？」

「お父さんが」

邦枝と譲治は、うねる列から外れた。

菊沢寿久翁が新関あい子を従えて、岩城幸男に挨拶していた。

音曲界の最長老から思い設けぬ見送りを受けて、岩城氏は光栄に恐縮して幾度も頭を下げている。寿久の青白い横顔に微笑が痙攣しているのを邦枝は茫然と見ていた。譲治が彼女の持っていたスーツケースをそっと取ってくれたが、その意味にも気付けなかった。岩城幸男が殊更叮寧に頭を下げると同時に、新関が邦枝を認めて片手を上げた。逡巡なく、邦枝は父の前に飛んで行った。

「お父さん」

三年聴かなかった声を、寿久は耳の奥で暫く味わっているようであった。父の背の低さが娘に老いを悲しく感じさせた。ハイヒールを脱ぎ捨て、父の膝にすがりついて泣きたい思いを必死で怺《こら》えながら、邦枝は返事を待った。

「邦枝か」

「そうです、お父さん」

「お前」

気弱な声が、訊いた。

「帰ってくるのんか」

噴き上げてくる熱いものを鼻の奥で止めると、目頭がじんとして何も考えられなかった。

「帰って、きます」

やっと云ったが、その瞬間、朝割れていた三味線の皮を思い出した。息を詰めて、父を見詰めた。

「そうか、帰る、んやな」

薄い唇から呟きが洩れた。ちぢかまったような父の老軀に今一歩近寄ろうとして、邦枝はくらくらと眩暈《めまい》を覚えた。

フラッシュが焚かれたのだ。岩城一行の出立を取材に来ていた新聞社の連中が、菊沢寿久翁とその娘の別離に気付いて、特ダネに一斉にカメラを向け始めたのである。

寿久は気配で直ちに芸術院会員の矜持を取戻していた。胸を張った。舞台上のように、大きく見えた。

「時間やろ、早よ行き」

頓狂な新聞記者が一人、駈けよって「感想」を聞きにきた。

「時間がございませんので失礼します」

小走りで税関に下りる階段へ進んだ。譲治からスーツケースを受取ると、初めてくうーッと声になって涙が流れた。階段を一歩々々降りながら、よく泣いた国と愈々《いよいよ》別れるのだと、一段々々、実感が深まっていた。

税関の検査が始まってからパン・アメリカン機の離陸まで、小一時間はある。

税関入口でシャットアウトされた見送り人達は、我勝ちに埠頭《フィンガー》へ突進した。昨年末大掛りに改築された空港は、外観内実共に、全く外国式になってしまっていた。人々は銅貨を穴へガチャンと抛《ほう》りこみ、機械に招かれる恰好で一人一人中へ入るという寸法である。その入口の雑沓といったらなかった。飛行機が今の今飛び上るのではないのにも拘らず、彼等は先を争って埠頭へ出ようと犇《ひし》めき始めたのである。狭くもどかしい入口の機械に、群衆心理的な興奮が起り、殺気さえ立ちこめている。

新関はその有様を見て、寿久の老体に当惑していた。新派劇のファンである彼女は、先刻の親娘別離の一幕で呆れたことには泣いてしまっていたので、おろおろ声で云った。

「先生、ひどく混んでいますのよ」

「そうらしなあ」

「お躰にさわるといけませんから、一寸お待ち下さいますか。係の人に特別に頼んでみましょう」

「いや、それは不可《いか》ん」

不機嫌に拒んで、寿久は云った。

「混んでても行くで。岩城あたりの見送りに特別扱いせんでよろし」

新関は自分の五尺ない肥った躰を寿久の後楯として入口に割込もうとした。しかし群れている人々は、老人や中年女に対する寛容を持ち合わさなかった。それに何よりも何十人の圧力は大変なもので、仲々うまく行かなかった。それでも新関は諦めずに片腕で掻き分けるようにして後の人を阻み、その都度強い力で押し返された。とこうするうち、あるはずみで痩身の寿久が人の背と胸の僅かな隙間に塡《はま》りこみ、新関を残して人々の渦に吸われて、波に揉まれ始めた。

高齢者の耐えられる苦役ではなかったが、盲目の菊沢寿久は顚《あご》を突き出したまま悪あがきせず身を任せていた。自分が入口に向って進んでいるのかどうか判然《はっきり》しなかった。躰は上下に動くばかりなのである。遠くで新関が、

「先生、先生」

と取り乱しているようだったが、誰もこの人混みの中に無形文化財が紛れ込んでいるとは思わなかったろう。寿久は群れと同じく粗い呼吸をして、蒼い汗をかいた。

埠頭へ出るのに、こうした馬鹿げた時間を費やしたが、雑沓からやっと解放されると、菊沢寿久はひどく広い荒野に没然としているような気がしてきた。邦枝が、愈々自分を離れて行く。お父さん、お父さんと何度も云いよったが、何も話が出来なかった。時間のない為に、いや時間があったとしても、何も話さなかっただろう。

「先生お怪我ございませんでして。なんて混み方だったんでしょう。でも馬鹿にしてますわねえ、あんな思いをして入ったのに飛行機が飛ぶのは、まだ仲々なんですって」

空港には外国の旅客機が三機翼を休めていた。埠頭からは、それが目の下に見下ろせる。空中に高く突き出た指型の露台《バルコニー》に寿久達はいるのだった。そこからは、パン・アメリカン機は丁度乗り口が真下になっていて、しかも窓からは遥かに遠いものだから、来る人と見送る人とは事実上もはや、個人的な別離を交わすことが出来ない羽目になっていた。新式の近代的造築による空港は、非情緒的だ。下では税関の検査を受けて、乗る人々は既に外国に行く実感に浸りきれていようが、上にいる見送りはどうにもカタのつかない気分である。

風が強く、めっきり夜が冷えてきて、明日は雪かもしれないなどと、誰彼が肩を寄せ合って呟きかわしていた。殺気立って雪崩《なだ》れこんだのが、この広い所で旅客の顔も見られず時間が無茶に余っているという状態で、人々は奇妙に退屈していた。同じですわねえ、これなら帰っても、どっちにも見えやしないんだから、もう。という言葉が大声であっちこっちから聞えてきた。

下半身にリュウマチがある寿久の躰を案じだし、新関も帰宅を勧めぬわけにはいかなかった。

「先生、晩いですし、冷えるといけませんから、お帰りになったら」

「阿呆云いなさい。飛行機はまだ飛んでえへん」

「でも此処からは乗るところも見えませんし、飛行機が飛び上っても、乗ってる人の顔が見えるわけのもんじゃありませんし」

「そうか。目あきは見えなんだら送らんか」

新関は観念した。

定刻より七分遅れてエンジンが掛った。離陸までに十五分、機体は空港を駈けずり廻った。地を飛び立って、爆音が寿久の耳に長く尾を曳いた。そろそろと引上げて行く人々の跫音《あしおと》には閉ざした耳が、何時までも邦枝の乗ったパン・アメリカン機を追っていた。

車に乗って帰路についても、寿久はまだ頭上に爆音をまま探り続けていた。新関は傍で、時々洟《はな》をすすり上げている。故意にやってるようでもないので、寿久は放っておいた。泣いているのか風邪をひいたか、何にしても今は口をききたくないのである。

邦枝に第一番問いたかったのは「帰るか」ということであり、そう訊いて「帰ります」という答えはきいた。が、寿久は満足していないのである。反対に彼は「帰ります」という返事から確信的に「帰らない」だろうという判断を下していた。何故か自分でも分らない。ともかく、そう感じてしまったのだ。

爆音の中に邦枝の祈りを聞こうとしたが、それも徒爾《とじ》だったようである。寿久の耳には金属的な轟音より入らなかった。

伝えのこしている秘曲の数を繰ってみた。邦枝に、そして高弟に、彼の姑息な名人気質《かたぎ》が吝《お》しんで渡しきれなかった分である。弾きこなす腕、唄いきれる技を持つ者が、一人でよい。心にぴたりと寄り添って来ぬものか。

今朝来た女子大生は、明日また来るだろうか。意味もなく、そんなことを考えたりした。

車は、妨げのない深夜の街道を疾走している。座席に深く腰を埋めて、寿久はトンビの中で腕を組もうとした。指が冷たい。隣に、新関の肥えた躰を感じた。数年前には邦枝と二人で演奏後こうして車に揺られたものだと追想し始めた時にである。

「運転手さん、済みませんが、ちょっと車をとめてくれませんか」

急に停った車の中で、寿久は前方を向いたまま、云った。

「新関、前の席へ坐り」

毅然とした師の命に、弟子は抗《さから》う術がない。新関は案外な素直さで外へ出た。寿久の言葉の底に、彼女は嘆願を感じたのかもしれない。

バタンと助手席のドアが閉った。果てしもない夜の道を、車は再び走りだした。


（「文学界」一九五六年一月）

美《う》っつい庵主《あんじゅ》さん

る。十坪ほどもある広い厨房は、高い天井も太い柱も厚い床板も年代を語って黒光りしてい

る。雪国の建物の特徴だろうか、窓が小さくて採光は充分でないものだから、せっかく行

届いた掃除も隅に様々積上げられた箱や鑵《かん》の雑然としたのに負けてしまって目に立たな

い。口やかましい栄勝尼は、だから一度だって昌妙尼や智円尼の雑巾がけを褒めたためし

がないのだった。

けれども観自在におわす観世音菩薩に帰依している尼僧たちは、栄勝尼がどう思うから

といってそんなことで働きを手加減するようなことはなかった。智円尼は五尺ない短軀を

駆って朝から晩まで水汲みと飯炊きに明け暮れている。彼女の飯炊きは既に定評があっ

た。檀家の一人である大竹屋の女将は「明秀庵の精進料理はくるみ豆腐に胡瓜の酢のもの

がお得意やが、なんにまさるは智円さんが炊いた飯やあ」と毎度激賞してくれる。口が悪

いので評判の大竹屋が褒めたのだから、こればかりは栄勝尼も異存がない。

「典座《てんぞ》といえば僧堂では重い重い位ぞな」典座とは飯炊きの謂いだが、庵主《あんじゅ》の昌光尼がこ

ういって励ませば、紀州の漁村で生れ育った智円尼は故郷の海人《あま》舟を思い浮べて、自分は明秀庵の命綱を握っているのだと責任を痛感するのであった。

今日も不時の来客があって、昼飯は朝炊いただけでは不足かと智円尼はすぐさま釜を仕掛けたが、浸しようの足らぬ米から味の悪い飯を炊かぬ用心で火加減に一層気を配ってい た。今年は夏が晩く来て、ことには冬国のことで暑気はまだ遠かったが、さすがに火の傍は熱い。手拭で額から頭へ汗をくるりと拭いたところへ、奥から栄勝がつかつかと出てきた。かまちから窯の前の智円を見下ろして突っ立ったまま、「庵主さまがな、びっくりしてござったぞ」そういうと、大きな口を開けひろげて、あっはっは、と笑った。丸坊主の頭にツイ丈の麻の衣という尼僧の形には似つかわしくない闊達な笑い声だ。

明秀庵に来客といえば大概は檀家ときまっているのだが、今日は東京から庵主の姪の子が訪ねて来たのだった。増井悦子。W大学の文科に在学中という学生である。

悦子と明秀庵とは突然の組合わせではなかった。終戦前、悦子の家は庵主の昌光尼を頼って、しばらくこの庵に疎開していたことがあった。その頃の悦子は国民学校の三年生で、お河童《かっぱ》頭の可愛い子供だったが、東京育ちのせいか近隣の子たちよりさすがに早熟で、言語動作すべてに利発さが響くようだった。庵主も栄勝尼も殊の外目をかけて、明秀庵の応量器《おうりようき》に貰えぬものかと相談したこともあったが、悦子の母親は「とんでもない」と顔色を変え、終戦間もない折りからであったが早々に東京へ引揚げて行ってしまった。応量器というのは庵主の後継ぎのことである。「在家の衆は義理知らずじゃ」と庵主は身内と思うから気を許して悪口をいったが、栄勝尼はそれを制して「まあま、仏縁がなかったのじゃろ」と気楽に笑ったものだ。

　仏縁というならば悦子には仲々信心の気があったのにと、その後も折りにつけて庵主は姪の子を未練げに思い起していた。子供心に尼僧の生活を相当興味深く観察していた様子だったし、誦経《ずきよう》の最中ふと気がつくと尼僧たちの背後で同じように瞑目合掌して何ごとか呟いていたり、観音経など一章の終りごとに繰返される「かんぜエおんぼオさアつ」はすっかり覚えてしまって皆と一緒に唱和したりしていた。「ええ子じゃったが、母親に信心がないもんでの」

　栄勝尼は昌光庵主を心の底から敬愛しているのだったが、優しく雅やかな庵主とは対照的なさっぱりした性格だから、繰言というのは相手になるのも大嫌いだ。「庵主さまもそろそろ齢をとらしゃった」と慨嘆し、さてそれなら応量器も本腰入れて探さにゃならぬと考えたものだ。

　ところでその悦子が、実に十年ぶりで明秀庵を訪れたのだ。前触れは簡単な葉がきで、来春大学を卒業するということ、ついては最後の夏休みを東北地方の旅行に宛てたのだが、途中一度寄らせてもらいたい。細かい予定は立てていないけれども、とにかく御邪魔させて下さい。友人と二人ですと、尼寺の方の都合も聞かぬ通告のようなものであった。

日頃波乱のない静かな日を送っている明秀庵はこの一枚の葉がきですっかり興奮した。庵主は浮かれだして、二階の客間の掃除を自分でやる気で曲った腰に箒はたきを両手に持って階段を上り、若い昌妙尼をはらはらさせる。栄勝尼は一層元気な声を出して、矮人《わいじん》のような智円尼と二人で納戸から蒲団を担ぎ出す。東京からの客といえば明秀庵でなくともこの地方では稀なことなのだ。「精進料理が口に合うでしょうかの」と智円が心配すると、「阿呆か」栄勝尼は「口に合わいでも坊主が魚の料理は出来んぞ」と当り前のことをさも大事げにいいきかした。

しかし悦子の葉がきにはどう読んでも明秀庵を訪れる日時は書いてなかったので、四人の尼僧たちはそれから一週間ばかり毎日を待ち暮さねばならなかった。そして何事も大変のない日を送っている尼僧たちだったから、その間の話題は総て悦子のことに終始していた。

「あの子アいくつになったかの」「二十三じゃろ。昌妙より三つば上じゃった筈じゃから」「はあ。昌妙は悦子より三つ下じゃったかの」「そうじゃろ」「そうじゃろか」

何しろ忙しいということがない生活だから話は何遍同じことを繰返しても滅多にあきられることがない。「昌妙よ、昌妙よ」栄勝尼が天井を振仰いで胴間声を張上げると、遠く澄んだ声で二階から「はアい」と返事がきた。「可哀そうに勉強中じゃろ。呼んではいけんがや」「そうじゃ、そうじゃ。年寄りが耄碌した齢勘定に若いもん一々呼んではならん」

ぞォ」

意見が一致したから、栄勝尼はもう一度怒鳴ることになる。「昌妙よ、もう来いでもええ

悦子が友人と二人で明秀庵を訪れたのは、東京ならば夏の盛りである八月の始めであった。庵の入口の大戸は午前中とて閉っていたが、中の小さな扉は手をかけると訳なく開いた。くぐって入ると手入れの行届いた門口は烈しいばかり明るく、鶏頭の赤い花が二人の眼に痛いようだった。

「ご免下さい」門口から見ればまるで暗がりの玄関で声をかけると、智円が「はい」と小さい頭を出した。「悦子です、私」「ああ」叫ぶように応えて、智円は奥に駈け込んだ。「栄勝さま、栄勝さま」「なんだ、なんだ」「悦子さんです」「おお、着いたかいの」たちまち明秀庵は活気づいた。

庵主の部屋は南向きの客間の隣の縁づたいにある。昌光尼は、老眼鏡の奥で何度も何度も眼をしばたたいていた。悦子が来たとき丁度彼女は厠《かわや》に入っていたので、客間に落着いた二人の前に静々と立現われるというおあつらえむきの段取りがついてしまったのである。縁伝いに客間へ出て、開け放した障子の向うに悦子ともう一人を認めた途端に、老庵主は吃驚《びっくり》していた。

悦子の友人が男であるということを彼女はまるで考えてもいなかったのであった。「安形昭夫さんです」と紹介され、「はあ。ようこそ」と咄嗟に挨拶を交わしたが、それきり

後が出て来ない。栄勝尼が横から、「大学のお友だちかいの」と訊いた。「ええ、親友なの」

悦子と庵主が、悦子の母親の近況から始めて親類の誰彼の噂話に耽っている間、安形昭夫は恰好がつかずにもじもじしていた。尼寺というものに対して漠然と抱いていた興味は消えるどころかより強まってさえいるようなのだが、今見るところ尼というには年寄りすぎている庵主や巨怪すぎる栄勝尼からは、彼が前以て描いていた離俗の尼僧という優雅なイメージは片鱗も窺うことができないのだった。全く栄勝尼のでこぼこ頭は鎌倉時代の荒法師にだってこんな汚ない坊主頭はなかっただろうと思うようだし、胸はだけた麻の衣はもとはどんな色だったか今は褪せに褪せて肩は殆ど白に変色してしまっている有様だ。尼寺といえば彼には先ずハムレットの台詞《せりふ》が連想されるのだったが、栄勝尼が尼で通るなら美しいオフェリヤにあんなことはいえないと思い、急に可笑《おか》しくなった。

「お疲れじゃろ。顔でも洗いなさらんか」「はあ」「遠慮なんいらん、いらん。二階に部屋ア用意してあるけに、昼まで一休みしなすったら」「はあ」昭夫の心中を知ってかどうか栄勝尼の親切は積極的である。悦子は夢中で両親の悪口を大叔母に洗いざらい開陳していて昭夫には一顧も与えるどころではない。やむなく彼は立上った。搔いた汗を流さぬ分にはどうにもならないのである。栄勝に導かれて厨《くりや》の井戸端に出た。

「さアさ、脱ぎなされ脱ぎなされ。裸になって水浴びなさらんか。明秀庵の井戸は深いけに冷たいぞ」昭夫は冷汗を掻く。禁欲の尼寺に男の身で乗込んで来るまでは若気の向う見ずで出来たのだが、その尼からシャツを脱げの裸になれのといわれると、奇妙な気分に襲われて、むしろ当惑するのである。

「さあ智円、西瓜を切れ」「はいはい」「さっきの麦茶ア冷えとらんかったぞ」「それはいけませんでしたな」「西瓜と瓜とどっちが冷えとるかの」「どっちも一昨日から漬けとりますで」「なら、いたんどりゃせんか」二人の尼は真剣な顔で協議しているのだった。

悦子も実はこう歓待されるとは思わなかった。「ほっといて下さっていいのよ。昌光さま。要するに東京を離れてぼんやりしたいというのが目的なんですもの、私たち」それは本当なのだ。電車やバスや自動車の警笛など喧噪で埋まっている都会から離れたいと希い、ようやく明秀庵に落着いてみると想像に違わずここは静謐だった。悦子は行儀悪く両手を展《ひろ》げてのびをしてみせた。「いいなあ、田舎って。ねえ、そう思わない」部屋に戻ってきた昭夫に賛意を求める。

「うん、まだ馴れないけど。静かは静かだね、確かに」しぼったタオルを悦子に渡すと、悦子は有りがとうもいわずに顔を拭いた。「わ、まっ黒。汽車の煤ね」

悦子の連れてくる友人が男性であるということはさすがの栄勝尼も考えていなかったので、二階に一間しか用意していない不備をどうやって始末したものかと迷ったが、「ま、ともかく荷物だけでも二階へ置いて」と智円を呼んで担がせようとした。「いや、僕が持ちます」昭夫は悦子の大型トランクと自分のボストンバッグを軽く持った。「いえ、ま、私が持ちますわな」尼僧は親切を押しつける。横から悦子が「いいのよ智円さん、男ですもの持たした方がいいわ」

階下に残った昌光庵主は、栄勝尼に相談した。「どうしたもんじゃろか」栄勝尼は歯のない口を開けて、今度は声を立てずに笑った。「今さき智円にいうて笑ったじゃ。庵主さまが、びっくりしてござったというてな」「ほんまに私はびっくりしたぞな」

栄勝尼も庵主同様に驚きはしていたのだが、この二人の老人は外形と同じようにものの考え方もまるきり違っていたから、驚き方も大いに差があったようである。栄勝尼は若いものの大胆と活潑を気に入って悦子の嫌味のない態度に好感を持ったが、庵主は身内の一人のふしだらという具合に解釈して当惑していた。「駈落ちではなかろうか」東京へ問い合わしてみようかと思ったのだが、栄勝尼は大きな手を振って、「まさか。他になんぼでも行くところがあるに、今日びの若いもんが尼寺に駈け込むものかや」と庵主の思いすごしを退けた。第一、駈落ちかどうか様子を見れば分ることだ。悦子にも昭夫にも全く翳というものがない。逃げてきた人間には何がなし後ろ暗いところがあるものだのに。悦子も親友だといって紹介したではなかったか。「親友というのは仲のええ友だちのことじゃろが」「そんでも男と女じゃ」

それならばあの二人は恋人同士かもしれないと階下の二人が考え始めたころ、智円が二階から戻ってきた。「ええ部屋じゃと喜んでおられます」「そうか、そうか」台所へ行きかけたのを呼んだ。「智円」「はい」「あの二人は恋人じゃろか」智円は膝をつくと意味不明な微笑を浮べて、霜焼けの痕で皮のつっぱった太い指を揉みあわせながら、「さあ。どうでござりまっしょ」彼女も全く見当がつかないようである。「悦子さんはあんな調子ですが、昭夫さんちゅうお人はえらく悦子さんに親切で」「うん」栄勝尼が力強く肯いて論断した。「男が女に惚れちょるんじゃろ」「それが自然じゃわな」昌光尼も落着いて言葉を合わしたが、それにしてもこれはどうしたものか、ますます当惑している。

同じように二階でも階下の人物について語りあっていた。「見当がつかないね、尼さんの齢ってのは」「庵主さまが七十、栄勝さまが六十、たしかそのくらいよ。智円さんは三十代でしょう」「ふうん」

庵主の昌光尼が七十とは思えなかった。昭夫の予期していた尼僧というものにやや近かったのは彼女だけであったのだ。美しく潔らかという意味では庵主は実に淡い墨絵に描かれるのにふさわしい尼僧だった。少々枯れていると思わなくもなかったが、「へええ、七十かねえ」「若く見える?」「うん。いや、齢なんて考えられなかった」「肌だけ見ても七十には思えないでしょう?」「うん」信仰生活の神秘を想いかけたとき、「肉食をしていないからよ、きっと」悦子は美容法的見地から結論した。

曹洞宗では門閥に生れて、幼時から仏法の修業で育った昌光尼は、尼として、謂わば毛並がよいのだということ。栄勝尼は、これは正反対の庶民出身、尼では珍しい荒行《あらぎょう》も修めて、若いころ大寺の法要で昌光に廻り合い、仏縁に感じて以来ずっとその補佐をして昌光が行くところ必ず行を共にしている。明秀庵に落着いて、そこで昌光の出世も止ると、彼女も止まって隠持《いんじ》となった。補佐役の位置である。「庵主さまはおっとり型で檀家を摑まえたり殖やしたりする才覚がまるでないの。栄勝さまが全部切り廻しているわ。彼女はあの通り容貌魁偉だけれど俗世にいたら女傑で通る人よ。みんな母から聞いてきた知識だけど」

トランクから洋服を出してハンガーに吊し鴨居にぶらさげながら、悦子はその知識の有りったけを開陳している。昭夫は天井を仰いで寝転んでいたが、急に話題を変えた。「だけど、僕いいのかな」「なにが」「尼寺だろ、男子禁制じゃないのかい」

悦子が疎開していた頃、東京から父がよく会いに来て、米や芋を背負って帰ったものであったが、そのとき一泊二泊していたのは戦時中だから大目に見ていたことなのだろうか。帰京してからも兄が一度買出しに来たことがあり、そのときもここに泊った筈だ。多分大丈夫だろうと悦子は思った。多少尼寺が迷惑する様子を見せても、一週間ぐらいは知らん顔ですませるだろう。「あなたは心配しないでいいの。私に任せるといったでしょ」

東北地方を旅行してその途次に寄るときめていた最初の予定は二人の経済的条件が思わぬ悪化を来したために狂っていた。夏休み早々に有りつける筈だった悦子のアルバイトが、その前のゴタゴタで申込みが遅れてしまったのと、昭夫もそれまでの収入源を突然解消したものだから、すっかり立往生してしまったのである。といって、旅行しようや、そうだそれがいいと、心はとっくに旅の空に出ていたものを金がないからというだけで心まで引き戻すことは、この二人には到底できなかった。で、金のかからぬ旅行を、当然のように目論んだのである。悦子が庵主にいったように東京を離れるということが当初の目的であったのだから、名所旧蹟もなく観光には無縁の土地に来ても、それが不満にはならない筈であった。天井を見て無為のまま寝転んでいたり、本を読んだり喋ったり、退屈になるならそれもいいだろうと意見は一致した。全くのところ退屈などという贅沢の産物には二人とも出会ったことがなかったのである。

「尼寺だから宿泊料も食費も要らないわ。その分わがままはきかないけれど、あなたにはいい修養になると思うわ、何しろ荒稼ぎの後だから」「それをいってくれるなよ」

昭夫が高額に惹かれてアルバイトに夜の酒場を選んだのは去年の夏休みだったから、もう丁度一年前の話になるのだが、もともと器用でシェーカーを振るのも難なく覚えてしまうと、ちょっと色白で姿のいいのが客受けもよくて、学生らしく浮わついたところのないのが他のバーテンに苛められずにすみ、ほんの短期間のつもりがつい深入りをしてしまった。金廻りのいいのが第一の魅力だったからである。友だちの悦子は普通ならば生活が荒れはせぬかと危ぶむこともせず、当時の彼の羽ぶりのよさを一緒になって喜んでいたものだった。彼の盛大な奢《おご》りの礼に、せっせとノートを貸したりしていた。昭夫が何時の間かバアのマダムに可愛がられていたことなど気のつくところではなかったのである。実際、昭夫は悦子にかなりの好意を持っていたし、それは彼がその年上の女と関係を持ってからも変らなかったし、成績も特に落ちるとかそんな芳しくない様子は何処にも見えなかったからだ。

だから、この夏休みに入る前、彼から意外な告白を聞いたとき悦子は返答のしようがなかった。そんなことは小説以外では起りっこないと考えていたからである。「愛したの、その人を」「まさか」「じゃ、その人は、あなたに夢中？」「そんなんじゃないよ」昭夫は詳しいことは何もいわなかった。アルバイトに疲れたと切出し、東京を逃げ出したいと口にしたのを悦子が手繰《たぐ》り出して聞いた話なのであった。

仲はよかったけれども互いに恋人と相手を認めてはいない間柄だったから悦子には彼を詰《なじ》ることはできなかったし、昭夫もまた彼女に済まないという表情は微塵も見せなかった。鬱積を晴らすために口にしたく、それが悦子という友人の前でつい出てしまったという態度で悪びれなかった。だから悦子は瞬間彼女の眼の前がまっ暗になったことを自分が昭夫を愛しているからだと思いきめることは到底できなかったのである。要するに彼は今、年上の女の欲情の前で疲弊したのだ、と悦子は考えた。これは友情に於て救うべきだ。

男友だちと女友だちの清潔な交際について、その要諦は徹底した個人主義にある。悦子は深く訊かずに、「旅行しない？　つまりリクリエーションよ。東京を離れるのが一番いいんでしょ」と精一杯大人びた顔をしてみせた。

現代人だと自分を思ってみたい青春の欲望の一つが、遊びなれた女の絶好の餌になったことや、それがすでに倦きられかけているのだと知っていた昭夫は、しかし自尊心の痛みも後悔も感じていないのだったが、いわば足を洗うそのキッカケとして、悦子の提案に素直に従った。

それが、この尼寺行となったのである。明秀庵の二階に落着いて、予定どおり寝そべると、二人はもうその日から系統だたぬ饒舌を娯しみ始めていた。悦子は一件には心して触れぬよう気をつけていたし、昭夫はもう口にするのも嫌だったので、話題は常にそれ以外のことであったが、若くて明日という日が豊かに迫ってくる二人には、それがリクリエーションのブレーキにはならなかった。卒論の整理もあったし、就職試験も秋から始まる。やることにも喋ることにも事欠かなかった。

が、庵主たちは階下で気を揉み続けていた。どうやら二人は恋人同士であるらしいと意見は落着いていたものの、それならそれで夜の部屋はどうすればよいか、見当がつかないのである。男の坊主と尼とでは問題なく一つの屋根の下には眠れないけれども、「在家を坊主の掟で裁けんわな」と栄勝尼はいうのだ。それを聞くと庵主は老眼鏡の奥で眼を三角にした。

「そいでも結婚もしとらんで一つ部屋には寝られんぞな」

「可笑《おか》しや。一つ部屋に寝てもひっつくとは限らん」「ひっついてもひっつかいでも、悦子に傷がつくは同じでしょうがの」「尼寺に泊ったなりゃ噂にもなるまい」「そいでも、やはり怪しからんことじゃ」「何が怪しからん」日頃は仲のいい庵主と隠持の意見が対立してしまった。

庵主さまは寺の中にばかりござって、世間というものを知りなさらんが、今の若い者たちは、それはそれは利口ですぞ。というのが栄勝尼の趣意なのであり、庵主は庵主でなんぼ利口でも若いものは未熟で軽率だ、それを律するのは大人の義務だとゆずらないのである。バリバリ自説を主張する栄勝尼と、優雅なる頑迷の庵主との勝負は、もはや果てしないものとなったとき、檀家の大竹屋が「ご免なすってエね」と入って来た。同じとき二階から、「ちょっと散歩してきまアす」と悦子と昭夫が降りてきた。

大竹屋の女将は門口を高声で喋りながら出て行った二人を見送ると、「東京さんかねエ。まあ元気のええ」と感嘆した。よいところに人が見えたものだと庵主は早速、「どうしたもんでしょうなあ」と相談を持ちかけた。栄勝がいうとおり在家の衆のことは在家の習慣で計るよりないと思ったのである。

「まあ昌光さま、今どきの若い人らの考えは、あなた、在家ちゅうたてもう私らには分りませんわね」大層身を入れて聞いていた大竹屋は聞き終ると手を振ってこう答えた。男といい女といい、そんな区別は近頃大分薄れてきたようだ。庵主さまの姪の御子と男友だちが恋人同士なのかどうか、訊いても笑って答えまいし、本当にそうかどうか、これはドタン場まで見んことには分るまい。「たとえば家の嫁ですじゃ。嫁にきてからも、ようけ友だちが来ますが、これがみんな男。それで高志も平気ですわ。やきもちも焼きよらん」次男はガールフレンドが大勢いて、友だちと恋人ははっきり別だという。こちらが気をつかうだけ馬鹿みたいなものだ。まあ分っていることは若いものたちは大層利口になって、下手に損な真似はしなくなっているということだ。と、大竹屋はだいたい栄勝尼と似た意見だった。

「ほんとに惚れおうた仲やったらあなた、粋をきかせんならんでしょう、坊《ぼん》さんやもの」最後に彼女らしい結論をずばりといってから大竹屋はからからと笑った。立上ると、それが用事だった秋の法事について咄嗟の思いつきをそそくさ喋って帰って行った。

庵主はまだ割切れぬ面持ちだったがもう何も言わなかった。彼女に最もこたえたのは栄勝も大竹屋も口を揃えて、時代が変った変ったといったことだ。彼女の若い修業時代、長老は総て年配であることによって経験も多く学識も深いとして尊敬されたものであった。白髪を蓄えた高僧の説法は、見るから神々しくて有りがたく聞けたものであった。年をとれば自分もあの位置にまで自分を高め得るかと、そんな希望が若く美しい昌光尼の心を尊く揺らめかしたものであった。嘗《かつ》て、彼女は世の倫理や習慣が変って行くことを考えたことはなかった。仏陀の教えは永劫不変と信じて疑わなかったからである。今もそれには微塵の疑いも持たないけれども、小さな田舎町の真ン中に庵を結ぶ身として、ただ姪の娘が男を一人連れてきたことぐらいでこれほど案じてしまった自分が情けないのである。この齢になって大竹屋や栄勝にやりこめられるのも癪なのである。昌妙が帰ってきたら……。そう老庵主はようやく思いついた。昌妙の意見をきいてみよう。あれは大竹屋や栄勝と違って、若い。在家と離俗の違いがあっても若いものの習慣は若いものに訊くに若《し》くはない。

人参、茄子、南瓜、三ツ葉の精進揚げに、椎茸の吸物、くるみ豆腐、胡瓜の酢の物という夕食の膳が智円尼の小さな体と敏捷な動きで整えられたところ、まるでそれを見計らったように「ただ今」悦子たちは戻ってきた。「どこ歩いてきなすった」「たんぼ道。空気がきれいでのびのびしたわ」

厨房の一隅に薄べりを敷いたところが食堂らしかった。膳に揃えて客間へ運ぼうとするのを無理に断わって悦子たちもそこで箸を取った。安上りを狙って来た身だからお客様扱いをされては困るのである。正面に庵主が坐り、その脇に栄勝尼、それと向きあって悦子と昭夫が並んだ。下の低い茶ぶ台が智円尼と、まだ帰らぬ昌妙尼の座である。

「晩いのう、昌妙は」庵主の呟きを聞きとがめて悦子が、「昌妙さんて、朝子ちゃんのことでしょ」「そうや、そうや。悦子さんは覚えとるわ」「一緒に遊んだ仲やけに」信徒の家の娘で、母親に連れられてよく寺にきていた童女が、後に乞われて明秀庵の庵主の応量器として剃髪したことを悦子は知っていたのである。可愛いお河童頭《かっぱ》が記憶にあるが、それが尼姿で二十歳を越すとどんなに変ったろうかと胸が詰るほど興味を持っていた。今日は悦子たちと入れ違いに檀家廻りに出たのだという。「夏休みじゃからの。そろそろやらせとるんじゃや」

夏休み？　と妙な顔をした昭夫に、悦子は昌妙尼は県立大学の学生なのだと説明した。「どんな恰好して通ってるの？」「はあ、坊主のなりぞな。学校の間は髪のばすかというたら、どっちゃでも同じことじゃというてな。人が見るじゃろに、当人は平気の平左じゃあ」栄勝尼は笑った。

精進料理は含水炭素が主だから、量的にこなさねば満腹感に至らない。昼でこりていたのに悦子も昭夫もつい又食べ過した。尼僧たち三人が交々皿や椀をうるさいほど勧めたためでもある。「そんなに頂けるもんじゃありませんよ」「なんの、あんたらの若さで二膳ばかりの飯に音をあげる筈がない。寺で遠慮するもんでないぞ」「ほんとに遠慮じゃないんですったら、栄勝さま」むいたまくわ瓜を山のように盛った大皿が、智円尼の手で更にでんと二人の眼の前に置かれた。

二階へ退却するよりないと二人が眼顔で示しあわせたとき、下駄の音が門口から玄関に近づいて、「帰りました」冴えた声と一緒に昌妙尼が三和土《たたき》に立った。

二階の開けひろげた八畳座敷に戻った昭夫は、窓から流れこんでくる涼風に精進揚げで掻いた汗を乾かしながら、吐息のようにいったものだ。「昌妙さんって、すき透るように綺麗な人だねえ」剃った頭が清水で洗ったように青く、色白な顔は歩いてきたせいかほのかに紅を浮べて、白い衣の上に紗《うすぎぬ》の墨染を着た姿は、痛々しいほど美しかったのである。

悦子は眼をあげて、彼女には珍しく言葉のない肯きを示したが、すぐ表情を開いて笑いかけた。「魂が洗われるような気がしなかった?」皮肉半分なのだったが、今度は昭夫が真剣な顔で首を縦に振った。「本当に美しい。凄いとか、艶麗、華麗、みんな違うな、ピュアで、眼にしみるようだった」「最大級の讃辞ね」いってから自分の言葉に嫉妬が混っていないかと一瞬反省したらしい。「でも、女が見てもその通りよ」十年前の記憶には百姓の子に似気ないきれいな子だと残っていたが、あの朝子がこれほど美しくなっていようとは悦子も思わなかった。雪国の生れと育ちが寺の肉食禁制で一層洗いあげられたのだろうと、まだ彼女はそういう見方しかしないのだったが。

台所では庵主が声を潜めて昌妙尼の意見を徴しているところである。「悦子さんが何かいいなさりましたか」「何もいわん」「それなら今のままでよろしいでしょう。何かいいなさったらそのときお部屋変えたらよろしいでしょう」庵主と栄勝尼はそっと顔を見合せた。こう冷静にこともなげにいわれると、先刻二人でわたりあったのが愧《は》ずかしいみたいである。「なあ昌妙、お前らの大学も男と女のつきあいはあんなものかや」「あんなものって……」答えようがなくて、色白の肌は衣の下からぽうっと頬へ紅をはいた。栄勝尼は、やっこらしょっと立上って、「まあま、男と女の仲の良いのはいいもんじゃ。昌光さまよ、そうですぞ」と庵主の不用意な質問を抑えた。「昌妙、腹が空いたろ」「いえ、御供養に与《あずか》って来ました」「そうか、そうか」

栄勝尼は階段の下まで歩いて、そこからしばらく二階の暗がりを見透すように見上げていたが、やがてまた怒鳴った。「悦子さんや、あんた方風呂へ行きなさらんか」

待っていた質問だった。「僕だけは銭湯に行くよ」と昭夫は前から覚悟していたのだったが、明秀庵では主として経済的な理由からだろうか風呂はたてず皆銭湯へ行くのだと聞かされたのである。「ついそこを出たとこじゃ。昌妙よ、案内せ」「分りますわ、私たちで」「遠慮はいらんぞな。昌妙も汗を流さんならん」

三人は夜道を下駄の音をたてながら銭湯に出かけた。道々の会話は悦子が昌妙に種々質問するという形で、昭夫は傍で黙って歩いている。「昌妙さんは何を専攻しているの」「教養学部ですから、まだ。短歌が好きですから国文科へ行こうかと思ってますけど」「大学は女の人が多い？」「四分の一ほどです」「昌妙さんのような人、他にもいて？」「いえ全国で私一人ですって」「学校でじろじろ見られたりしない？」「学校ばかりじゃありませんから」

昭夫が急に立止って、いった。「星が、凄いや」女二人も誘われて夜空を見上げた。一面の銀砂子が眼に眩ゆい。そのまま後は無言で湯屋に着いた。

昭夫に別れて女湯の入口を入った悦子と昌妙尼の二人は、脱衣場でも洗い場でも殆ど口をきかなかった。いや、悦子が彼女らしくもない遠慮をしてしまったのである。昌妙尼の方は自然で、籠や桶やカランの前の悦子の分まで世話をやきに来たが、悦子はその都度ひどく恐縮した。

女湯の客たちは昌妙に限らず明秀庵の尼僧たちの入浴には慣れっこになっているものらしく誰も昌妙を好奇心で見廻すものはなかったのだが、悦子は濛々たる湯気の中で蠢《うごめ》いている数多くの裸婦たちの中に、昌妙のまっ白な肢体ばかりを感じていた。見てはならないと眼を外らす努力が却ってそれを意識してしまう。昌妙の肌は他の誰よりも肌理《きめ》細かく白いように思われた。成熟していない胸や腰の細さが、痛々しいばかり美しい。悦子はそっと自分の腕をのばして見た。こちらは冬でもこの小麦色だ。

帰ると、昭夫は一足先に戻って、部屋の窓に腰かけていた。「早かったじゃないの」悦子がいうのに無言で部屋に二つ並んで敷かれた蒲団を示した。「驚いたぜ。僕たち誤解されてるらしいや」「どうして」「どうしてって……」なお当惑した顔の昭夫に悦子は、「私は平気よ」といってのけた。「あなた、私が怖いの」「馬鹿だな」

苦笑している昭夫の傍へ腰を下ろすと、悦子はパーマを当てた短い髪の中に指をつっこんで、「ああ気持が悪い。ね、匂いがしやしない？　今日で五日も洗わないわ」「洗ってくればよかったのに」風呂から帰っていう台詞じゃないと思っていると、「昌妙さんと一緒なのよ、洗えるものですか」と悦子は唇をとがらした。

実際、妙な具合だったと悦子も思う。何故自分がこれほど昌妙に対して気おくれしてしまったのかと不思議でならなかったのだ。尼寺に入るという悲劇的な人生を昌妙に感じていたわる気を起したのか。離俗した人に俗世の魅力を片鱗でも覚えさせてはならないと気をつかったのか。剃髪した人の前で、女であることを見せてはいけないと自戒したのか。「昌妙さんにはきっとコンプレクスがあると思ったのね。それに触れてはすまないと遠慮したんだわ。私らしくないことね、およそ」

あまりにも「女」の話なので迂闊に相槌は打てず、昭夫は黙って聞いたが、コンプレクスと云うなら、それは寧ろ悦子の方にあった心理ではないのかと考えていた。昭夫自身にしても、日頃つきあいのある女たちには意識しなかったものがこの尼寺ではいつの間にか表面だっている。たとえば食事の間でも箸を動かす尼僧の前で彼は強烈に自分の男性を感じていたのだ。これも実際のところ、悦子の言葉を借りるなら不思議なことであった。尼たちは、謂わば女性を捨てた女なのである。それなのにその中で、女性を身一杯に誇って挑発して来る女たちには不感になっている自分の異性意識が内攻的にもせよ働くというのは、これはどういうことだろう。

昭夫は尼たちの前で非常に慎み深い男性になっている自分と、また同じような慎み深い女性になっている悦子を面白く感じた。性の禁欲によって畸型な生活が営まれているかのように思える尼寺の内実は意外に健康であり、また世俗の男女にも健康性を取戻させる何かがあるという発見は、彼に始めて安堵というものを与えたようである。「悪いけど僕、先に寝るぜ」「眠いの」「ああ」夜汽車の疲れもある。眠くない筈はないのだった。始めて一つ部屋に寝る悦子に対しては何の感動もないもののように彼は言葉通り直ぐに健康な寝息をたて始めた。

旅の疲れというものには昭夫より深く見舞われている筈の悦子は、却ってその疲れからか、こちらは仲々寝つかれなかった。音をたてぬよう静かに寝返りを打ったりしながら、日頃の自分の寝相の悪さを反省したり、先刻の昭夫と同じように自分の中の女性をふと見詰めたりしている。隣の床に仰向いて安らかに呼吸している異性にほっとする反面、手をのばせば触れられる近さにいる自分から何の刺戟も受けない様子の昭夫に失望もしていた。いや、失望というならそれは彼女自身に対するものであったかもしれない。そんな情景が現出したら青くなって逃げ出すに違いない悦子は、自分でそうと知りつつもしかし心の一隅でそうなる場合を待ち受けていたのである。最前、平気であると豪語した悦子は未経験な娘にすぎなかった。未経験の倨傲《きょごう》がいわせた言葉なのであった。童貞でないと知っている同い齢の異性の眠りを、処女の悦子は複雑な気持で見守っている。

翌日、明秀庵にまた一つ事件が起った。智道尼が戻ってきたのである。台所の一隅に智円尼と向きあってうずくまり何かぼそぼそと愚痴っている智道を発見したとき、栄勝尼も庵主も、しかし悦子たちの出現ほどには動揺しなかった。「智道か、帰ったかいの」「はあ」智道尼は懐ろから封書を出して栄勝尼に渡した。栄勝尼はそれを表書きも改めずに庵主に渡す。「はてと、眼鏡は何処に置いたかの」「庵主さまのお部屋ではないかや」「そうやろか」

昭夫はとっくに起きて朝食を済まし散歩に出ていたが、悦子はこのときようやく起き出てきた。「お早うございます、栄勝さま」「ようもようも寝られたもんじゃ。眼ン玉アとろけやせんか」

冷たい井戸水で顔を洗っている悦子を見て智道尼は智円尼に何ごとか質問している。「まあね。なんじゃしら似た人と思うたが、まあ悦子さん」「智道さんかしら」お互いにかすかながら覚えていた。十年前と同じように智道尼は明秀庵の住人であったらしい。それなのに昨日一日、一度も彼女の名が庵主たちの口から出なかったのは何故だったろうか。何処へ行っていたのか、そんな話を栄勝も訊こうとはしないようだ。玄関脇の納戸へ入って、智道尼は外出着から青い普段着に着替えて出てきた。

智円尼は殊の外矮小だけれども、庵主も昌妙尼も五尺そこそこの背の低さで、明秀庵はまるで小人国のようだろうと栄勝尼は悦子たちに笑って見せたものだが、その栄勝も骨太なだけで背丈はやはり低いのだった。ところで今日戻ってきた智道尼は例外である。並んで立てば悦子と同じほど、五尺三寸はあるだろうか。顔立ちは平凡な面長で、尋常な眼、鼻、口が、ばらばらと位置している。全体の調子が間のびしているのである。

その午後、寺中で一番ここが涼しいからと栄勝は客間の隣室に昭夫と悦子を招いた。歯にしみるように甘い小型の菓子が供され、庵主が雅やかな手つきで薄茶を点てる。裏庭で鳴きたてる蟬の声が、まるで悠長に聞えてくる。二人の老いたる尼僧はかわるがわる若い二人の質問に答えてそれを娯しんでいるのだった。

僧侶にある階級制度について昭夫が青年らしく不条理なことだと衝くと、返答に窮したのか二人の尼は言葉を濁した。庵主は話を変える気か自分に一服点てた薄茶を音たてて喫して、「なんじゃ、この茶は匂いがないのう」といった。「どこでくれた茶じゃ」「小倉の分家じゃろ」「道理で。あそこはケチな家やで、安もんをくれよった」栄勝尼は庵主をたしなめる。

「これよ昌光さま。坊主が人の悪口をいうてはいけんがや」

庵主は憤然として、「坊主でもいいたいときは悪口をいうわいの」笑いを噛み殺している悦子たちの方に援軍を求めた。「不味《まず》い茶でしたろう、あんた方もそう思いなさるわなあ」

「庵主さまは不徳なお人ですぞ」栄勝尼も負けずに昭夫たちの方に身を乗り出した。彼女の言によると、昌光尼は家柄もよく、容貌、頭脳、何一つ欠けたところのない比丘尼《びくに》なのだが、どうもそれだけに我儘がきつい。自分が並より勝れているものだから並の人間のすることが何一つ気に入らない。したがって他人に感謝するという精神に欠け、物に喜びを感じることが人一倍少ない。「檀家のくれた抹茶なら結構な布施じゃ。人一倍舌のきく性質は、やれ気の毒な。味や匂いのうるさいのは胃の弱い所為《せい》よ。夏は一層じゃ。あれが不味い、これが不味いというて人より一倍不幸が多い」つまりそれが不徳だというのだった。

眼の前でこれだけ攻撃されているのに、庵主は一言の反駁もしない。茶釜の前でちんまりと坐ったまま、栄勝尼と反対に顔を向けて知らん振りをしている。

「若い頃の昌光さまは美しゅうて声が又並外れて美しゅうて、大法要のときなんぞ先頭の僧正さまが誦経の最中には振返って見られるほど際立っていたもんですぞ。わしも何遍聞き惚れたかしれん。難かしい誦経になるとわしら読むは読んでも節まで追い付かんじゃが、昌光さまはそれは見事でしたぞ」と褒めておいて、「まあまあ、若い頃を見ては今よりまっと出世なさるとわしは信じとったがなあ。さ、それが今いう不徳のために、また頑張りも足らんで、明秀庵の庵主が身の終りになってしまわれた」と最後に下げた。歯のない口から、ふわっふわっと笑いが噴き上る。

昭夫は、僧侶の位階制度を衝いた自分の質問に対する解答だったのだとようやく気がついて、栄勝尼を全く喰えぬ坊主だと思いながら、釣り込まれて苦笑していた。

この話が更に身近く今日戻ってきた智道尼の例になったのは、悦子の誘導によるものである。彼女はかすかに察していたものらしい。「智道さんなんかは修業の途中なんでしょう？」

「智道か。ありゃぁ困ったもんじゃのう、昌光さま」「あれこそ、ほんまや」自分に向っていた矛先が変りそうなのにほっとして、庵主は大きく肯いてみせた。

智道尼は台所で働いている智円の十年先輩なのである。肉体的な修道から、そろそろ精神的に切り替っていい年齢である。誦経や檀家との応対はもう一応こなしている。彼女の場合は昌光尼や栄勝尼とちがって始めから明秀庵が修業の本拠なのだったが、そのために屡々《しばしば》他寺へ修業に出向いていた。ところが、どこへ行ってもすぐ戻されてくる。庵主が心配して特に自ら出かけて頼みこんだ先でも、せいぜい二ヵ月もたつと手紙一本の断わり状をつけて帰してよこすのである。

「どうしてですの？」と悦子が問うと、栄勝尼は「どうもなぁ、枝ぶりの悪い坊主じゃで」と嘆息するばかりである。何か悪い癖でもあるのかと悦子が露骨な質問をすると、「ここがな」と庵主は自分の頭を手で撫でて、「ちいとちょろまっこいでのう」といった。

頭が悪いということは決してない。むしろ話の綾取りは栄勝尼より世慣れている智道だ。それが結局のところ修業には邪魔になる、というようなことらしかった。参禅や思惟三昧の境地に遠く達し得ないのは、つまり精神が散漫であるゆえなのだ。「私なんかも戻されてくる口だわね、じゃあ」と悦子は聞いて笑った。栄勝尼は故意にか深刻な顔つきで、「あの齢じゃ。還俗させて嫁にやるわけにもいかず、困ったものじゃ」という。

十人十色というけれども明秀庵の五人の尼僧は五人ともひどく性格が違うということを悦子たちは知ったわけだが、それは仲々面白い発見だった。「ねえ、特にどの尼さんに興味がある？」昭夫は一寸考えてから、「昌妙さんだな」と小さな声でいった。都会から遠い町の小庵で自分たちと同世代の人間が、同じような教養のコースを歩みつつ世離れた禁欲生活の中で生きて行こうとしている異常性に、彼は囚われているのだった。大学では体操以外の課目は平均を抜いているのだと栄勝は自分のことのように自慢していたが、男の学生たちの中で、あれだけの美しさがどれだけ傷つけられずに過せるだろうか。中宮寺の尼僧が齢下の学生と恋して寺を出た話が最近の新聞種になっていたのを思い出したせいばかりでなく、昭夫は何か痛ましい思いに駆られて昌妙のたたずまいをつい見詰めている。「でもね、栄勝さまや智道さんのような尼さんがいるのだから、傍で見るほど当人は苦しんでいやしないのよ、きっと」悦子は銭湯で昌妙に遠慮したときのことを忘れて、昭夫に反撥してみせる。明らかに嫉妬めいたものがいわせた言葉だと悦子もしかし直ぐ反省して、「だけど昌妙さんは本当にきれいだわ。あなたが痛ましいという意味は分るのよ」といい直した。女が一人の女を無条件で美しいというのは彼女が相手に致命的なハンデキャップを認めたときである。悦子も例に洩れなかった。美しい昌妙は尼だ。嫉める相手ではない。

若い昌妙尼が自分ではどのように考えているものか、一番訊きたいことでありながら昭夫も悦子も訊けることではなかった。そんな質問を洒々《しやあしやあ》とできるほど自分はいい気ではいないと思ったからであり、昌妙尼に感じる美しさが厳しさにもなって阻むのである。それに昌妙尼は朝は智円尼と同じく早朝に起床して、庫裡《くり》の拭き掃除から庭掃きを終えると、朝食前の朝の誦経という日課に従っていて、檀家廻りが智道尼のおかげで楽になった昨今では、時間さえあれば二階の一室に籠ってしまい、二人の前には滅多に姿を見せないのであった。二階の悦子たちの座敷と反対側にある狭い部屋が昌妙尼の勉強室になっているらしい。

「卒業年度の夏休みに北陸でノオノオとしている私たちとはいい対照だわね」悦子は昭夫に笑ってみせる。「冗談じゃないよ、僕だって遊んでやしないぜ。昨日一日で三十枚という成績だ」昭夫は卒論の総まとめにかかっているのだった。「じゃ、どうぞお続けなさい。私は邪魔をしないわ。ここで智道さんと話してるから」

庵主さまはとる年で日中は横になっていたい様子だし、栄勝尼は暇があれば薄暗い押入の前に坐って中のものを細々取出しては整理し、檀家がくればその応対で忙しい。智円尼は下働きでこま鼠のように一休みもしない。昌妙尼は二階で本を読む。とすると明秀庵で一番暇なのは智道なのであった。命日に当る檀家を廻って経をあげて帰れば、あとはやればやれる用をやらない躰を持て余している。悦子と組めばいい勝負なのだった。

その智道尼の口から、昌妙尼の実家は明日の粥にも困る貧農で、人間一人の口べらしに娘を寺にあげたのだということを聞かされたのはこの日である。「あの通り賢い子だで庵主さまも可愛がりなすって、家の面倒もしばらく寺で見てたほどですよ」しかし終戦後の農地解放で小作人も自分の田地を持つことができ、今では結構な暮しに落着いて瓜や茄子などを山と積んで時折母親が遊びにくる。

生活苦がこういう形で寺と結びつくことがあろうとは思わなかった。野菜を抱えて訪ねてくる母親の心境を悦子は悦子なりに感傷的な想像をした。

「これから先、昌妙さんはどうなるのかしら」智道尼はこともなげに、大学を卒業したら東京の仏教大学の大学院に入り、大きな寺で修業を積む。早晩、この明秀庵に戻るだろうと答えた。「昌光さまは御自分の応量器になさるおつもりですからね」つまり末は明秀庵の庵主は間違いのないところだと云うのだった。

「じゃ、明秀庵は二代続いて美人の庵主さまに恵まれるわけね」悦子は最前追いたてたのに立去りかねていた昭夫を省みてこういった。今は痛々しい若さも、そのころは昌光尼のように美しく枯れるかもしれないという心である。
「そうです、そうですよ」と智道尼は大きく肯いて、「このあたりでは明秀庵の庵主さまは代々美人だという云い伝えがあるのですわ。昌光さまもあのとおりお綺麗ですけどもね、前の代の維鏡さまという方も美しい方だったそうで、この辺での方言ですけども明秀庵の美《う》っつい庵主さんいうて、毬つき唄に残ってます」悦子はその応量器に嘗て一度自分も目されたのだと大層いい気持でその話をきいた。

ところで前から気になっていたのだが、明秀庵の尼僧たちの言葉はこの地方の方言とも違うようだ。智道尼のアクセントなどは東京流でさえある。この昭夫の疑問に、「昌妙だけがここの方言を使えます。あとは庵主さまは福井で栄勝さまは四国、智円さんが紀州で私は関東という具合で、それが銘々の修業先で大分変った上に、五人かたまって暮すのが長くなって、もうそれが誰のお国言葉やら滅茶々々になってしまったのですわ」智道尼は様々なアクセントを混えて淀みなく説明した。

光明遍照十方世界かと、昭夫は面白く感じた。
「ねえ智道さん、失礼だけどお経あげている間は全くの無念無想になれるのかしら」という信仰の核心に触れた問いには、身じろぎもせず即答が出た。「ここでは栄勝さまぐらいでしょう。私なん、お経の間は一層他のこと考えてしもうて」これも淀みのない調子で、「だから駄目なんですわ」と、一向その駄目を悲観しているようにはとれぬ笑顔だった。

「ね、尼寺が失恋して入るところだなんて嘘っぱちね」「うん、寺の実体は非常に生活的なんだな」悦子は、智道尼が檀家で読経するときの表情を想像してみた。それは何のわだかまりもない職業意識に基づくものであるに違いない。生命保険の勧誘と、説教と、智道などの場合どこに相違があるといえよう。「ここでは個人的な失業問題はないんだわ。皆が協同して、働いて、食べて、それで平和なのね」

それも永世的な。悦子の十年前の記憶と今と少しも異なるところはないのだった。

「詰らない男で苦労したり、ひどい眼にあわされたりするより、よっぽどましな生活かもしれないわ」悦子の本音だった。女の自立する時代がきて、働いて食べている同性を身近に見る昨今、悦子はその凄まじさに時折総毛立つことがある。酒場のマダムが青年を揶揄《やゆ》した例は、やはりその一つだ。女が一人で働くとき、大がい何処かで羽目が外れている。それは結局自分で生きて行く苦しさへの抵抗かもしれないのだ。女が男に寄りかからずに生きて平穏でいられるのは、ひょっとすると尼寺だけなのではないか。男に患わされない女の生活で静かな日が明けくれるのは、尼寺だけではないだろうか。

しかし昭夫は別のことを考えていたらしい。「君、昌妙さん見てもそう思う?」

悦子は、この優しい問いかけに一瞬厳しさを覚えた。昌妙尼に青春が訪れないとすると――さすがの悦子も、この仮定《サブジャンクション》を進展させることはできない。

ところで、若い俗人たちの会話が主として五人の尼僧の人物評論であるのと同じように、尼たちも彼女たちだけが寄ると二人の月旦《げったん》で終始していたようである。

「栄勝さん、一度観音さまに伺いを立てておくれんかの」と庵主はまだ心配している。「そうじゃの。では一度伺うてみようかの」と栄勝は逆らわないが、仲々神輿《みこし》を上げない。観音さまに伺うというのは、栄勝尼が行をすることなのである。彼女は荒行を修めているので特殊な霊感が働き、観音さまのお告げを聴くことができるのであった。明秀庵が小さな町中の檀家ばかりで割合気楽に暮して行けるのは、この栄勝尼の「お伺い」あればこそなのである。縁談、旅行、方位、失せもの。栄勝尼が伺えば観音さまは何でも教えて下さる。もっともその行は早朝未明に行われるとかで、悦子たちは見たことがない。誦経が高潮して一瞬白熱したときに啓示があるのだそうである。

ある日、二階の二人が起きてこない朝食どきに、栄勝尼は「観音さまは何もいわらっしゃらんわ」と庵主に報告した。彼女は「心配することはないんじゃろう」と解釈したのだが、庵主は、「観音さまも呆れなすったのではなかろうか」と懐疑的だ。

昭夫は大変調子よくノートの整理ができてきて、夜はせっせと原稿用紙に清書している。就寝時間がどんどん晩くなるので、したがって前のように朝早く起きられなくなっていた。午《ひる》近くなってタオルをぶら下げて下りてくる。「男の放散《ほうさん》は仕方もないが、女が男より朝の遅いは言語道断じゃ」と庵主は我がことのように憤慨するのだ。智円尼は最初から昭夫びいきで、食後の皿洗いを手伝う彼を、それこそ観音さまの御加護のように有りがたがり恐縮している。智道尼は専ら悦子の昭夫に対する言語動作を話題にして、ひどく面白がっている。「寺の便所は遠くて暗くて怖ろしいいうて、よう一人で行かんと、その都度昭夫さんを起してますが。その起しようの荒いこと荒いこと。私のとこまでよう聞えますわ」彼女は二階の座敷と反対側の一間に一人で寝ているのだった。

昌妙尼と智円尼は玄関口の納戸へ、庵主と栄勝尼は仲よく庵主の部屋へ一緒に寝ているのだったが、「ほんまにまあ真夜中の騒々し。便所にあんた、一々男を起す女ごがあるもんやろか。昭夫さんも気の毒な」と庵主は自分もその都度眼を醒まされているから、すっかり腹を立てている。いくら世の中が変ったからといって、こうも女の不行儀が許されていいのか。

「あの昭夫さんは、ええ子じゃがの。ちぃと男らしさが足らんのじゃなかろか」と栄勝尼だけが批判的である。もっとも彼女が双方に対して平等に好意を持っていることには間違いない。彼女の意見では、悦子があぁ出るのは昭夫がそれを寧ろ快しとしているからだというのであった。近頃の男女の愛情の表現も受取り方も変ってきているという一例ではないか。

「そんな阿呆な、昭夫さんは申し分のないお人ぞな。悦子には勿体ない」「優しゅうて、よう気がつきます」智円が庵主の言葉をついで褒める。智道尼も、「かわいい坊っちゃんや。親御さんは嬉しいでしょうなあ」という。昌妙尼は黙って箸をのばして鉢から豆をつまもうとして何度もつまみそこねている。

栄勝尼は椀の中のすいとんを持て余して「智道、送るぞ」と渡した。先輩からの送り膳は拝して全部喉を通すのが礼だ。箸でちゃぶちゃぶに溶かされたすいとん汁を、智道尼は黙って押し頂いた。

昭夫にひきかえ、悦子の株は暴落している。庵主は自分の身内だから遠慮会釈のない悪口をいうのだ。朝寝坊で、掃除はおろか食事の後片づけも手伝うことではない。あの派手な洋服はどうだ。似合いもせぬにみっともない。可笑しくもないときに甲高い声をあげて笑い転げ、何かというと小ざかしい屁理屈で昭夫に喰ってかかる。黙っていても周りの空気を動揺させるようで、それが喋り出すと大仰で下品な仕方話は、見られたものではない。「まあのう、昔疎開していた頃はどんなええ娘になるかと思うたが。親が躾を忘れてしもうたんじゃなぁ」

智道以下、庵主の思いきった悪口を半ばにやにやして面白がって聴いている。庵主ほど悪くは思っていないのだが、尼僧も人で、しかも女だから女の悪口をいう人を面と向って見ているのには快感があるのだった。

が、栄勝尼はこの場合も庵主の反対意見なのだ。「昌光さまは昔風な考えで若いもんを見なさるからじゃ。今日では、あれが普通ですぞ。なあ、昌妙」昌妙は茶を啜っていたが、「はあ。ああいう人は大学に行けば沢山います」と首肯《うなず》いた。

「明るくて活潑で、若いもんは元気が第一じゃ。昌妙、お前はちいと温和しすぎるぞ。四年たてば東京行きじゃろ、今のうち色々きいとくと為にならんか」「はあ」昌妙は茶を置いて、きちんと膝に手を揃えた。「私、東京の話ではありまっせんが、学校の勉強で分らんとこあるの教えて頂いてもよろしいでしょか」庵主が答える前に栄勝が大声を出した。

「おお、ええとも、なあ昌光さま」

食後、庵主は一人本堂に向ったが、栄勝にきこえぬように低声で呟いたものだ。「やれ怖ろしや」

ふと門口を見ると、鶏頭の花が強烈な太陽を待って、燃えるように列をなしている。庵主は腰をのばして眼を細めてそれをしばらく見守っていた。赤い色は彼女の好きな色なのだ。それなら、悦子の身につけるものは、同じ系統ではないか。彼女の最前の感想は矛盾している。

没色彩《カラーレス》と思われる明秀庵に例外は三つあった。この鶏頭と、それから本堂の阿弥陀像の須弥《しゅみ》壇の上下を飾る幕である。緋《ひ》縮緬《ちりめん》に加賀友禅模様を全部刺繍した豪華なものだ。年代がかかっているが、一見どきりとするように赤い。昭夫が始めてそれを見たとき、瞬間、彼は娼婦の蹴出しを連想したほどだ。実際の尼寺の清潔とは遠い穢ない色だと感じたのである。聞けば、元藩主の姫君の寄進した裲襠《うちかけ》から作られたということであった。

それからもう一つ。それは裏庭に一面に咲き誇っている花であった。鶏頭ほど毒々しくなく、緋縮緬のように異常な艶めかしさはなかったが、やはり赤かった。二尺余りの高さに育って、果樹の多い庭面をすっかり埋めている。

猛暑が、ようやくこの北国に訪れてきていた。外を出歩く気にもなれず、まして読書などかなわないような午後、昭夫は階下の客間の窓に腰を下ろして見るともなく裏庭を見ていると、手拭いを頰冠りにして花の中でうずくまっているのは、どうやら栄勝尼と智道尼の二人であるらしい。彼は直ぐ縁に出て下駄を爪がけた。「草むしりですか」

二人とも顔を上げたが返事をしたのは智道尼で、「はあ。土用にいらんうちに」昭夫は気軽く腰をかがめた。手伝う気である。「あらま、手が汚れますよ」「洗えばいいでしょう」栄勝尼が畑の中のような大声で「悦子さんは勉強かの」「昼寝してますよ。ゆうべ暑くて眠れなかったんだそうです」「ようもようも。眼ン玉アとろけやせんか」田の草とりのように花の足下の雑草をむしって行く。青い匂いと土の匂いが、太陽にじりじり灼かれて、噎《む》せるようだ。そのせいか、花は一向に匂わなかった。「これ、なんという花ですか」訊くと、のろのろと草をひいていた智道尼が愛想笑いと一緒に答えた。「吾亦紅《われもこう》」

このとき北隣の空地から、わあっと子供たちの喚声が上った。キャッチボールの球が、土塀を越えて庭に飛込んできた。「お寺さアん、毬とってたいまア」少年たちが声を揃えて叫んでいる。

昭夫は救われたように立上った。彼は吾亦紅《われもこう》が、どんな字を当てはめるか、咄嗟には考えつかなかったが、花の名を答えた智道尼がそれに相応しい匂やかな笑顔を向けたとき、暗い本堂で須弥壇の緋縮緬を見たのと全く同じ衝撃を覚えたのだった。酒場のマダムが、「女の齢は黙っていても物をいうのよ」といつかいったことを脈絡もなく突如思い出した。花の中の智道の、前歯に銀の見える笑顔は直ぐ昌妙尼の恥じらいを含んだ清楚な笑顔に、と見る間に三度オーヴァラップして、マダムのあでやかな笑顔になって揺れたのだった。昭夫はボールを拾うと、塀の彼方より遥かに遠い空を目がけて、力一杯、擲り投げた。

避暑という目的がなかったとすれば、悦子と昭夫が土用のまっ盛りに帰京を思い立ったとしても不思議はない筈である。これより東京はもっと暑いかと思うと二人の勇気は沮喪《そそう》するようだったが、尼寺における二人の忍耐はそろそろリミットにきていた。というより悦子の言葉を借りて「もう我慢はできない」というのが真相だろうか。

精進料理の含水炭素即ち澱粉質ばかりの食餌の量的攻勢に、悦子はたった十日ばかりの間にむくむくと肥ってしまった。湯屋の計りで体重が一貫目近く殖えたのを発見すると、矢も楯もたまらぬ調子で帰京を主張し始めたのである。横の物を縦にもせず眠ってばかりいたことには何の後悔も見せない。「だって私は寝つきが悪いんですもの。あなたがぐうぐう眠ってる横で殆ど暁方まで起きてるのよ。だからその分を昼寝で取返したんだもの、睡眠量からいえば東京にいるときと変らないんだわ」

昭夫も食事の味つけの辛さや単調な惣菜には辟易していたが、さすがにそんな贅沢はいわぬ分別があった。しかし彼も、そろそろ腰を上げるべきだと思い始めていた。東京を離れたいと希った当初の目的は果されていたからである。

年上の女に対する性欲的な未練は何時の間にか消えてなくなっていたのだ。彼女を思い出すのは正確に汚れた過去としてである。いや、しかもうとましい過去ではなかった。純粋に去ってしまった出来ごとだと今の彼には思えるのだった。尼僧たちの生活に秘かに滲み出た性を見たためだったろうか。静謐の中に憩って、ゆるやかな波に洗われたからだろうか。

彼は昌妙の学習を何時の間にか見てやるようになっていたが、家庭教師というアルバイト意識から例の神秘感を撃退する愚の近づきつつあるのを残念にも思っていた。昌妙尼は近く見ても美しいことに変りはなかったが智能程度は栄勝が自慢したほど傑出していると は思えず、まず平凡な大学一年生にすぎないと思われた。質問してくる事柄が幼稚だったし、質問の仕方が表現能力を疑いたくなるようだったのである。しかし彼は生得の親切で叮寧に教えてやった。そしてそんな生活が少々気詰りになってきていた。悦子のようなお転婆相手では時に温和な処女が魅力と見えても、それとばかり向きあうようになれば忽ち彼は退屈するのだ。それに、彼の説明を白い顔をあげて聴きいっている昌妙を見ると、彼は退屈してはすまないのだという強迫観念に迫られるのである。青い頭には異常ないろけが感じられる上に、昌妙の澄んだ眼が日増しに熱っぽく潤んでくるような気配も見えてきたのだ。何時まで我慢のできることではない。

また、卒論についてメドが立ってしまうと、この単調で平和な生活は勉強に好適なようで昭夫には相応しないということが分ってきた。四年近く、アルバイトの合間を縫って学問をするという自活学生の生活を送ってきた彼は、その習いが性となっていたものか、時間と時間に追われたり追いかけたりという一種スリルに似た感激が失われてみると、猛勉に必要な情熱やヴァイタリティまで薄れるようで机の前でも能率が上らないのだった。

「帰りましょうよ」「うん、そうだな」いい出したのは悦子が先だが、昭夫も徒らな追随をしたわけではなかったのだ。このコンビには、万事がこんな具合で進行している。

「君とゆっくり話し合う機会がなかったみたいだね」明日その旨を発表して夜行に乗ろうと決めた夜、窓ぎわで胡坐《あぐら》をかいた昭夫はそんなことをいい出した。「何いってんのよ、十日同じ部屋に寝たんですよ」どんなつもりで悦子が激しいいい方をしたものかと戸惑ったが、「感謝してるんだ、僕」と昭夫はいうべきことをいう冷静さを持した。ふと洩らしてしまった過失を詰りもせず、悦子がこれほど温和に遇してくれようとは彼は実際思わなかったのだ。饒舌で、自己中心主義者《エゴセントリック》な悦子が、この明秀庵へ連れてきて、十日間は全く自分を野放しにしたのだ。女というものは男に対して煩いか、でなければ故意に冷淡であるかどちらかだという常識が、悦子になかったのが有りがたかった。

悦子は悦子で、この昭夫の真摯な言葉に吃驚していた。

毎晩、机に向ってせっせと原稿用紙に清書を続け、終れば二言三言のうちに蒲団に入って、そのまま寝入ってしまう昭夫の寝つきのよさに彼女は呆れ返っていたのだ。その寝顔を見て無邪気なものだとつくづく思い、最初の夜覚えた不満のようなものは、やがて失せていた。もっともその失せるまでには紆余曲折があって、所詮自分は昭夫にとって性的魅力の対象にはならないのだと思ってみたり、自分だって彼を恋人と思ったことはないのだと息張ってみたり、様々に考えたものなのだが、悦子がたった一つだけ発見したのは、男性の獣欲に対しての誤解が一つ解けていたことである。

性に関する書物は氾濫していて、悦子も知識ではかなりのことまで知っているが、読書の結果は男性のそうした一面が必要以上に強調されていたようである。考えてみれば実際には共学の学生生活だって世間が猟奇の眼を瞠《みは》っているほど内実は乱れていない。昭夫と悦子で十日同じ部屋に眠ったから、何事か起ったろうと大人たちは思うだろうが同じ世代の人たちは信じてくれる筈だった。

清潔な夜を、寝苦しかったのは、悦子の寝つきの悪さと最初の夜の影響が原因なのだと彼女は信じていた。異性と、ともかく初めて身近に寝たという体験ぐらいで興奮したなどと思いたくなかった。そして昭夫は全く悦子に無関心だったのだと思い込んでしまっていた。異性間に全き友情が成立するための条件として。

　こう悦子が思い込んだ単純は嗤《わら》わるべきでない。恋愛の場を自由に与えられた若者たちは却ってそれに淡泊な欲求しか持たなくなっているのだ。執念《オブセッション》が現代は稀薄な証左である。ともかく昭夫がよし悦子よりおそく起床したとして、彼女の蒲団の匂いを嗅ぐような情景は断じて見られなかった筈だ。

　こう思っていたから、最後の晩になって昭夫が真面目な顔で悦子に感謝の辞を述べたのは意外だった。他人行儀な挨拶とも思えなかったからである。

「変だわ、あらたまって」「あらたまってるわけじゃないよ。いう機会が今までになかったんだ」昭夫は、そういいながら、なぜ機会がなかったのかとふと訝《いぶか》しんだ。都会の疲れが充分癒えていなかったからか、尼寺という特殊な環境が彼を眩惑させた為か。この夜、彼は始めてのように悦子を目の前に感じていた。明日は再び都会へ戻る。その前夜彼は悦子を抱きしめたかった。これまで、夜になればただ昏々と眠っていたのが、別な自分だったように思われた。

　急に手首を握られて、悦子は昭夫の顔を見上げた。意外ではあったが、最前の感謝の言葉ほどには驚かなかった。「どうしたの」呟きの上に、昭夫の唇が掩いかぶさった。

　ほんの少しの抵抗も示さなかった悦子は、昭夫が腕を解くと立上って、「今夜はこの部屋に寝られないわね」といった。無言でいる彼を残して、出て行ったが、すぐ戻ってきて、「智道さんとこへ行くわ、悪しからず」にっと笑ってみせた。昭夫は苦笑の外はない。たしかに警戒されてよい状態なのだった。

翌朝、悦子は久々で爽快な朝を迎えた。隣の智道は掛蒲団をはいで、手足を伸したまま眠っていた。枕許に読みさしの雑誌がある。尼僧より早く眼があいたと得意で、枕許の腕時計を見ると、しかし七時は過ぎていた。熟睡できたのだなと思った。同性の傍で眠ったからだろうか。昭夫が自分を愛していると確かめた安心感からだったろうか。

智道尼も隣の気配で眼を醒まして、両掌で顔をごしごしこすった。「お早いですね、今日は」

「ええ、お世話になったけど、今日で帰ろうと思って」「まあね？」

智道の注進で階下は大騒ぎになった。庵主は真顔で「なんでまあ急に」と詰るように悦子を見る。昨夜、智道の部屋へ寝たことはせめて発つまででもいわずにいてくれと頼んであったから、誰も昭夫との間に軋轢《あつれき》があったかと臆測はしない。尼僧たちは心の底から客のいなくなるのを残念がっているのだった。

顔を洗ってから、悦子は身軽く階段を上って、「何時まで寝てるんです？」大声で障子を開けた。昭夫は今開いたばかりの眼で、立ちはだかっている悦子をぼんやりと見ている。「起きなさい。御飯前にお散歩しましょう」昭夫は複雑な表情で、のろのろと起き上った。

朝食のとき栄勝尼が「荷造り手伝えや、昌妙」といったもので、「結構よ、荷物なんて何もないんですもの」と断わったのに彼女は部屋に静かに入ってきてしまった。散歩には庵主がついてきたし、二人は汽車に乗るまで遂に一度も二人きりになれずじまいだ。

悦子が云った通り手伝うことは何もなかったから、昌妙尼は一隅に端坐して二人の荷造りを見守っているばかりだった。若くて美しい尼僧が、ひっそりと同じように若い二人の娯しげな動きを見ている。昭夫は彼女の視線がいたましいように眩しくて、つとめて昌妙を見ぬようにしていたが、悦子は悦子でほっておけばよいと思いながら、つい彼女の方から何かと話しかけてしまった。

「いつかは東京にいらっしゃるんでしょう?」「はい」「そのときまた一緒に遊びましょうね」明秀庵でも一緒に遊んだことはなかったのだが、「はい」「お別れに……、何か持ってたらいいんだけど、これ私らしくなく古風な趣味でしょ、よかったら使って頂だい」鏡だった。白粉を使わぬ悦子にはコンパクトの必要がないので、小型の鏡だけ持ち歩いている。それは中身は普通のガラス製だが、サックが和趣味の金襴でできていた。「綺麗な。有りがとうございます」昌妙尼は鄭重に頭を下げた。

昼は精進の五目寿司にくるみ豆腐と胡瓜の酢の物という献立てで、昭夫は無理強いに寿司のおかわりをさせられた。五人の尼僧は口々に名残りを惜しみ、賑やかなことであった。そして二人も十日間の滞在中放散《ほうさん》三昧を許されていたことについて心からの礼を述べるのに吝《やぶさ》かでなかった。

門口に立って寺を振返ると、暑熱を受けて犬の舌のように喘いでいる鶏頭の花が強烈に眼を射た。「またおいでなさいや」「ええ。本当に有りがとうございました」「皆さんお元気で」「あんたらもお達者でな」庵主と栄勝尼と智円尼は何時までも何時までも門の前に立っていた。智道尼と昌妙尼は駅まで送ってくれた。気楽そうな智道の饒舌の相手になりながら、悦子は昨夜の記憶をくすぐったく思い返した。昭夫は昌妙尼の静かな、しかし灼きついてきそうな視線にやや当惑して無言で歩いた。

汽車の中で、ようやく二人きりになれたと顔を見合せて、どちらからとなく微笑《ほほえ》み交わした。「やっと恋人同士になれるわ」「なんとかいってやがる。逃げたくせに」「逃げた?」悦子は訂正した。「逃げやしないわ、観音さまに遠慮しただけよ」そう彼女は信じている。この二人の恋ならば東京でだって、健康に育つだろう。

しばらく揺られて、二人ともつい今別れた明秀庵を同じように追憶していた。「僕、凄く感激してることがあるんだ」「なあに」「誰一人僕らに押しつけがましく抹香臭いことといわなかっただろ」「そうね」肯きながら悦子はハンドバッグを開けて、「それで思い出したわ。今朝、栄勝さまから、これ」赤い布製の小さな袋が二つ。中身は観音さまのお守りらしかった。

すず風が立ち始めると明秀庵の朝夕は、めっきり冷えてきた。庵主は頭を冷やさぬ要心で、来客のないときはタオルを冠っている。そんな頃になってようやく増井悦子から礼状が届いた。封書だが、中身は便箋一枚である。

夕食の膳が整えられ、「昌妙を待とうかの」「汁が冷める。智円の心が無駄になる」と話しているところへ昌妙尼が鞄を下げて戻ってきた。栄勝尼が「丁度ええ。早う着替えて坐れ坐れ」といったので、昌妙は二階の部屋に上らず鞄を傍においたまま箸をとった。

タオル頭の庵主は肩をすくめて汁を啜り、それから思い出したように懐ろから悦子の手紙を出した。「悦子さんからの手紙でしょうがの」眼敏く見付けた栄勝尼の前に展げてやりながら、「勝手な、今ごろ便り寄越して」ぶつくさいう口と反対に手紙が来たのは嬉しいらしく、まだ内容を目で追っている。「昌光さま、相すみません。眼鏡を貸して下さらんか」

庵主の老眼鏡をかけて、栄勝尼は「なになに、ごぶさたおゆるしくださいか」と喰いつくように読み始めると、智道尼が「栄勝さま、おっきな声で聞かせて下さい」と頼んだ。「よしよし。読むぞ」

御無沙汰おゆるし下さい。今日は書こう明日は、と思いつつ日が飛ぶように過ぎてしまいました。東京では私のような暢気者《のんき》も追いたてられるような気分で暮しているのです。そんな日常に戻れば、折につけ明秀庵が思い出されます。有りがとうございました、と感謝したくなるのも自然なのです。夏の十日間、私たちは存分に憩えました。今から考えるとそれは、都会人である私たちがメルヘンの中で吐息をついた為だろうと思われます。何時までもどうぞ静かにお暮し下さい。そして、どうぞ又私たちを憩わして下さい。追伸、いろいろ考えてマカロニ一箱をお送りしました。智円さんの腕前に期待して。

栄勝尼の声は大きくて申し分なかったが、何分にも吶々たる読み方なので内容の簡潔が却って聞くものには理解し難かった。で栄勝の手から智道へ、それから智円と昌妙へと、便箋は廻されたのである。

庵主の昌光尼は昨日あたりから腹具合が悪く、例の不徳な食欲減退の状態だったから、箸はその間ちっとも進まなかった。ふと傍に昌妙尼の鞄が弁当箱を出したあと開いたままになっているのに気が付くと何気なく中を覗いた。大学ノートが数冊詰っている。中身は細字でびっしり横書きしてあるのを庵主は知っている。眼鏡をとった眼をしょぼつかせると、ふと小型の雑記帳が表紙の色の違いで眼についたのでそれを取上げてパラパラとめくった。これはどうやら昌妙の短歌の習作集らしい。栄勝が返してよこした老眼鏡をかけて、庵主はあらためてそれを拾い読みし始めた。気がついた昌妙尼が小さな声で「あらア」といったが、ひったくるような不作法はしない。しばらく愧ずかしそうに庵主の横顔を見て、それから悦子の手紙へ戻った。「マカロニたら、なんぞな」という話になっていたからである。

三十一文字《みそひと》の道は庵主もいささかたしなんでいたから、横書きのノートより親近感はあったのだが、昌妙の短歌の腕前は義理にも上手とはいえないようである。しばらく離れていたが、また私も始めてみようか。そいで昌妙に教えてやらないけんわ。などと思いつつ頁をくると、終りに近くこんな一首が記されていた。

鏡をば友の賜いし見詰むれば見詰め返せし我が獣の眼は

「昭夫さんのことは何も書いとりませんな」と何度も読返したらしく、智円がいっている。

「あの二人、ほんまに恋人やったろか」「さあ、どうでしょう」と智道尼はにんまり笑った。発つ前夜、悦子が彼女の部屋で寝たことを未だに口外していないのである。

マカロニはなんでも喰べものには違いないと落着いたが、まだ一つハイカラな言葉が残っていた。……メルヘンの中で吐息をついた為だろうと思われます……。「英語であろ。知らんか昌妙」

「知りまっせん」昌妙尼は眼を伏せて、きっぱりと答えた。その横顔を昌光庵主は老眼鏡ごしに、じっと見ている。

明秀庵には、静かな日が相も変らず流れて行く。翌日は秋空が高く晴れ上ったいい天気だった。庵主は縁に出て日向《ひなた》ぼっこをしていた。智円尼は台所で薪割りをしている。昌妙は大学へ行った。北隣の空地で子供たちが賑やかにキャッチボールをしているらしい。「お寺さアん、毬とってたいまア」声を揃えて叫んでいる少年たち。遠く裏庭のあたりから、「はアい。ちょっと待ってたいまア」と智道がのんびり返事をしている。栄勝尼は腰で手を組んで暗い本堂に向って歩きながら心の中で呟く。あれも取り柄がないわけではない。

（「文学界」一九五七年一〇月）

江口の里

一

グノー神父にとって、日曜日は決して聖なる主日《しゅじつ》ではなかった。六時半と九時の二回のミサの後は、青年会の集まり、聖マリア会の集まり、教会委員の集まりが、時間を区切って行われ、そのどれにも顔をださねばならぬ神父は、朝食を摂《と》る時間がなくなるばかりか、下手をすると昼食も断念しなければならなくなる。グノー神父の見るところでは、日本のカトリック信徒たちは異様なほど熱烈な信仰を持っているようである。彼らは、その聖なる集いにおいて、平面的な顔を並べ、天主《かみ》を讃美し、マリアに祈り、カトリック信者が生きて行く上で、日本というところはいかに多難かを語り続けるのであった。グノー神父は、日本のカトリック信者にはカトリック信者以外の人間的部分が無いのではないかと時折懐疑する。そして聖職者である彼よりも、数倍熱心に信仰について語り続ける彼らを見ていると、いっそう胃が収縮してきて、空腹に耐えきれなくなってくるのだった。

晩夏、急に涼しくなったその日曜日も、グノー神父は苛々《いらいら》して信徒たちの相手をしていた。司祭館の中の集会室は、先週までが嘘だったほど暑さが凌《しの》ぎよく、そのために青年たちも聖マリア会の娘たちも何時《いつ》もより腰を落着けてしまった。グノー神父には、この齢頃の男女が、それぞれ別々の会を持ち、あまり互いに交わろうとしないことも不思議だったし、折角の日曜日を、この野暮ったい司祭館の椅子の上で空費するのが怪訝でならない。この連中は恋人を持たないのだろうか、と彼は首をかしげる。まったく、表情を持たない彼らのアクセントのない饒舌を聞いていると、まず唆《そその》かされても駈落ちなどはできそうにないと踏めた。

案の定、一番最後の教会委員たちは若いものより更に長《なが》っ尻《ちり》だった。長老格の野添氏と桜井夫人は口を揃えて、前任司祭のやり口を批判し、グノー神父にその轍を踏まぬよう懇望する。「お説教が、どうも短かすぎるようでございますわ、神父さま」「そうですな、今日ときたら殊のほか早く終りました。七分半でした」グノー神父は呆《あき》れ返り、まじまじと彼らの顔を見守っていた。グノー神父自身の幼い日の記憶では、ミサ聖祭の中の神父の説教は長いほど退屈で迷惑なものであった。神学校の学生時代にも、自分が主任司祭になった暁は、できる限り早く切りあげて聖祭にあずかる信徒たちを解放しようと思い続けていたものだ。それが、日本の信者たちには歓迎されないという。

委員たちが帰ったあと、グノー神父は厨房に行って松谷老人の整えた食膳に飛びついた。時計を見ると一時過ぎである。フォークを取上げて茶碗の飯を掬《すく》おうとしたとき、玄関に大声で名を呼ぶものがあった。

「神父さま、神父さま。私の叔母が危篤です。終油の秘跡を授ける用意をして下さい。すぐお出《い》で頂きます」信者の一人が切口上で云う。これは寸刻を争う事柄であった。グノー神父はすぐに用意して、待っていた車に飛び乗った。心の中で、厨房の蠅があの白い飯に止らぬようにと祈っていた。

きっと今にも息が絶える病人なのだろうと思ったから、グノー神父は約一分で終油の秘跡を与えて了ったのだが、周りの信者たちは呆れ返って、もう終ったのかと云う。いろいろ云う日本語を考え合せると、どうやらもっと勿体《もったい》をつけろということらしかった。やむなくグノー神父は、その日の聖務日禱《プレヴィイリアム》の一部を唱えることにして、二十分後に病院を出た。臨終の信者は指を胸の上に組んで幸福げな表情であったが、神父は心の中で彼女は数日後にきっと病癒えて退院するだろうと思っていた。

東京の市中はどの道でも地下鉄工事か、でなければ道路工事を行なっているということを充分視察して司祭館に帰ると、厨房の一隅では飯も味噌汁もそのまま置き忘れられていた。が、グノー神父が突撃のように物音たてて飛び込んできたので蠅は驚いて飛び上り、神父の眼に飯粒を舐めているところは見せなかった。

しかし、無情なる松谷老人は厨房の羽目板を雑巾で拭きながら、聖堂に幼児洗礼を受けにきている信徒が待っていると告げたので、グノー神父はフォークを手にすることもできなかったのである。赤ンぼというものは抵抗力を持たないから、何時《いつ》どんなことでぽっくり死ぬか分らない。この洗礼もまた終油の秘跡と同じように乞われれば直ぐ行わなければならないのだった。

「父と子と聖霊の聖名《みな》において、われ汝《なんじ》を洗う」と云いながら聖水で赤ンぼの額に十字を描くとき、グノー神父はくらくらと眩暈を感じた。神父は、食人種の裔《すえ》として生れなかったことを天主《かみ》に感謝しながら、そそくさと聖堂を出た。

冷めた飯と冷めた味噌汁に、ようやくありついたときは、午後三時を廻っていた。グノー神父は、不馴れな日本式の食事を不快に思う暇のなかったことを再び天主に感謝して、ハンカチで唇を拭《ぬぐ》いながら司祭室へ落着いたが、何度拭《ふ》いても味噌の匂いと、今日初めて嚙み砕いて嚥下《のみくだ》した沢庵の臭気がとれない。神父は本箱の後ろにかくしておいたホワイト・ホースを取出すと、口をつけてぐいと一口飲んだ。ウイスキーの香気の、なんという美《まぐわ》しさだろうと思う。先任司祭の中に酒を飲む者があってと桜井夫人が顔をしかめて以来、神父はアルコール類の一切を信者の眼に触れぬ箇所に蔵《しま》うことにしているのだった。

澱粉質の多い食事の後の倦怠《けだる》さを持て余して、グノー神父は大きなデスクの前の廻転椅子に腰を落すと、足で床を蹴ったり突き出した腹で調子をとったりしながら、右左に椅子を廻して遊び始める。あとしなければならないことと云えば、聖祭に侍者を勤めた青年が、ミサ中に廻した献金箱を整理したものを、あらためて見るくらいのことだ。病院で聖務日禱《プレヴィリアム》を三分の一やってしまったし、今日は楽ができるぞと、神父は両腕を伸ばして、夜は久々に外人宣教師会を訪れ、脂肪分の多い肉の皿にありつくとしようかと考え始めていた。仲々食べられないものを、食べようと考えるのは楽しいことだ。グノー神父は頭を振り、それにしても、まず片付けるものを片付けようと、「主日の献金」と書いた大学ノートを取上げた。青年会の会計の記録も書きこまれているものである。

午前六時三十分の第一ミサの献金は四八三円、これは先週の四七五円を上廻っているので神父は機嫌がよかった。それ見ろ、説教は短い方を喜ぶ信者もいるのだぞ、という気である。ところが九時の第二ミサの献金の金額を書き込んだ欄に移って、グノー神父は眼をこすらねばならなかった。一、四九〇円。何度見直しても一、四九〇円なのである。一日の総計は一、九七三円になっているから、これは間違いない。

東京は東京でも、グノー神父が主任として信者を牧《ぼく》するこの教会は、謂うなら東京僻地とでも云うべき辺りに建っていて、信者も工場労働者やその子女が多く、せいぜい家内工場を経営して小金を貯めているのが十戸内外、したがって日曜のミサの献金も一人当り十円平均、まるで知らん顔で通すものもあれば、よほど後ろめたいことでもしてしまった者が百円札をはずむという具合に、毎週の献金が二回のミサで千円を越したことは滅多にない。

グノー神父は腕を組んだ。彼は六時半にも九時にも、まるで同じ説教をしたから、第二回のミサにあずかった信者だけがひどく感服して財布の紐をゆるめたとは考えられないのである。第一、あの連中が、グノー神父の七分半の説教で金をはずむなどとは考えられない。では、よほどの悪事を犯した者が、告白もしかねるまま千円札を一枚投げこんだものだろうか。だが、常連の中には、間違っても悪事などという大それたことをしでかすものがあろうとは思えなかった。約百名近い会衆の中から、見馴れぬ顔を見分けるのはむずかしい。今日はじめて教会へ現われた未信者は……、グノー神父はこう考えて、ふと思い出すことがあった。

それは九時のミサが十時近くに終って、聖堂から侍者を先だてて司祭館へ戻る途次のことだ。早く聖堂を飛び出した子供たちが集まって何かもの珍しげに門の方を眺めていた。見るともなしに見ると、一台の大型高級車が止っていて、折しも一人の婦人が乗り込むところだったのである。グノー神父は思わず足をとめた。婦人は後ろ姿しか見せなかったが、その和服姿の美しさが、俗界を離れて久しいグノー神父を惹きつけずにはいなかったのだ。藤色の地に墨絵で菊を描いた絵羽《えば》模様が裾と肩と左袖の袂に鮮やかであったし、金透かしの帯が鈍く重く光って、その配色には不馴れの神父も見事な調和に感服しなければならなかったのである。しかし座席《シート》に腰を下ろしても帯の形に気遣ってか胸を張った女の横顔は、着物以上に美しかった。薄麻のハンカチーフで鼻を抑えながら、運転手に何やら云い、そのまま左手で髪の後ろを押える科《しぐさ》には、教会に現われる日本婦人には見られぬ優雅さがあった。自動車が行ってしまうまで、グノー神父は立ち尽していた。六時半のミサの後、朝食をすまして再びやってきた桜井夫人が、「神父さま」と声をかけるまで、彼はぼんやりしていたのである。

グノー神父は、あの美女が、一枚の千円札を小さく折り畳んで献金箱にそっと入れた図を想像すると、そうだ彼女に違いないと信じてしまった。何者だろうという詮索はしない。したところで日本人の生活は仲々他国人には分らぬようだし、その彼女がまたこの教会に来るものかどうか、それは疑問だからであった。が、とにかくグノー神父は、この日初めて聖なる主日を迎えたような豊かな気分になれたのである。美人というのはいいものだ。日本の着物はなるほど美しい。主よ、彼女の千円札を祝福し給え。その行方をもまたみそなわし給え。グノー神父は立ち上ると、外人宣教師会へは電話をかけて御機嫌うかがいをするだけにしようと決心していた。美女を見た日曜日に美食を得ては、少々贅沢が過ぎるような気がしたのである。

二

金曜日の夜、教会委員の野添氏が司祭館のベルを押した。突然うかがってと恐縮するのを、応接室へ招じ入れ、用件はといえば、来たる日曜日のお説教はどうぞたっぷりなすって下さいと繰返すのである。グノー神父は心中穏やかならないものがあったが、ではたっぷりやることにしましょうと答えて帰した。邦人神父で充分勤まる土地だのに、この教会が今度から外人宣教師会に委託されるようになった理由が、そろそろ彼にも分り始めていた。信者たちが熱心すぎるのだ。それでどの神父のやり口も気に入らなくて教区長に訴え出ては変えてしまう。それが度重なって教区長も悲鳴をあげ、外人宣教師会の管区長にその仕事をなすりつけてしまったものに違いない。

グノー神父は、この連中にどうやって寛大の精神を植えつけるべきかと頭を捻《ひね》った。怠けものに働けというのは易しいが、働きすぎるものに適当に遊べと教えるのは仲々むずかしいものだ。信仰も信仰だけで凝り固まると傍《はた》迷惑なものだと、信仰を先導すべき立場にいるグノー神父は首を振るのだった。

が、とにかく一時逃れでも聖職者が嘘をつくことは許されなかった。彼は土曜の夜を一晩それに捧げて翌日曜日の説教の草稿を作った。怠けものの美徳を謳った箇条が聖書の中に無いのは残念だったが、グノー神父はできるだけ聖書の棒読みに似た話を避けて、聖句を卑近な例に結びつけて説教することにきめた。母国語で台本をつくり、これを日本語に直して、一応暗誦するという二重手間をかけ、その時間を計ろうかと思ったが、あんまり馬鹿々々しいのでやめた。

翌朝、六時半のミサに、グノー神父は説教台に登ると、まず聖堂を隅から隅まで見渡し、野添氏の顔と桜井夫人たちの存在を認めると、さあげんなりさせてやるぞとばかりに滔々《とうとう》と弁舌を振い始めた。彼には語学の並々ならぬ才があったので、日本に来て一年半にしかならなくても、すでに神学校時代から勉強していた日本語に自信があったのである。十五分ほどすぎたところで、野添氏を見ると、彼は瞑目《めいもく》していた。どうも居眠りしているような恰好だったので、グノー神父は不必要に大きな声を出して聖書の一節を怒鳴った。案の定、野添氏はビクリと躰を動かし、慌てて太縁の老眼鏡を正した。

桜井夫人は満足げに打ち肯《うなず》きつつ聴き入っている。その生真面目な一点の曇りもなさそうな「信仰」の張り出た顔を見ると、グノー神父は自分が罪を犯しているような妙な気分になる。日本人の平面的な顔は大変うす気味の悪いものだという発見もあった。

グノー神父は溜息をついて、イエズス・キリストの寛大の精神を説き続けた。母国語以外の言語による説教は、単純な言葉の羅列が重なるためにストレスの打ち方如何《いかん》によって表情の変化がでる。これまでのグノー神父の明快率直な説教を好み、あるいは親しんでいた信者たちは、この日のやや竜頭蛇尾に似た口調を怪訝に思ったかもしれない。

約三十分にわたる大説教の後、グノー神父はぐったりとして、祭壇に額《ぬか》ずいた。大声を出して長時間語るのは、いいことだと思った。自分の心の中に説教の要旨が強力にブチ込まれたような感じである。彼は、こうした機会を野添氏を通じて彼に与え給うた天主に心から感謝した。他人に対する寛大の精神を養うこと、それを信者を牧するときの要諦としようと彼は決心していた。

第二ミサのとき、グノー神父は舞台度胸がついたのか、早ミサのときと全く同じ説教を繰返すのに、主禱文《しゅとうぶん》を唱えるにも似た心境であった。信者の反応を見ようという邪念も浮ばなかったし、自らの口をついて出る語句に自分で感激したり沈んだりすることもなかった。平静に、彼は寛大の精神は愛の精神であり、それこそはカトリックの最も根幹となす心なのだと説き去り説き来たった。

だが、その説教の終りに近く、グノー神父は例の婦人を聖堂の一番後ろの席に発見したのである。先週現われて高級車に乗って帰った和服の美女。グノー神父は彼女をそれと認めたが、この前のように茫然とすることもなく、まして途中で絶句することなどなく、淡々として彼女を見守りながら説教を終った。来たるべき人が来たのを見た牧する人の胸には、安堵の心があったのである。

十時二十分過ぎ、グノー神父は聖堂を出て司祭館に着替えに戻った。今日もまた青年会と聖マリア会と委員会だ。説教が長びいた分、集会の話も長びくようなことになっては大変だと、彼はそそくさと黒い司祭服《スータン》になって外へ出た。帰りがけの信者たちに万遍なく挨拶の微笑を投げるのも勤めの一つであった。

いるのではないか、という期待がなかったわけではない。グノー神父は教会の門前にある立札の前で、例の婦人が含羞《はにか》んだような表情で、聖堂を出てくる人の群れを見たり、また立札を見上げたりしている様子を見かけると、まっ直ぐ彼女に向って進んだ。神父のなすべきことの第一は神を祀《まつ》る義務、二には信徒を牧する義務、残る一つは布教の義務である。求道者には門戸を開いて迎えなければならない。門の前でためらうものがあれば進み出て誘うべきだ。

背の高いグノー神父がいきなり前に立ったので、婦人は驚いたようであった。が、もともと人見知りしないたちなのか、ちょっと小首をかしげるようにしてニコリと笑った。困ったような、てれたような、しかし人なつこい誘うような微笑であった。「先週も、おいでになりましたです」グノー神父は云った。昼の両端に、相手と同じような微笑を浮べていた。「ええ」婦人は肯いて、それから云い直した。「はい」グノー神父も肯いて云った。「はい」そして二人は俄かに意志を疏通させたのである。

カトリック教会では信者以外の人々を総て未信者と呼ぶ。カトリックを知るものも知らぬものも、洗礼の有無によってこう分けてしまっている。が、特に求道者という言葉を使ってカトリックを知ろうとする人々に公教要理を無償で聴く機会を与えている。公教とは天主公教会のことである。つまりカトリックの日本語訳だ。門前の立札には、平日のミサと日曜のミサの時間に並べて、公教要理の時間も明記されてあるのが普通だった。グノー神父は、それを指さして云った。「一度、この時間においで下さい、どうぞね」婦人は素直に肯いてから、その時間が夕刻であるのを認めると自分には出にくい時間だと云った。「では、午前がよろしいですか」「ええ、まあ……」と言葉を濁しているのに、くどく誘うことはグノー神父の主義ではなく、「おすまいは、この近くですか」と話題を変えた。彼女が先週突然にこの教会に現われた理由を、それとなく知りたくなったのでもあった。婦人は現住所を明かさなかったが、とにかくこの近くの者ではないと答えた。母親が、この辺りに住んでいて、それが最近死んだ。葬式も終り、三十五日に仏前に参っての帰途、ふと耳に入った聖歌に惹かれて誘われるように教会の門をくぐったのが七日前のことなのだと云った。母親の冥福を祈りたかった。それだけの気持に、多少の好奇心も交っていたかもしれない。が、彼女はグノー神父を見上げて含羞むように云う。「とても不思議な気持でした」グノー神父は、柔和な表情で応えた。「そう、それはよかったです」彼は父なる天主が、この美しい婦人に、啓示を与えられたのを読みとることができたのであった。

「神父さま、皆が揃いましたが」青年会の一人が背後から声をかけただけで、グノー神父は残念でも婦人に別れねばならなかった。「いつでも、おいで下さい」鄭重《ていちょう》に会釈すれば、婦人は上体を斜めに折って、「有りがとう存じます」こぼれるような笑顔であった。

　支那料理を喰い、日本娘を妻とするのが、西欧男性の理想だという言葉を、グノー神父は青年会に臨席しながら、つい思い返していた。日本に来てまだ日は浅いけれども、初めてこの言葉の意味が分るような気がしたのである。「神父」という聖職者に対する日本人の眼は、スータンとローマンカラーを身にまとう人に対する好奇心のそれか、でなければ信徒の冷厳なそれの二種類であった。まったく信徒は冷厳であった。神父はその聖職において聖とされるべきであり、その職の合間々々には人間的な呼吸が許されるべきだということを日本の信者たちは認めないようなのであった。

その日の青年会でも、最近彼らの多くが就職している鋼材工場で、おくればせながら組合活動が始まったについて、その指針をグノー神父に仰ごうとする。情勢に関する説明がほとんどなくて、彼らは口々に、働くことは神によって与えられた喜びであり、その仕事を実際に与える傭い主には、主日の休暇を与える限り、感謝して従うべきだという中世以来の鉄則に従いたい旨を云うのであった。「中央労働組合の指導者たちは全部共産党員です」と彼らは云った。グノー神父は自然、カトリシズムとコミュニズムが根本から相反する主義であることを説かねばならぬ立場となり、青年たちは誰も全く同じ表情で、やや陶酔して彼の意見に聴き入っていたのである。

三

主日の多忙を、近ごろ金曜日が予告するようになったようだ、と、グノー神父は首を振っている。ことの経緯は、教会の青年たち数名が就職している工場の工員代表三名の訪問を受けたのが、その金曜の夜なのであった。一人は過激派で、会うなり「カトリックは資本家を擁護するのか、労働者の自滅をうながすのか」とグノー神父に喰ってかかった。一人がそれを抑えて、鄭重にグノー神父に挨拶をし、最近彼らの働く職場の空気が不明朗であること、その理由というのが世間一般の不景気で小企業の工場経営が危機に瀕しているからであり、経営者側のやりくりが、職工たちへの不当な首きり、賃金遅配の形であらわれている。組合としては、この際結束して事に当りたいと考えている矢先、困ったことに協力しない者が現われ、それが経営者側に通じたりする。「その悉《ことごと》くが、カトリック教会の信者です」と憤然として一人が云った。グノー神父は、不思議そうな顔で反問した。「どしてですか。どして、カトリック信者は、協力しませんですか」

「それが訊きたくてやってきたんでさ」過激派は気短かである。ずっと黙っていた一人が、ぎろりと眼をむいて云った。「教会は組合運動を禁じているんだってねェ」グノー神父は、もう一度反問した。「どしてですか」次の瞬間、過激派と行動派は色をなして立ち上った。

が、まん中に坐っていた理論派は、最初と同じ調子で事態を詳しく説明した。東京都の労働者の生活水準というものから説き起して、「外国人のあなたには分りにくいでしょうから」と注釈までつけた親切なものであった。数字を示して、この不況の状態が身近く我々の生活にこうして迫っていると例をあげ、それを救うときに、何故《なぜ》カトリック信者は協力しないのか、自分にはそれが解《げ》せないというのである。過激派が云った。「喰えねエときにキリストに何ができるってんだ。それが人間同士どうにかしようって相談に邪魔さらすなア勘弁できねエんだ」行動派は憎々しく神父を睨みすえている。

グノー神父は静かにこう答えた。「明後日の日曜日に、またおいで下さいませんですか」九時のミサに参列してほしい。多分そのとき、あなた方の工場で働く青年たちも現われるだろう。言葉尠《すく》なく、碧《あお》く深い眼が悲しげなのを見詰めて、三人は三様の反応を示しながら帰って行った。

司祭室の大きな机の前に戻って、グノー神父は一人になると、額に手をあてたまましばらく瞑目していた。青年会員たちの、ひどく白っぽく緊張した表情が思い出される。グノー神父は自分がもし未信者で日本人だったら、彼らの一人々々の土手ッ腹に赤く灼けた鋼鉄を押しつけてやるだろうと思っていた。

数分後、グノー神父は暗い聖堂の中に膝まずいていた。唇がふるえているのは聖務日禱《プレヴィリアム》の挽歌を唱えているからである。祭壇に一つ不滅に灯されている紅い油灯が、彼の顔に強い生気を照らし出していた。

そしてその夜を徹して、司祭室の電燈は輝き続けていたのである。夜中に眼を醒《さ》ました松谷老人が、小用に立った戻りにそれを認めて、神父が消し忘れたかと扉を開けたが、グノー神父が何か一心にノートに書きこんでいるのを発見して息を呑んだ。そっと部屋に戻りながら松谷老人は、神父がその宵に訪れた共産主義者たちと闘うべく努力しているのだろうと考え、主よ恩寵《おんちょう》をたれさせ給えと心の中で祈りつつ、こうした形で深夜牧者と老羊の心が秘かに通う幸せを初めて痛感した。

日曜日は、快晴であった。ミサの途中で説教台に登ったグノー神父は、「今日はいいお天気です。神さまは皆さんに青空を下さいました。子供にも若者にも、そして老人にも。つまり天主は常に平等を望まれるのです」よほど練習したものか、淀《よど》みない日本語で音声朗々たるものであった。その力強さに、会衆は、半ば驚き、やがて惹きつけられた。「このごろの日曜日たびに私は寛大の精神を説き続けました。が、それは人間と人間の間のことです。天主は必ずしも人間に対して寛大ではありません。人間と人間の間に犯される過ちに対しても、あるときは極めて厳しく咎《とが》めるのです。それはどういうときか。それは人間が愛の精神を失っているときです」

人々は、なぜグノー神父がそんなに激しい口調で話すのか分らなかった。半ば呆気にとられて聴いているのだった。

又もや三十分にわたる大説教であった。野添氏は眠る暇どころか、眼をパチクリさせていたし、桜井夫人の方は感激の末に気が遠くなったか瞑目してしまっていた。グノー神父は例の三人が、中程の椅子に顔を並べているのを見ると、「今日は、青年会と聖マリア会は合同で集会を致します」突然思いついて、こんなことを云ってしまっていた。黒の平常服に着替えて中庭に出ると、ちょうど三人が青年会員数名と対決しているところだった。何をどう喋《しゃべ》っているのか、日本人同士の早口をグノー神父の耳は聴きとることができない。過激派の「バカヤロ」「ザマアミロ」と云った単語が二つ三つ聞えたとき、やにわに行動派が一人の青年をぶん撲《なぐ》っていた。倒れた青年は青い顔をあげ、何か云い返している。聖堂を出てきた人々も、教会の前を行く通行人も、集まって彼らを遠巻きにし始めた。

グノー神父は人々の群れから離れて、その日も現われた美人の前に寄って行った。「お早うございます」微笑している。彼女は困ったように、しかし笑って受けて、それから「あれはなんですか」と事件を指さした。「あれは乱暴な人が撲っているのです」「まあ、教会の方ですか」神父は悲しそうに首を横にふり、「撲られているのが教会の方です」と答えた。

「あなたのために、日曜日の朝これからすぐ公教要理の時間つくろうと思いますです」「まあ、私もそう願えればと思っていました」グノー神父は、婦人を導いて司祭館に戻る道で、事件の渦中に割って入った。「青年会と聖マリア会は、すぐ始まります。集まりましょう」大声で叫んで人を散らしてから、三人の客に鄭重に挨拶した。「よくおいでになりました」「やあ、すみません」乱暴を悔いている理論派に、更に会釈して「教会の若い人たちと話してみて下さいませんか。私も、お話したいことがありますです」同じ柔和な顔を向けて、しかしグノー神父は過激派と行動派の二人には帰ってもらいたいとはっきり云うのだった。

その日の集会は常になく活気を帯びていた。青年会や聖マリア会の例会には滅多に顔を出さない連中も集まったからだ。教会の庭で信者が未信者に撲られた事件が彼らに興味を持たせたのであったろうが、もっと理由は原始的《プリミティブ》だとグノー神父は見抜いていた。青年も娘たちも異性を交えて話しあう機会ときいてひどく気軽くやってきたのだ。あの青白い顔をして、祈禱書ばかり抱きしめている青年たちの他に、健康な若ものたちが教会には多いことを確認して神父は上機嫌だった。彼は例の理論派氏を彼らにこう云って紹介した。

「さっき見た人もありましたと思いますが、信者が一人カトリックであるという理由で未信者の方に乱暴な扱いを受けました。この方は、そのことについて皆さんにこれから挨拶をなさいますと思います」拍手など起る筈はない。理論派氏は頭髪を一搔きして立ち上り

「まず釈明します」と口を切った。

説教に重点を置くプロテスタントの教会と違って、カトリックはミサ聖祭の方が比重が高いために、カトリック信者は往々にしてつまらない話でも嫌がらずに聴くという長所を育てていた。それが、そのままの態度で労働運動理論派の演説を聞いたのである。ヤジもまぜっ返しもなければ、共鳴の拍手もなく、理論派氏は沈痛な表情で趣旨弁明のごときも

のを終えたが、ややあって一人の信者が「あたりまえだよ、撲られたのは」と口に出した。青年会の常連でなかったのは無論である。「いまどきカトリックだから組合運動に入らないなんて、世間の笑いものだよ。同じカトリックでも僕には馬鹿々々しくって怒ることもできない。撲られたのは信者じゃないよ。撲られるような馬鹿な奴が、たまたま信者だっただけなんだ」理論派氏も晴れ晴れとした顔つきになって「分りました、了解しました」と云う。殆どの趨勢は、信者の中の不所存者を問題にしない様子であったが、まだ悟りきれない青白いのが蚊の鳴くような声で云った。「でも、神父さまが」

グノー神父は椅子から立ちもせず言下に、「神父は、神と教会の関係について信者を牧する義務を持ちます。そして、それだけです。人間と人間の間のことは、人間が解決するべきです。あたりまえです。神父が唯物論を認めないのは、神と人間との関係において否定するからです。そして、それだけです。人間と人間が愛において協力することを、教会は決して阻みません。決して。何故なら神は人間に生きることを望むのですから」

青年会と聖マリア会の二つにさく時間を、一つにまとめたから、あいた時間に朝食を摂ることができるかとグノー神父は秘かに考えたのだが、天主はどうあっても彼に日曜日は空腹を強いるらしい。集会室を出て、玄関脇の応接室に例の美女を待たせてあるのを思い出すと、神父は観念してしまった。

「いかがですか」と声をかけると美女は立ち上って、持っていた聖人伝を「ここまで読みました」と小学生が先生に宿題を見せるような顔である。とりあえず聖書と聖書物語と公教要理と聖人伝を卓に積みあげて、「どれでも面白いと思うものを読んでいて下さい」と云って集会の方へ出たのであった。

公教要理の第一課に入る前に、グノー神父は相手に関する最少の知識として姓名を訊かなければならなかった。「坂井さと子です」と彼女は答えた。「では坂井さん」「はい」「第一頁《ページ》を読んで下さい」「はい」

人ハ何ノタメニ、コノ世ニ生レテ来マシタカ。人ガコノ世ニ生レテ来タノハ、天主ヲ知リ、天主ヲ愛シ、天主ニ仕エテ、遂ニ天国ノ幸福ヲ得ルタメデス。背の高い外国人と小柄な日本の美女は、問答式に記された公教要理を、何度も繰返しながら読み進んだ。途中で、グノー神父は訊いた。「分りますか」坂井さと子は神妙に「ええ」と答えたが、神父は「いいえ、この言葉で分る筈はありません」と云った。はっとして上げた顔に、「一番大切なのは心ですね。魂とも云いますです。そのために、言葉がありますです」「ええ、初めて教会にきたとき、急にふらりとそんな気になりましたもの」

坂井さと子は帰りがけに、何か紙に包んだものを置いて行った。教会委員の集まりに急かされて、再び集会室へ足を運びながら、グノー神父が何げなくそれをあけてみると、四つに折り畳んだ千円札が出てきた。彼女がどういう気でこれを置いていったのか、公教要理に月謝を出した未信者はこれが初めてである。グノー神父は首をかしげた。いったい彼女は何者だろう。

その日は、分別臭げな大人たちの集まりで、グノー神父はかなり思いきった宣言をした。「教会委員の会は、月に一度にしようと思います」すぐに反応があった。一様に不満げである。野添氏が代表して「どうしてですか」と訊き返した。グノー神父は、坂井さと子の千円札を拡げたり畳んだりしながら、「神と人間とのコングリゲーションは最低で週に一度、これ教会がきめましたです。人間ばかり集まるのは、月に一度でよいと思いますです」そう答えたまま頑《かたく》なに押し黙っていた。

四

教区長の織部司教の許には、グノー神父の牧する信者たちからの訴状が山積していた。教会委員たちが出頭して相談にきた。が、司教はごく事務的に彼らの教会を外人宣教師会に委託したこと、したがって外人宣教師会の管区長が彼らの訴えを聴聞し、また決裁するであろう旨を答え、彼らの意志の総てをロゲンドロフ司教まで伝えることを約束するだけであった。

「信者を集めて共産党に演説させた」という訴えについて、外人宣教師会から電話の問い合せがあったとき、グノー神父は、「その共産党が時折ミサに姿を見せるようになった」

と返事したものだ。例の理論派氏以下が党員かどうか、グノー神父には判断がつかなかったけれども、姑息な信者たちがそう呼ぶとすれば彼もその符牒を使ってもかまうまいと思ったのである。会はそれだけで神父の意図を了解してしまった。

外人宣教師会と一般信者との繋がりは、こんな具合に頼りないものであったから、教会委員たちは互いに顔を見合せて溜息をつき、これはやはりグノー神父にいま一度忠告すべきだという結論になった。野添氏と桜井夫人が筆頭であるのはいうまでもない。

しかしグノー神父は、信者は、ペトロの後継者である司祭に従うべきだと厳しく応えるばかりだった。「でも神父さま、前の神父さまたちは青年会と聖マリア会とコミにすることなどなさいませんでした」「そうですか。でも私はコミにいたします」「他の教会でもこの二つは別行動をとりますわ」「そうですか。でもこの教会は一緒に行動しますです」いつまでいっても、どうにもならない。総てがこの論法でいなされるのであった。

だが、ある日の月例委員会で、桜井夫人が金切り声をあげてグノー神父に喰ってかかった。「神父さま、神父さまは芸者に洗礼をお授けになるおつもりなのですか」

「ゲイシャ?」グノー神父はぼんやり反芻した。「ええ、そうですわ、柳橋の芸者が公教要理に来ているじゃございませんか」

坂井さと子の身許が、彼女が教会に現われて約半年の今日、ようやく判明したのである。グノー神父は、あれが芸者というものであったかと、心の中で感嘆していた。桜井夫人の語るところによれば、さと子はこの街の貧民の娘で、容貌《きりよう》よしが見込まれて芸者屋に買われ、下地《したじ》ッ子から叩きあげられて、今ではまず一流どころにおさまっている女だというのである。「ほほう、柳橋の？」野添氏が身をのり出した。小ふみという名を聞くと、「あれが、小ふみですか、そうでしたか」感心しているところをみると、かなり聞えた芸者なのだろう。桜井夫人は彼女の中の娘が嫁ぎ先から孫をつれて遊びにきて、久々で揃って日曜のミサにあずかった折、小学校時代の同級生として坂井さと子と顔をあわせたのだと説明した。

「私、あわてて娘の口をふさぎましたんです。そんなこと、よそに聞えては教会の恥辱ですもの」「どうしてですか」グノー神父の質問に、胸を張って答えた。「だって神父さま、芸者でございますよ」「芸者がどうして恥辱ですか」桜井夫人は急に顔を赭《あか》らめた。艶のない肌に老斑が乾いている。神父はそれをじっと見詰めた。

他の教会委員たちが代って口々に芸者の生態を説明することになったが、グノー神父が怖ろしく真剣な表情で聴くので、薄気味の悪い思いがないではなかったが、「つまりですね、手短かに云えば売春行為が裏にあるわけです。でなくて、あれだけ派手な恰好も生活もできる筈がないし、一流の芸者ともなるとその看板の手前だけでも金持を旦那に持たなきゃなりません。売春防止法が、花柳界に適用されなかったのは、彼女たちが政治家を多く顧客に持っていたからですよ」「第六誡《かい》と第九誡にそむく生活をしているわけでございますよ、神父さま」姦淫するなかれ、他人の配《つま》を恋うるなかれ、この二つの戒めを犯す芸者に洗礼を与えることができるかどうか、と信者たちは詰めよるのだ。「あの人は自分が芸者だということを云わなかったのでございますか」「云いません。訊きませんでしたから」

野添氏が質問した。「当人に洗礼を受ける気があるのですか」「このごろ受けたいと云っていますです」桜井夫人がキンキン声で「神父さまはどうなさるおつもりです」と云う。グノー神父が、坂井さと子が芸者であると知って、なるほどと思ったのは、彼女の起居振舞の雅やかでしかも神経が細かいことと、日本人には珍しく顔に表情を持っている点を思い出したからであった。売春婦であると知っても、神父はさと子に失望しない。彼は公教要理を繙《ひもと》いて、すでに第六誡についても、第九誡についても彼女に語り尽していたからである。カトリックが禁じるものを何かと知って、なお洗礼を受けたいと云いだす以上は当人に何かの決意はある筈ではないか。

「じゃ神父さま、あの人は芸者をやめると云っていますの」「知りませんです。芸者だということ云いませんでしたから、やめると云う機会もない筈ですね」「やめる気があるのかどうか、お調べになって下さいませね」「どうしてですか」グノー神父は咎めるように云った。「洗礼の許可を与えるのは、私の権限です」

しばらく沈黙の続いたところで野添氏が云った。「まあ、やめる気はないでしょうな」

どうしてかと問うと、毎週日曜日ごとに見かけるが、身なりが実にパリッとしている。芸者をやめようかと思うころの芸者には、どこかしおったれた翳《かげ》が見えるものだが、彼女にはそれがない。それに柳橋の小ふみなら、踊りの腕では中堅どころ、加うるに美貌をもって売出しのまっ最中で、だからパトロンも大立者《おおだてもの》がついているに違いない。

熱心に耳をそばだてていたくせに、桜井夫人は「ずい分お詳しいんですのね」と皮肉を云って野添氏を慌てさせた。「いや、いや。交際で時たま料亭に呼ばれますのでね、そんなときに耳にしたものですが」

「とにかく」と帰りがけに桜井夫人はグノー神父を見上げて云うのだった。「申上げるまでもないことと存じますが、現在の日本にはカトリック的でない世界が多いのでございます。ことに外国人の眼からはお分りになりにくいことが多いと存じます。お間違いのないように遊ばして下さいませ」

その夜、グノー神父は人けのない深夜の聖堂で長い間祈っていた。坂井さと子が芸者であることについて、彼は毫《ごう》も迷わなかった。彼は桜井夫人を、いかにしてカトリック信者になすべきかを天主に祈り訊《ただ》していたのだった。娼婦を指して罪なきものこれを打てと云ったイエズス・キリストを語っても、彼女には何の発見もあるまい。カトリックについて殆ど何も知らない者よりも、カトリックを知っているつもりでいる桜井夫人の方が、神父にとっては導き難い羊であった。

五

それから半年経た秋の盛り、グノー神父は管区長のロゲンドロフ司教から昼食に招かれていた。金曜日の昼で、皿の中には平目のフライがペタリと横たわり、グノー神父に何日サロイヤン・ステーキから遠ざかっているかをつい思い出させていた。日本のように魚と野菜ばかり食べている国にきて、禁肉日を守るのは、正直云ってやれやれという思いなのである。

司教は四方山話から教会維持の問題へさりげなく話題を移していたが、「ときに」と柔和な微笑を浮べて云い出した。「あなたの教会には芸者がいるそうですね」「はい、求道者の中に」さては訴状から遂に訊問されることになったのかと、さすがのグノー神父も平目以上にやりきれぬ思いで顔をあげたのだが、司教の次の質問は「美人ですか」という砕けたものであった。「大変に美人です」神父は張りきって答えた。

桜井夫人は他人には知らせたくないことだと云っていたのに、次の週には教会の婦人会を動員して又もや神父に面会を求めたり、勝手に騒ぎたてて随分迷惑したものであったが、まさか公教要理を始めて半年しかたたぬものに洗礼を授けるほど神父は軽率ではなかった。黙って坂井さと子を待ち、来れば聖書を開き、あるいはミサ典礼の意義について、また聖人伝を間において語るばかりで、彼女の生活に立入ったことといえばただ一度、「坂井さんは結婚していますか」「いいえ」という問答があったばかりである。「どうして洗礼を受けたいと思いますか」という質問について、彼女の答えは秀逸であった。「ご縁があるような気がするンです。なんですか、母さんが呼んでるような。母さんの三十五日に、ふらふらっと入って以来のことですもの。神父さまのおっしゃることもご本に書いてあることも、みんな本当だ間違いがないと思えるんです」

ゴエンガアル。この言葉を、司教と神父は日本語で呟いてみた。公教要理の中の天主の啓示という言葉と、どれほど語感に距たりのあることだろう。「彼女の素地には仏教も無神教もなかったのでした。私の教会の信者未信者全部の中で、最も無垢で素直な魂を持っている人だと私は確信しています。それから……」

「それから？」司教に促されて、グノー神父は情緒的に追憶できぬことを残念に思いながら云った。「他の教会の場合はどうだったか分りませんが、少なくともいま司祭している教会の環境の中で、彼女を毎週迎えたことは天主の恵みであったように私には思われるのです」ギスギスした信仰の中で、これを潤すべく勤めるべきだと信じ行動できた自分にとって、坂井さと子は憩いだった、とグノー神父は司教に打明けたのだった。

「坂井さと子の身上調査書が私の手許に届いています」と司教は云った。内容について云わないのは、彼女がパトロンを持ち、いわゆる芸者の身すぎをして身を立てているという記述があるからだろう。グノー神父は悲しくこう答えるよりなかった。「それを整えて届け出た信者が、私の教会にいることを私は認めなければなりません」それを思うと、デザートの甘味が急に舌に苦い。教会の庭で信者の青年が未信者に撲り倒された情景を思い浮べていた。坂井さと子が桜井夫人を撲る図は想像することもできないのである。

グノー神父は、一年間さと子を観察した結果、彼女が現在の生活をいささかも恥じたり疑ったりしていないのを知ったのであった。彼女は骨の髄まで芸者小ふみだった。旦那を持っていることが第六誡に反し第九誡にそむくものだと考え及ぶことができぬほど、幼いころから叩きこまれた異常な倫理観。「それを救うためには、花柳界を撲滅しなければ駄目です。芸者の存在を許している政治家を一掃することのできぬ立場で、受洗を望む芸者に何を拒めるでしょう」

ロゲンドロフ師は、立ち上ってグノー神父の背中を叩いた。「あなたを日本社会党から立候補させせなければならない」「共産党から出馬してはいけませんか」「向うが許せば、その方がより効果的でしょう」二人の牧者は、生真面目な顔をして、この冗談を交わしていた。

電車とバスに揺られて約一時間ばかりで教会に戻ると、松谷老人が野添氏が高血圧で倒れた旨を伝えた。「外人宣教師会へ電話しましたが、今お出になったところだというので」グノー神父はものも云わずに聖油を用意すると司祭館を飛び出した。折よく埃だらけの小型タクシーが門の前を通りかかった。

駈けこむと、ちょうど終油の秘跡を与え終った日本人神父が野添氏の部屋から出てくるところだった。急のことで、グノー神父の不在に最も近い教会の神父が招かれたのである。医師は帰っていた。

まるで虚脱状態にある遺族の中で、次男が采配を振るっていたらしく、グノー神父を認めると、直ぐに葬式についての打ち合せをしにきた。彼が、カトリック信者の組合活動を肯定した青年であることを思い出した神父は、その父の野添氏が共産党を悪魔の代名詞のように思いこみ、グノー神父が組合員に演説させた件を執拗に非難し続けていたことと思い併せて、静かに死者の枕辺に膝まずいた。主よ永遠の安息を彼に与え、絶えざる光を彼の上に照らし給え。霊魂肉身を離れたる後の祈りの終句をくちずさみながら、神父は天主の摂理を痛いほど感じていた。

ロゲンドロフ司教の前で緊張した後で、野添氏の急逝があったためか、グノー神父はくたくたに疲れていたが、その日は又すぐ出かけなければならなかった。都心の劇場で柳橋の芸者たちが恒例の舞踊会を催しているのだった。坂井さと子が「神父さま、是非みて下さい。きっとですよ」と念を押して一枚おいて行った。彼女が自分から身分を明かしたのはこれが初めてだったから、グノー神父は感動して、見ることを確約したし、心から見たいと思ったのだ。ロゲンドロフ師にそれを告げたとき、司教はその時間に会見すべき人々があるのでと如何にも残念な顔をしたのを思い出す。グノー神父は腕時計を見て、国電を利用しても時間は間にあいそうだと知ると、急に気が楽になった。野添氏の臨終に間に合わなかったのは電車のせいで、それが劇場までタクシーを飛ばしたとなれば、やはりどこか具合が悪かったからである。

電車もバスも念入りにグノー神父を待たせて現われたが、劇場につくと小ふみの出番までには大分時間があった。豪華な色刷りの部厚いプログラムを買って、神父はロビーのソファに腰を下ろして頁を繰った。

「時雨西行《しぐれさいぎょう》」という演目の下に、小ふみ、花香、と出演者の名前が並んでいた。グノー神父は辞書を持って来なかったことを悔いながら、その舞踊の梗概《こうがい》を読んで予備知識を得ようとした。単語の分らぬ箇所は何度も読みならすことによって意味を取らなければならない。

座席《シート》は「ち」の二十三番、中央の前から八番目という上席である。グノー神父の周囲には、彼の教会などには毛ほどもない富者の気が漲《みなぎ》っていた。喰うのに一杯で日曜日も映画一つ見に行けず、教会の一隅で祈っている若者たちを思い出し、これが同じ日本の中かと妙な気がする。彼の右隣には中年の婦人が三人連れだっていた。話の様子では重役夫人たちであるらしく、神父は彼女たちが浮々して芸者の踊りを楽しもうとしている神経を奇妙なものに思った。

「時雨西行」の幕が上った。花香が中割れのかつらで西行法師を、小ふみが島田のかつら、白地に墨絵の着物を裾短く着た姿で遊女を舞う、舞台は金屏風一双の格調高い素踊《すおど》りである。

三味線につれて能うつしの唄が、上手《かみて》に並んだ芸者たちの口から流れ出る。

……江口《えぐち》の里の黄昏《たそがれ》に、迷ひの色は捨てしかど、濡るる時雨に忍びかね賤《しづ》の軒場に佇みて、ひと夜の宿り乞ひければ、主《あるじ》と見えし遊び女《め》が……。

坂井さと子は、大きな麻の紋綸子《もんりんず》を身にまとって、江口の遊女になりきっていた。美貌は、濃い白粉《おしろい》が眼尻と唇にさした紅と眉の墨を強調して更に冴えかえっていた。

江口の里で時雨に遭った西行法師に宿を貸した遊君が、身の上を物語る箇所にきた。

……春の朝《あした》に花咲いて、色なす山の粧《よそほひ》も、秋の夕《ゆふべ》に紅葉《もみぢ》して、月に寄せ、雪に寄せ、問ひ来る人も河竹の、うき節《ふし》しげき契りゆゑ……。

筋《プロット》を熟読していたにもかかわらず、グノー神父には日本舞踊の振りに馴じめぬものがあったので、一般の観客と同じように芸者小ふみの妙技に感嘆することはできなかったが、彼女がカトリックに素直に溶けこめたように、彼女の踊りそのものには率直に惹きつけられていた。彼は客席にいて遊女の舞いを見るのではなく、江口の里で何時か坂井さと子を身守っていたようである。そして西行法師を演ずる花香が、舞う遊君から普賢菩薩《ふげんぼさつ》の御姿を拝する件《くだり》に到って、グノー神父は時雨西行の梗概を完全に忘れてしまっていた。彼は、白扇を閃かせて舞い舞う小ふみの姿から、この一年の彼の生活を総て追憶することができた。ロゲンドロフ師に云ったように、彼女の訪れによって、どれだけ彼は潤うことができたことか。天主の恩恵に対しては感謝して、そして応えるべきだと彼は決意していた。

（「文芸春秋」一九五八年一〇月）

三婆

大きな門柱に深くはめこんだ表札には、金文字が古びて武市浩蔵とひどく崩した書体で記してある。金融業によって一代で産をなし、湯水のように金を使いまくっていた彼が、他界してからもう十余年になるのに、表札が取り外されていないというのは、通りすがりの者にも曰くありげに見えるだろう。門の扉は浩蔵歿後、一度も開かれたことがなかった。おそらく裏側の錠前は錆びついているに違いない。家の者たちの出入りには、木戸とでも呼べば相応《ふさわ》しいような小さな入口が、門柱の横についていて、そこは何時から戸が朽ちたのか開いたままになっている。

体中の関節をきしませるように小さくなって木戸をくぐると、目の前に大きな家が展《ひろ》がるという筈であったが、見えるのは敷地何千坪という宏壮な邸宅というものではない。敷地は数千坪、確かにあるのに、視界に入るのは家とか邸とか、そうしたものではなくて、一口に云うならば、それは庭なのであった。

晩年、急に茶道に凝り出した浩蔵が、寄ってくる宗匠たちを選り好みなく相手にして、彼らのまちまちな進言を取入れて茶室と庭を造った。これが、つまりそれなのだ。相阿弥うつしの枯山水もあれば、満々と水を湛えた泉水があり、砂と石と枯松葉の庭には苫屋の辺りに似た風情があるかと思えば、常磐木《ときわぎ》をやたらに刈り立てた人工庭園、あるいは苔むした岩また岩の庭、花の庭、紅葉の庭。宗匠に限らず身近な者が口にする庭を、浩蔵は全部作る気になった。彼自身には金儲け以外に彼自身の趣味というものが全くなかったからである。加えて、財を残すべき後嗣《あとつぎ》がなかった。女道楽も年齢が過ぎて、彼は自棄のような金の捨て場を探していたのだろう。

当然、庭は投じた金高にも関わらず、名庭と呼ばれるには縁の遠いものになった。持場を与えられた庭師あるいは設計者たちは、銘々勝手に自分たちの庭作りに精を出し、全体の調和を考えることがなかったからである。皆が同時に仕事を始めたので、隣が何をどう動かすのか、どこにどんな形がつくのか、皆目分らないから、それで自分の方の庭を塩梅することはできなかった。修学院が嵐山を借景したような横着で大胆な造園法は知っていても、それをこの場合に使うことはできなかった。借景どころか、隣の庭によって自分の庭が迷惑を蒙らないようにするためにはどうしたらいいかと誰もが考えた。杜《もり》や山で遮る以外に手がなかったのは成行きである。築山が、あちこちに出来た。笹や木が矢鱈に植えられた。茶室すら、庭のためにというよりも、他処の庭をさえぎるために建築されることになった。

浩蔵はスタートで鉄砲を鳴らし、ゴールでは腕を組んで眺めている体操の教師のように、傲然とした態度で終始工事を見守っていた。彼は他人が虫けらのように土に這いつくばって仕事をしているところを見るのが生来好きな男だった。庭を造る人々の庭を造る生態は、予想したより面白かった。実際に土を掘り、石を運ぶ男たちの、どろどろと汚れてくる手足を見るのも楽しかったが、彼の残忍性を最も満足させたのは、庭師を紹介した者や、半玄人が自ら設計を買って出て一端《いっぱし》の造園師のような顔をしている者たちが、工事場を散策する彼に、どんな態度を示すかということであった。例外なく彼らは、いずれそうすることによって浩蔵から利益を得ようとする者たちであった。殊に、庭師ではないのに庭師を買って出た者というのは、昔は茶道楽の一つもできた者たちが、今は昔となって、謂わゆる芸が身を助けた不仕合せで、そうした人生の敗残者が車輪になっている姿には、浩蔵を堪能させるものがあった。彼らは要するに暇でもあったし、或る者はこの庭をつくることで乾坤一擲《けんこんいってき》という切羽詰ったところから余裕なく庭に立ちっぱなしで庭師たちを指図していた。或る者は、そうして働くことが恰《あたか》も浩蔵の寵愛を得ているからだというような錯覚の中に浸れて、誇らかに生きていられる唯一の時間になっているのでもあった。彼らは浩蔵を見かけると、先を争って彼の前に飛出してきた。設計のツボやその苦心談を彼らは浩蔵に出来て行く庭や茶室の一ツ一ツを示しながら説明した。それは追従の変形であった。浩蔵は機嫌よく相手をしながら存分に彼の貪婪な舌を満足させていた。黙って話をききながら、彼の分厚い舌は口の中で粘着力の強い唾をこねまわしていた。

理由なく日数を区切って、彼は工事を急がせていた。高利貸としての一生で、忍耐心は桁外れのものを持っていたが、晩年は癇癖強く、思いつくとすぐ実行に移したがったし、実行すれば終ることを直ぐに考えた。邸は下谷の上根岸に、いかにも金貸しの家のような、蔵つきの家を建ててあったから、別段ここに住もうという気はなかった。全く、住むという気は少しもなくて、浩蔵は仕事を急がせていたのであった。それでも、全部が整うのには二年かかった。まだ庭木は若く、泉水は新しく、土の色も落着かなかったが、浩蔵は満足していた。彼は、知人の誰彼を連れては杖を振りまわしながら庭の中を案内した。路はくねくねと曲り折れて、数多い庭々をいよいよややこしく見せていた。そして曲折ごとに客は違った風景を発見することになる。まるで紙芝居のように。籬《まがき》の向う、築山の蔭、くるりと変って庭も家も新しく現われるのは、確かに或る一つの趣向には違いなかった。「どや」浩蔵は、得意げに振返って言い、客たちは「大変なものをお造りになりましたものですな。いや、恐れ入りました」と頭を下げたが、口の悪い者は傍白《ぼうはく》していた。「まるで水神の八百松だ」二ツ三ツの手狭な部屋を持った庵が各水屋付きで庭と共に独立している建ち方は、向島にある粋筋の待合を連想させたのであった。

「これなら防空壕は必要ありませんな」といって、浩蔵の機嫌を損じた客もあった。築山が大きいので爆風よけになるだろうというのである。金持が勝手な道楽などしていられる御時世ではなくなっていた。上根岸の邸内には大きな地下室が急造され、金目のものは蔵からそこへ移されていた。空襲が来れば浩蔵はその一室の豪華な洋間で金勘定などができるようになっていた。この目黒の長者丸は、だから戦争中に、そんな時世に背を向けて建築されたものだと云えばいい。一億総決戦などと叫ばれているときに、庭師の労働力を集めることができたのは、浩蔵の金力が軍部の圧制からも彼を自由にさせるほどのものだったことを示すものだろう。住むためでなく、戦うためでなく、自分どころか他の誰のためにでもなく、彼は大きな無駄をするために、庭を作った。そして無駄が重大な要素になるべき美術とも遠いものができあがった。

ある春、上根岸の本邸は空襲下一夜で燃えてしまった。地下室には爆弾が命中していた。武市浩蔵はその数日前から、箱根に妾をつれて出かけていたので無事であった。本妻は強羅《ごうら》の別荘地に疎開という名目でかねてから別居させられていた。浩蔵の妻以外唯一人の親族である妹のタキは、渋谷の神山町に一軒家を持って離れて暮していたが、空襲が激しくなると心細くなって浩蔵と一緒に住ませてほしいと云い云いしていた。それが俄かに実現して、箱根から戻った浩蔵は妾の駒代と一緒にタキの家に転がりこむという形になった。

「もう女のいる歳でもないのに」と、タキは駒代を憎み、駒代の方では自分とあまり年の違わないタキが、偏屈者で、六十近くになるまで処女だというのを気味悪がっていた。駒代は花柳界の女だが、浩蔵に落籍されてからもう三十年以上も連れ添っていて、二号でも本妻以上の権勢を持っていたのに、これまでにもタキにだけは強く出ることができなかったのである。しかも悪いことには浩蔵が買い与えた家であっても、表向きは彼女たちは間借人なのだ。タキに意地悪く出られるごとに、駒代の内心の口惜しさというものはなかった。駒代を二号にして以来今日までの歳月に浩蔵は幾度浮気をしたかしれず、若い女を次々に囲って、あるときは全く駒代を顧みなかったときもあったが、そのときでもタキに対するような口惜しさを感じたことはなかったように思う。

「駒代さん、あなた義姉さんのことをどう思っていらして」と、タキが真面目な顔をして問いかけてきたときのことを、駒代は一生忘れないだろうと思っていた。「それはもう」「それはもう、なになんです」浩蔵の妻とタキとは、嫁小姑の間を一歩も出ない険悪な仲であったのに、こういう形で駒代に迫ってくるタキには、底意地が悪いというよりも浩蔵とは血の争えない残忍な性格があった。浩蔵さえもタキには一目置いていて、駒代がどう嘆願してもタキを云いきかせるなどということがなかった。駒代も花柳界の女本来の旦那孝行を貫いてきた妾だから、そうなれば瞑目してタキにも浩蔵と同じように仕える以外の方途がないと観念することになる。若い頃ならともかく、駒代には浩蔵を離れてまた男ができる筈もなく、ここまで来たら添いとげてみせようという妾の意地があった。いずれ浩蔵が死ねば、形見分けにそれまで蓄えたものを足せば気楽な生活が立てられるのだと、戦争前にはそういう目算も立てていた。

終戦前後は慌しくて、誰も彼もが夢中で日を過すことになった。武市浩蔵といえどもその例外ではなかった。軍が壊滅して彼の横車は通らなくなった。外国の力が土足で入りこんできた国の中で、往年の金貸し武市は彼自身がこんな筈ではなかったと思ったばかりでなく、彼の力を知る者たちが皆訝《いぶか》しく思ったほど振わなかった。そんな中で、駒代とタキの対立は、食糧難や急に贅沢のできなくなった環境の中で激しくなり、ある破局が生れていた。タキが本妻の松子を呼んでしまったのである。妻と妾と小姑と、共に若くはない三人の女に囲まれて、浩蔵は急に力を失ったのではなかったろうか。タキの家に進駐軍から接収の沙汰があり、動顛している最中に、浩蔵は斃れ、病みもせずにあっさりと他界してしまった。脳溢血。その直前まで元気だった彼は、三人の女が膝を揃えて銘々の不満を述べ彼の裁決を迫ったのに、「まあ、どないど考えて、仲ようせえや」と勢いづけのように答えていたのだが、はからずもこれが遺言になった。

渋谷神山町のタキの家が、壁も柱も白ペンキで塗り潰され、奇妙な和洋折衷の住居に表情を変えてしまった頃、家の支え手を失った女たち三人は、目黒長者丸の茶室と庭の集合した邸内に落着くことになった。誰もそれを望まなかったのに、それぞれの事情から銘々に長者丸を目指すことになったのである。本妻の松子にとって残された最大の財産であったから、彼女はいずれ何処かに家を建てるまでは仮の宿として茶室暮しも悪くはないと考えた。邸の中心部、大きな泉水の上に、金閣寺のような体裁で建った数寄屋に、彼女は女中一人連れて移り住んだ。妾や義妹と離れて暮すのは何よりさばさばしていた。もう幾年か、そうした一人暮しが続いていたのだから、浩蔵の臨終に付合わされたのは迷惑な話なのだった。が、浩蔵が死ぬや否や、彼女に本妻の確固とした座が戻っていた。法律が何よりも彼女に優先権を与えたし、葬式の喪主の席順で、彼女は妾も義妹も退けることができたのである。夫に蔑《ないがし》ろにされ続けた半生を、松子は俄かに取戻した。強羅の寒い別荘にいるよりも、なんという豊かで和やかな生活が始まったことだろう。当面の暮しに必要なものを茶室に取付けるように、てきぱきと指令して金は惜しげなく使った。夫に顧みられないで寂しく生きていた頃と違って陽気に金をつかうことができるのも喜びだった。金閣寺の脇腹に急づくりで大きな湯殿が建増された。貧しかったころ、せっせと手内職をしていた時代でも、松子の唯一の道楽として風呂は毎晩欠かさなかったものだ。が、夫の死後ほど、伸びやかに四肢をのばして湯に浸ったことはなかったように思う。年若い女中に、松子はしみじみと述懐したものだ。「若い頃に一度だけこんな気持になってみたかったけどね、まあ、いいさねえ」そして彼女は、もう少し様子をみたら、この邸を処分して、立派な湯殿を持った家を改めて田園調布か成城あたりへ建てようと思っていた。未亡人となった彼女には、悠揚とした安心感が生れていたのだ。金は充分、彼女の晩年を守るに足るものだと信じていた。

　タキが長者丸に現われたのは、松子と前後していた。自分は妹なのだから本妻と同等か、でなければそれ以上の遺産相続権があるものだと彼女は信じていた。渋谷の家が接収されたのだから、当然長者丸に移るのに誰か阻む者があるなどとは夢にも考えなかった。松子から「いずれこの家は処分するつもりだから、売るときに人が居られては困るので」とはっきり言い渡されたとき、だからタキは驚いて息を呑んだ。「妙なことをおっしゃる。この家は兄さんのものでしょう、妹の私が……」「名義は私のものになっていますよ」松子は冷然として云った。浩蔵と結婚して以来、彼女が小姑に向って高飛車に出た最初の機会だった。「名義がどうでも、兄さんは私の兄さんですからね、妹の私が小さな数寄屋の一ツ二ツもらったからって文句は云いませんよ」「今は私のものなんですから、あげるわけにはいきません。あなたにはそのために早くから家を建ててあげてある筈です」「ええ、ええ、渋谷の家さえあんなことにならなけりゃあ、誰があなたの傍になんか来るものですか。戦争に負けたおかげで、こうなったのだから、焼け出されたのもおんなじで、部屋のある人がその人のために部屋を貸すのは、焼け残っている人たちの義務みたいなものじゃありませんか」「むつかしいことは私には分りませんよ。とにかく私は貸しません」「ああそうですか、では借りますまい。云っておきますが、あなたに兄さんの奥さん面はさせませんよ、いつまで夫婦だったたって云うんですか」ざっくりと松子の胸に刃物を差込んで、タキは外に出ると、その日のうちに荷物を運び、門から近い一軒の茶屋にさっさと移り住んでしまった。そうなると強いことは云っても松子は女で、追出す術を知らず、渋谷の家にあった調度や道具類が、みんなあの小さな茶室の中に納まるわけがないのに、いったいどこへ預けたのだろうなどと余計な心配をしていた。

駒代は、半年近く音信不通のところへ、ひょっくりと姿を現わし、その頃はちょっと手に入れ難い生菓子などの折箱を抱いて、厚手の縮緬も新しい染めで、浩蔵の在世中より一きわ若い装いで松子の前に悠々と坐った。「まあ御無沙汰申上げまして、申訳もございません。ごきげんよろしゅういらっしゃいまして」誰より当の駒代の機嫌が上々であった。彼女は華やかに、松子の着ているものを褒め、帯を褒め、帯締を褒めたが、それは彼女が彼女自身の着物や帯や帯締を褒めてもらいたくて云っているだけであった。「早く伺わなくっちゃあ、旦那のお言葉にも申訳ないからと思ってましたんですけれどねえ、この節はお寺まいりにも大変な日日《ひにち》がかかりましょ。高野山へのお伴ができるまで、せめてと思って近郊近在のお寺をまわっていますうちにすっかり遅くなりまして。折角旦那が雨露しのげとおっしゃって下さっていたものを、ほうっておくのも恩知らずでございますよねえ。まあ申訳のない」彼女は仏壇の在りかを尋ねると、大仰に鉦を叩いて手を合わせた。松子は茫然としていて、駒代の云う武市浩蔵の言葉というものが、何なのか疑うことも忘れていた。浩蔵の死は松子にある種の解放感をもたらしたが、妾もこう天下晴れた顔ができるものとは露知らなかった。関西の芸者には節句ごとに本宅伺いといって本妻に挨拶に出る慣習があるときいていたが、駒代がこれまでに松子に対してしてきたことと云えば、松子が顔を出すところへ決して姿を見せなかったという程度のことである。同じ呉服屋が両方に出入りしていたが、松子の方では知らなかった。

「長年お世話になりましたおかげで、奥さま喜んで下さいまし。やっと目鼻もつきまして私も商売をすることになりましたんですよ」駒代は意外なことを云い出し、出資者も見つかったので近々新橋に料亭を開業する。ついては、それまで東京に一部屋自分が私的に静かに暮せるように、茶室の一つを貸しておいて頂きたい。これが駒代の切り出した用件だった。松子は花柳界の女の生活力というものに驚いて、自分には余生の楽しみにせいぜい風呂のある家を建てようぐらいしか思いつかないのにと、駒代の言葉を一にも二にも信用してしまっていた。「お偉いわねえ。私なんかは主人が死ねば自分も終ったように思っているのに、あなたはこれから始めるんですか」「いいえねえ、旦那への御恩返しをこれからやろうと思ってるんですよ。一儲けしたら、奥さん遊山にでも出かけましょう、今度は私に賄《まかな》わせて頂いて」「まあ、あなた当節の物価高に景気のいい話だこと」松子は、浩蔵の死で解放されていたつもりだったが、実はめっきり老いこんでいたことを、駒代から思い知らされたと思った。間に取合うものがなくなった今、かつては憎い女だったが、こんなにも向うが親しさを示してくるのなら、自分も本妻の寛大を示すべき場合だと思った。

「当座のつもりじゃなくって、ゆっくりと居て頂だいよ。私も寂しくなったんだから」庭に降りて、どの茶屋がいいかと駒代と二人で廻りながら云うと、駒代はそれに答えずに、「まあ荒れましたねえ、もったいない。これだけのお庭を、まあまあまあ」と、ただいたましげに眉をひそめている。衿首が驚くほど白く、晩春の宵に駒代のとんでもない厚化粧は庭の濃緑に浮上って見えた。松子は駒代のようには塗っていないが、髪はもう幾年も前から染めていて、きちっと髪油で固めて結っている。半白の髪にパーマをあてた駒代とはいい対照だった。派手に身づくろっていても、この女には自堕落なところがある。そんなところが男には魅力だったのだろうかと、松子はふと内心でこんな観察をしていた。「ここに置いて頂こうかしら」と、駒代が指さしたのは、門からは一番遠い茶屋で、庭は白砂を敷きつめ、黒い大きな岩でごつごつと取巻いた枯山水だった。あたりに緑がないので、手入れしてない庭々の中では一番こざっぱりとして見えた。「遠すぎやしない。門からじゃ、随分ありますよ」「ええ、でもここで結構ですわ」「そうですか。私はお風呂をつけたけど、あなたこのままじゃ御不自由ね」「ええ、ちょっと手をつけさして頂いて」親切にすぐ乗ってきたから松子は慌てた。「でも駒代さん、早晩はこの邸も売りに出す気ですから、手を入れたらその分、御損ですわよ」「まあ、とんでもない」駒代は芯から呆れた顔をして、「これを御処分なさるんですか。それくらいなら強羅のを」「あらあなた、知らなかったの。あれは主人が売ってしまったわ」「まあ、いつです」「亡くなる前よ。お金がどうなったのか、あなたにきこうと思ってましたわ」「とんでもない、存じません。まあ、別荘を、旦那がねえ」きっと下唇を嚙んだところを見ると、余程の衝撃だったのに違いない。が、すぐに駒代は表情を変えた。「ともかく奥さま、そうなれば一層ですよ、ここを手放すのは絶対反対、待ってて下さい、私が働きをみせますから、庭師を呼んで掃除ぐらいはさせましょうよ。旦那が安心なすってお墓ン中でお休みになれるように」松子は圧倒されたが、おずおずと異を唱えた。「でもこんな不自由なところには長く居られないと思うけどねえ」駒代はこともなげに結論した。「だから、住みよいように手を入れるんですよ」

駒代が石庭に落着くと、門に近いタキはすぐ気がついて、血相を変えて金閣寺に飛込んできた。「義姉さん、あなたまた妾と同居する気なんですか」渋谷で二人を同居させた張本人はタキだったのに、もってのほかだという気色ばんだ顔である。白毛染めを使わないのに黒い髪で、それを昔からのひっつめにしてある。着るものはぞべろぞべろとした絹物を、帯も羽織も野暮に着込んで、新しい物を着ても、どこかどろりと穢ない感じがあった。松子は昔からこの小姑をきたならしく思っていた。「同居っていうより、ちょっと置いてあげるだけよ。すぐ出て行くつもりらしいわ」料亭の話をかいつまんで伝えると、タキの眼は底でぎらりと光り、「へええ」それきり何も云わずに、ぷいと帰って行ってしまった。いい年をしても昔のままだと松子は溜息をついたが、その息の吐き終らない間に、いつか小姑より優位にいて、気楽に高見の見物ができる自分に気がついていた。浩蔵の在世中は駒代もタキも自分の目の上にはり出ていて、息苦しく不仕合せであったのに、浩蔵が誰のものでもなくなってからは、松子に思い患うことはなかった。小姑の性格すらも重荷とは思われなくなっていた。未亡人というのは、なんという結構な身分だろう。泉水の濁った水を眺めながら、松子は暢気《のんき》に駒代が大きなことを云っていたのを反芻していた。この水も新しく取り替えてくれるのだろうか。

が、ある朝、女中が「大変です、御隠居さま」と云うので驚いて外に出てみると、三人ばかりの男たちが、シャベルやツルハシで、庭木も庭石もかまわず辺りを掘り起しているところだった。「何をしてるんですか、あなたたち」青い服を着た一人が手をとめて、面倒臭そうに答えた。「ガス工事ですよ」

凝り過ぎて歩くにも道の大儀な庭に、金閣寺から石庭までまっ直ぐ一本のガス管を通すための工事ということになれば、その路上にある木も石も山も無事ではないことになる。庭を荒してはならないと云った駒代が、こんなことを始めるとは、松子には理解できない話だった。茫然としているとき、「お早うございます」元気な声が飛んできて、駒代が外出着で目の前に立った。顔の造作が愛想笑いでばらばらになっている。「まあ駒代さん、庭も何も、こんなことをされては滅茶々々じゃありませんか」「あいすみません。すぐ元へ戻しますし、あとの手入れも一切いたします。だって奥さま、ガスがなくっちゃ御飯も頂けないんですもの」確かにこの家でガスがひいてあるのは金閣寺だけであった。考えた

ことも なかったが、するとタキの方では何を使って煮炊きしているのだろうかと、松子は俄かにその方も心配になったが、「じゃ、行って参ります。後ほどまた」駒代は巧妙に、頭を下げたままさっと通りすぎてしまった。

一時の仮住居なら、炭火でも石油コンロでも、さして不自由はあろう筈がないのに、こんなに大騒ぎをするのは何事だろう。芸者あがりの女は万《よろず》やることが大仰だと、松子は忌々しい気持になったが、その一方では、ばりばりと金の使える駒代にある畏敬の念を感じないわけにはいかなかった。物価高は、松子には凄まじいものに見えた。預金は封鎖され、使える金高は限られている。松子はまだ将来を心配していなかったけれども、手許の不自由なのはひしひしと感じていた。こんな世の中が来ているのに、駒代が自由に跳ねまわっているのが羨ましくさえ思えるのだ。闇米や闇砂糖を手に入れるのは容易でないのに、米や砂糖を際限なく必要とする料理屋を開業するのは、時代が時代だけに松子には大事業のように思われた。顧問格の男たちが、駒代の周囲にいるのではないだろうか。そう思うと、浩蔵に顧みられなくなって以来、自分の側には寄りつきもしなくなった人々が想い出されて、あらためて松子は口惜しくなってきた。

「私だって、こうしてはいられない」と、やがて松子は思うようになってきた。手許不如意がいよいよきつくなってきたし、女中が月給の値上げを要求したり、主従の別に対して抵抗したりするようになって、平和な未亡人の生活がいろいろとおびやかされ始めたからでもある。だが、浩蔵が無一物の時代に松子を支えていた若さが失われ、浩蔵が金持になってからは金の不自由だけはなかったために無為徒食になれてしまった松子の肉体は、まず知人の家をまわり歩くことさえ億劫がった。しかし現金の手に入る途はなんとしても考えなければならなかった。「家作がある」突然のように松子は思い出した。この同じ邸内に、まだまだ家があるではないか。茶室だの数寄屋だのと思っていたのが迂闊で、げんに自分も、タキも、駒代も、その茶室に住んでいるのだ。空いているのが、まだ三軒も残っている。これを活用しない手はない。店子《たなこ》を探す前に、とらぬ狸の皮算用で、松子は先ず家賃は幾何《いくら》くらいとれるものかを考えてみた。彼女は女中を呼び、この素晴らしい思いつきを打ちあけ、女中も松子のところに現金が入れば自分も豊かになる勘定だから、真剣に松子の相手をして、紅葉の茶屋なら若夫婦むきで、築山の下の茶室は、かなり不便な筈だから学生に貸したらいいだろう。遠くなければ賄いはここでしてもいいのに、そうすれば二重に収入があるのにと残念がったりした。

するうちに、ふと松子は重大なことに気がついた。なんという馬鹿だったろう。「なんて間抜けかしら」彼女は自分から茫然としながら、女中に云ったものだ。「タキさんからも、駒代からも、家賃をもらってなかったわ」「忘れていらしたんですか。私はまた、気のいいことだ、家賃もとらずにと思ってました」と、女中もそう云われて気がついたくせに、たちまち欲の皮を突っ張らせて、取り立てない法はないといきまく。

とりあえず思い出せる知人に部屋や家を探している人があったら紹介してほしいと手紙を書いたが、電話のひいてない家が急に不便に思えて、松子は苛々した。それで女中をすぐ駒代のところへやって、今月から家賃を納めてもらいますと口上を云わせた。

女中は塩を撒かれたといって、気が狂ったかと思えるほど怒って戻ってきた。あんまり女中が怒るものだから、当の松子が憤慨することを忘れてしまい、そうなると、タキの方にはどうしたものかと考えこんでしまった。「あちらは、この頃お一人みたいですよ。よほど困っておいでになるのかもしれません」と、女中も弱気になって、松子の使いは後込《しりご》みする。タキの陰気で激しい気性に女中が居つかないのは今に始まったことではないから、その心配はしなかったけれども、やはり松子も怯《ひる》むものがあって、一度は外に出るついでを装ってタキの住居まで行ってみたが、笹藪の中の田舎家めかした建築が、みるから意地悪い住人に相応しく見えて、足がすくんで戸を叩く気になれなかった。「仕方がないかしらね、タキさんは病人なんだから」「御病気ですか」「そうよ、若い頃から心臓が悪くってね、それでお嫁にも行けなかったんですよ」「体が悪いにしては長生きしたものですねえ」女中は、かねてタキに虐《いじ》められていたので、これだけのことを云ったのだったが、どうしたものか松子は一緒になって笑う気になれなかった。長生きしたということに侮蔑の響があるのが、我慢できないのだった。タキと殆ど年の違わないことを、ぎくりとして松子は思い出した。

白髪をふり立てて塩を撒いたという駒代が、けろりとした顔で松子を訪ねてきたのは数日後であった。粗い紅縞の羽織を短く着て、「今日はごきげんさまで。いいお天気続きでございます」華やかに抱いてきた風呂敷包みを解いて、大きな羊羹の箱を前に押し進めながら、「まあ奥さま。おうらみがあって来ましたよ」云うと大声で天井を向いて笑った。「家賃だなんて、水臭いことをおっしゃったじゃありませんか。奥さまのお情けは昨日今日からのものとはこれっぽちも思っちゃいませんのにさ。私は、お家賃以上のものをお返しする気なんですから」「そうですか、塩を撒かれたって帰ってきましたから、それはひどすぎると私こそ思ってましたがねえ」「それはお花さんの誤解ですよ。料理屋をやるときめたときっから玄関には波の花を置いてあるんです。それにお家賃なんて、あの小さな家からいくらも取立てられるものじゃなし、奥さま、駒代に任せておいて下さい。いまさら大家の店子のって、そんなことしたら旦那に笑われますよ。水臭い、水臭い」わあわあと底抜けに朗らかに、料亭の方の進行状態なども喋りまくって帰って行ってしまった。圧倒されてぼんやりしていると、女中が口惜しそうに、「うそつき、塩を撒いたのは本当ですよ、御隠居さま。あれと今と、同じ人間だなんて思えない。狐みたいな人ですね」と云う。まったく狐に化かされたようだと松子は感心して、あんな大芝居で何十年たぶらかされていた浩蔵だったかと、俄かに亡き夫が不憫に思えたりした。「芸者あがりというのは、あんなものなんですよ」達観したように云ってみると、ほんとうだ、あんなものなのだと、自分でも確信が深まって、家賃がこれから先も棒引きになってしまったことがそれほど不愉快でないような気がしてきた。完全に化かされてしまったのだった。

これからはともかく、これまでの店子から家賃がとれないときまると、そのこれからへの期待がふくらんできて、数通出した手紙への返事が来るのを首を長くして待つことになったが、この方の返事は仲々おいそれとは来ない。一方ではガスの出が細くなったり止ったりして、経済的にも毎朝毎夕という風呂のたて方はできなくなっていた。松子の未亡人としての幸福はだんだん頼りなくなってきた。

駒代は毎日のように都心へ出かけて行き、これは水に帰った金魚のようにいよいよ華やぎ若やいでいた。まるで鼻唄でも口ずさむように、腰で拍子をとりながら砂利道や飛石をつたい歩いて、石庭から泉水のふちへ出て、それから門まで、笹の家の前も通った。タキの眼を意識するのかどうか、その辺りでは必ず指の先で衿元をぐいと正した。派手ずきのくせに物持ちがいいのか、まさか新しい着物ばかりではあるまいと思ったが、タキには毎日羽織も着物も取替えている駒代が、浩蔵の歿後すっかり沈滞している自分や義姉と別人種のように思われて、生来の陰性をいよいよ冷たく石のようなものに研ぎすましていた。松子とも冷戦を続けていて、彼女が偶《たま》に門を出入りするとき、じっとこちらをうかがうのに気がついても顔を出すどころでなく、一声でもかけてきたら、とたんに毒を吹きかけてやりたいという想いでいた。夫に愛されていたわけでなく、妻らしい態度もとらなかった松子が、未亡人になると急に正妻の座に納まり返って、泉水のある一番豪華な家を吾がものとしてしまった。それにひきかえて自分は浩蔵と血肉を分けあった妹で、しかも一度の仲違いもしなかったのに、こんな門番の棲家のような小さく貧しくみすぼらしい家に押し込められているのだ。茶室の建て前で北向きだから、陽も碌に射さない暗い狭い家の中で、タキは誰よりも早く老いこんでいた。女中もいない。前から居つきにくかったところで、四畳半の隣に二畳一間があるきりでは、女主人の息まできこえて並の娘ではつとまりにくいのだった。タキは、のろのろと米をとぎ、炭火を起して七厘にかけ、しばらく団扇でバタバタと煽いでいた。水道以外に生活の便利はなかった。この茶屋での自慢は、青笹を敷いて用を足せる茶人好みの厠だけであった。

「ご免下さい」と声をかけられて、タキはそれが若い男の声であるのに耳を疑いながら顔をのぞかせると、紺の背広を着た青年が手ぶらで家の前に立っている。「武市さんですか」「そうですけど」「ああ、僕、田中さんからの紹介で来ました。部屋を見せて頂けますか」「部屋ですって」訝しそうに反問すると、青年は妙な顔をしながら、「あの、空いている部屋を貸したいというお話でしたが」と説明した。病弱のタキは血の廻りだけは早かった。咄嗟に彼女は、義姉が空いている茶室を貸家に出したのだと諒解した。妹である自分に一言の断わりもなかったのが、かつんと癇に障って、タキはすらすらと相手をしていた。「はい、そうですよ。御案内しましょう。田中さんは、どちらの田中さんです」「田中秀松さんです」「ああそうですか、皆さまお変りなくていらっしゃいますか」「ええ、そうらしいです。僕はただの知り合いですが」

　タキは雑草を足先で分けて歩きながら、この青年にどうやって自分の身分を理解させたものかと考えていた。「武市浩蔵という名などを、あなた御存じでした」「いや、田中さんに教えてもらっただけです。関西の方だそうですね」「はあ、亡くなって、もう三年になるんですよ」「ははあ」相手が一向に興味を示そうとしなかったので、タキには自分が浩蔵の何に当る者かを説明するきっかけが見つからなかった。そのうちに早咲きの躑躅《つつじ》が咲いている目指す茶屋につくと、錠前のある戸口は避けて雨戸の一枚を手荒く外した。「靴のままでいいですね」「ええ、埃だらけですから」青年は身軽く縁に飛上って、さっさと雨戸をくり、窓をあけ、水屋をのぞいて「台所つきですね、便所もあって完全に独立している。これ、おいくらで貸してもらえるんですか」そこまでは考えていなかったから、タキが首をかしげて「さあ」どうしたものかと思っていると、青年は「僕たち共稼ぎになる筈なんです。しかし、いずれ子供を産むときのことや、アパートに移る場合の貯金なども考えないわけにはいかないので、お払いできるのはギリギリのところ、このくらいになります」と、もう取引きの話に入った。ぺらぺらと理屈を並べて喋っているのをきいているうちに、タキの方は偏屈者に戻って、むっつり黙ってきいていたが、黙れとばかりに途中で言葉を吐いた。「じゃ、それで結構ですよ。ただし、半年分前払いにして下さい」青年は、すぐ半年では多い、三ヵ月にしてほしいとぺらぺらやり始めたが、タキが黙りこくって相手にならないのに根負けして、「じゃ、明日から越してきます。よろしく。結婚式はその後になるんですがね」と、最後のところで急に若者らしい可愛い顔になって、帰った。

「御隠居さま、変ですよ。前のお家に人が居ます」女中が、買物籠を提げたまま、飛込んで来ると声をひそめてこんなことを云い出し、眼鏡をかけて茶色く変色した写真類を整理していた松子を驚かした。「前の家って」「笹の家の反対側ですよ」「なんだって。花の庭にかい」眼鏡の上から女中をみていたので、驚きが形にならなかったが、のんびりしている場合ではなかった。空いている家の一つに、家主に断わりもなく人間が入っているというのは穏やかではない。早速下駄を爪掛けて出かけてみると、茶室の手前の雑草は踏まれて寝乱れてい、雨戸はくられて縁側は艶こそないが拭き清められてあった。にじり口の手前には、蜜柑箱が積み重ねてある。中にはぎっしり本が詰っていた。明らかに、これは誰かが引越してきたのだ。

水屋の低い出口をくぐって、三角巾を冠った娘が出てくると、松子は屹《きつ》として「あなた、そこで何をしてるんですか」と咎めだてした。訊かれた方は不審顔で、「私ですか、引越して来たんですけど」間の抜けたことを云う。「誰に断わって引越したんです」「誰にって、武市さんにですわ」「武市は私です」相手は驚いて、まじまじと松子を見てから、急に恐怖の表情になって、「吾郎さん、吾郎さん、ちょっと来て」と金切声をあげた。

　茶室の裏で最前から物音がしていたが、それがはたと止んで、木綿のシャツ一枚の前をはだけた若者が現われた。「どうしたの」「あの、この方が、武市さんですって」青年は眉をひそめ、松子の方に向き直った。「山田吾郎です。なんの御用でしょうか」

　経緯を知っても、青年は動じなかったが、松子の方は動顚してしまった。なんということだろう。松子が依頼して招き寄せた店子を、横合からタキが出てちょろりと横取りしてしまったのだ。家賃は松子の予算の半分にも足らず、しかも六ヵ月分がすでにタキの手に渡されている。青年は平然として云った。「お話はよく分りました。それが本当なら驚くべきことです。しかし僕らは既に敷金を入れたのですし、前の借間は引払って戻るところもありません。問題は、武市家の内政にあるのですから、あなた方で話し合って解決して下さい。六ヵ月分の受取りは僕が持っています。払った以上、少なくとも僕らには六ヵ月ここに住む権利があるわけですね」

　取乱した松子は、笹の家に飛込んでタキに会うと、「あなた、なんていうことを、なんていうことを」興奮して、もう口もきけずにわなわな震えていた。タキは蒼黒い細い顔を一層細くして、松子の顔を無表情で見たまま押し黙っている。「この六軒の家は、全部私のものなんですよ。あなたにこの家を渡してあるのは私の情けなんです。何十年、小姑のあなたに苦しめられてきて、それが又こんなめに会うなんて、私は我慢ができません。すぐ出て行って下さい」タキは口を緘して答えなかった。むしろ嫂《あによめ》の半狂乱の姿を、舌なめずりしながら観察している風があった。それは浩蔵が、嫉妬に狂う松子を、突き放すよりもっと残忍な方法で、つかず離れず見守っていたのと、よく似ていた。なんという兄妹だろうかと、松子は興奮すればするほど体の芯の方が悪寒を起して痺れてくるのを感じていた。それをふり払うために、彼女はいよいよ絹を裂いて叫びたてた。「なぜ黙ってるんです。なぜ黙ってるんです。黙って店子を入れたばかりか、六ヵ月分の店賃を猫糞《ねこばば》するなんて、泥棒ですよ。盗人ですよ。警察へ突き出してやる、待ってなさい」足袋はだしで笹を分けて飛出し、門のくぐり戸で体をかがめたとたんに体の重心が狂って、松子はがくりと四つん這いになった。

折から通行人があって、顔を上げた松子を不思議そうに見て過ぎた。松子は吾に返り、掌や膝をはたきながら、自分ほど惨めな者がこの世の中にあるだろうかと思った。もともと教養のある女ではなく、たとえば趣味や道楽を深めて修養するということもなく過した松子なのだが、武市浩蔵という憎体《にくてい》な男に台なしにされた一人の女という、並ならない半生が、彼女に苦労をさせ、それを内攻させ、つまりそれが修養というものになっていたのだろう。だから、決してそんな筈はないのにタキや駒代と並べてみると、松子は先ずその中では出来た人間になってしまうのだ。ともかく松子は諦めてしまったのだった。山田吾郎からの家賃は、事情を話して六ヵ月後の分を今月から受けとるようにすればいい。あの薄暗がりの中で猛禽のように眼を光らせながら、口を開こうとしなかったタキは、私の歯が立つ相手ではないのだと松子は思い知ったのだった。それに、あの我儘な女が、女中なしで七厘で飯を炊き、市場に買物に出かけ、銭湯に行っているのだと思うと、憐憫に似た気持が起ってきて、松子は右手で左の腕を撫でさすりながら家に戻った。陽に当らないのに枯れた茶色い肌をしているタキに較べて、自分の肌のすべすべと白く美しいのが松子は誇らしかった。あんな女は飼い殺しにしてやってもよかったのだ。いや、すでにその気になっていればいいのだ。なぜもっと早くこのことに気がつかなかったのだろう。

幸いなことに、世間の住宅難は松子が思っていたよりずっと深刻だった。紅葉の家と築山の家とは、間もなく借家人が現われて、松子の出す条件に一も二もなく賛成して、すぐに道具を運び、その日から生活し始めた。しかし、門を入って笹の家の前は素通りしても、花の庭を通るとどちらが声をかけるというわけでもなく、山田家の若夫婦と同じ店子同士の話がはずむと、すぐその足で松子に会いにやってきて、家賃の値下げを交渉にきた。同じような茶室だが、山田夫婦のいる花の庭が一番暮しよい具合にできている。そこより高い家賃を自分のところで払うのは不当不合理だというわけなのだ。松子は驚き、次には頭に血が上って、世間の人間は鬼ぞろいだと思いこみ、取引きというものに必要な冷静さを先ず失ってしまった。

家賃が気に入らないなら出て行って下さいと云えば、それなら引越料を出すかときかれる。山田家とは事情が違うのだと説明すれば、すでに相手方は知っていて、タキに同情するような口吻を示して松子を慌てさせた。「駒代さんというんですか、あれも愉快なお婆さんですね」などと云われると、駒代までがこの連繫に加わっているのかと、四方八方みな仇敵に取巻かれているようで、松子の心はきりきり舞いをする。

法律は妻というものに最も有利なものである筈なのに、それ以外は全部、妻という身分を不幸に陥れるものばかりだ。生きているときもあれだけ妻を苦しめた浩蔵が、死後も少しも松子を守ろうとしないばかりか、妹や妾と同居させて、陰に陽に彼女の生活をおびやかそうとするのだ。おそらく妻という立場が本来弱いものだから、法律がそのためにあるのかもしれなかった。

店子が入れば家賃が入ると思っていた当ては、こうして決して思い通りにいかなかったのに、その他に思いがけない患いごとがあることに、やがてまた松子は気がつくようになってきた。駒代のように思いきってガスを自腹でひくような店子は、考えてみれば手のかからない方なのだった。燃料不足の時代であった。山田夫婦以下、落葉をかきあつめて急造の土べっついで飯を炊くおかげで、庭にいくらか箒の目がつくと松子が喜んだのも束の間、笹垣や立木が折々無慚な姿で朝を迎えたりするようになった。女中に文句を云わせにやると、これは芋粥一杯で買収されて帰ってきて、そんな様子はなかったなどと報告する。人任せにはできないと知って、松子は朝早く目をさますと、すぐに庭中隈なく歩いて、それとなく監視をすることにした。この家に落着いた当初の、どこか暢気だった構えは徐々に突き崩されて、松子の目の光には人を見たら泥棒と思うような猜疑心が宿るようになっていた。当然、これは一層店子たちを不快がらせた。花の庭と紅葉の家とは夫婦者たちだったが、越してくるとすぐに家のまわりに種をまいて青物は自給自足するつもりにしていたのに、南瓜の若い実がもがれたり、摘み菜などまでごっそり姿を消したりするときがあって、そんなときには早朝未明からうろうろ歩きまわる松子に嫌疑がかけられることになった。実際、起きるとすぐから、顔も洗わずに、ふらふらと凹凸の激しい庭の中を逍遥する老婆の姿は陰惨で、せめて物でも盗むというようなごく人間的な疑いでもかけなければ気味が悪くてかなわなかっただろう。

お松婆さん、と、いつか店子たちは松子のことを蔭でこう呼ぶようになってきていた。四、五日お松婆さんの姿を見かけないと、どうかしたかと女中に訊く者もいて、「ええ、神経痛がひどいんですよ」という返事に、泉水の上では寒さも厳しいだろうし、湿気も強くて、それは老体に良い筈はないと合点がいったが、誰も見舞に行こうとする者はなかった。気の毒だとは思っても、気味の悪さが先立つのである。

ある夜、築山の蔭に住む独身の男が、夜遊びの帰りに木戸口を小さくなってくぐると、目の前に白っぽい立姿があって、咄嗟に幽霊かと思い胆をつぶした。白い影は、ふらりふらりと動いて、笹の家に消えたが、両手で何か抱いていた印象がはっきりと残って、その話をきいた店子たちはすぐに畠の泥棒だったのだと確信してしまった。「あの齢で、処女なんですって」共稼ぎの女たちが、ある夕刻顔を合わせて、一人がこう云うと、同時に二人で首をすくめた。ぞっとしたのだった。「恋愛もしなかったのかしら」「さあ、心臓が悪くて結婚したら死ぬと云われたって話だから、恋をしたら重態でしょ」「若いうちにショック死をしておけばよかったのに」「あの目の色はたまらないわね。ずっと前から生きていなかったのよ、きっと」「あなた口をきいたことがあって」「あるもんですか。長く話したら、こちらの命が吸いとられちゃうんじゃないかしら」「あの家がいけないのよ。藪ん中ですもの」「ほんと。出てくるのも、帰って行くのも、藪がバックだと見ていてぞっとするわねえ」「私はもう藪の前は目をつぶって駈足なのよ、怖くって」

お松婆さんと藪婆さんが、どんどん気味の悪いものになっていくのに、駒代だけは相変らず勢いよくて、昼前に家を出て、夜更けに帰ってくる。その足並はまるで若い者と同じ調子だった。「若いわね、あの人」「他のお婆さんと二つ三つしか年が違わないんですって」「とてもそうは見えないわ」女というのは結婚しても結婚しなくても晩年は不幸なものので、駒代の生き方が一番自由で幸福なのではないだろうかなどと、店子の奥さん二人が物騒な結論を出しているとき、その夫たちは違った考え方をしていた。「あの方がよっぽど気びが悪いや」「年は相応にとってもらいたいね、衿白粉ってのは不潔なもんだって発見したよ」そして皆が揃って不思議に思うのは、いったい駒代の料亭というのは、いつ出来上るのか、ということだった。

駒代の口からその話を松子がきいて以来、早いものでもう三年になる。雑事が多くなって昔よりも月日が飛んで過ぎるものだから、松子も思い出すと不審だったが、駒代に会ったときに訊けば、例の調子で諸事万端恙《つつが》なく運んでいるという物語をきかされるだけであった。「なんにしたって商売には基礎が大事ですから。板前がよくて、女中がよくて、普請がよくてと揃わなくっちゃ。それに客筋ってこともありますでしょう。順序よく頼んでまわるだけでも一年はかかりますわよ。茶碗も土瓶も後家のまんまで、いえ、あの、身《み》と蓋《ふた》と色違いなんて食器で御膳の出せる当節の俄か茶屋の神経と張り合うには、何より準備ってものが大切で。まあ新橋にも昔と違って場違いが大きな顔をしていて腹の立つっちゃありません。屋台店上りが女将でございって出てくるんですから」と、いった調子で、それから彼女の苦労話になれば止まるところを知らなかった。駒代の口から出る金額は、浩蔵の全盛でも驚くようなもので、松子はインフレと併せて考える操作は下手だから、その都度ただただ驚いていた。大きすぎる話だと思わないでもなかったが、こんなことを考えていれば、たとえ料亭が建たなくても、生き甲斐というものはあるだろう。それは少なくとも駒代に若さを止めさせている。松子は本妻と妾という間柄を忘れて、あるときはうっとりと彼女の饒舌に聞き惚れることがあった。「というわけですからねえ、奥さま。あたしも、近々有り金はたいて一番清水の舞台から飛降りなくっちゃならないと思っているんです。旦那が常々、男と違って女には財を動かす才覚がないのだから、金より石で持っていた方が賢いとおっしゃってたおかげで、私も智恵がつきまして、小粒ですけど石っころを後生大事に守ってたのが、ええ献納なんて、あんな馬鹿な真似は、でしょう。まあ、それをそっくり出すときが来たと思うんですけれど、あなた当ればモトはとれますし、前より大きいのだって買えますから、奥さまも如何です、一番投資なさいませんか。宝石屋でいい値で買うのがいるんですけどねえ」いつか話がこんな方に向うと、松子はすぐ現実に戻って震え上り、「主人は私にそんな智恵を授けてくれませんでしたよ。私のした贅沢は、せいぜい温泉まわりぐらいで。ダイヤなんて、一つだって持っていません」出資する意志はないと云うだけが精一杯で匆々《そうそう》に金閣寺へ戻ったが、そんなに浩蔵はあの女にダイヤモンドを買ってやっていたのかと思うと、あとあとまでぶすぶすと怒りと口惜しさが消えなかった。泉水には朽葉《くちば》が沈んで、水はすっかり黝《くろ》ずんでいたが、それを見詰めながら、自分にはこんなものだけが残されて、妾の駒代の掌には透明なダイヤがキラキラと幾つも輝いているのだと思い、松子はもうダイヤの飾れない皺のある指を苛々と眺めたりした。神経に手ひどい衝撃を受けたからか、その日から右半身の関節が痛み始めて、松子にはずっと床は敷きっぱなしという生活が生れた。

駒代の仕事がいよいよ決戦態勢に入ったということは、店子たちの間にも知れ渡っていた。松子相手に喋った通りのことを、「いかが、一番、株を買いませんか」まで、彼女がそっくり同じ調子で喋りまくったからだ。「あの婆さんも、仲々やるじゃないか」花の庭の山田夫婦は、日曜も忙しく家を出て行った駒代を見送って、感嘆していた。「でもね」若い奥さんは、しかし近頃慎重で、「こうやって花の中で暮してると、大きなお金を動かす夢もいいけれど、って気持になるわ。私、あんまり羨ましいと思わない。あのひと、もうじき六十だっていうじゃないの」「他の婆さんに較べれば、若いもんだよ」「だけど、六十は六十よ、きっと」灌木の繁みにうずくまって、結婚三年目を迎えた山田夫人は、草採りに余念がないのだった。花の庭という仮の呼び名が、今では皆の通り名になっているこの庭は、年百年中花が絶え間なく咲くように、灌木が幾重にも植えられてある。早春の臘《ろう》梅《ばい》に始まって、木瓜《ぼけ》、三椏《みつまた》、沈丁花《じんちょうげ》、雪柳、連翹《れんぎょう》、こでまり、梔子《くちなし》、紫陽花《あじさい》、槿《むくげ》、山茶《さざん》花《か》、と、冬の椿まで、次々と花の暦がまわる仕掛になっているのであった。越した当座は気がつかなかったが、四季を三度も送り迎えると、夫婦はいつか花の囚《とりこ》になっていた。草花よりずっと手がかからないから、共稼ぎの二人には最も適当な娯楽なのである。庭に愛着ができると、二人の婆さんの薄気味悪さもつい忘れて過せるのか、他の二軒は店子がそれぞれ二代、三代目に変っていても、山田夫婦はまだ他処に移る気にはなっていなかった。

　錦木《にしきぎ》が色づくころ、駒代はあまり無駄なお喋りはしないようになってきた。彼女が花の庭の横を通りすぎたあとには、しばらく紫式部の青い実がぷるぷると震えていたりする。

小さな木戸をくぐるとき、折悪しく買物籠を提げて外から戻ってきたタキと正面衝突をしそうになったことがあって、このときは騒ぎだった。「うっ」とうめくような声をあげて、駒代はくるりと踵《きびす》を返すと、走るようにして石の庭に戻った。これまでは、顔を合わした以上は仇敵にでも底抜けに朗らかな愛想笑いのできる女だったのに、もう余裕がなくなっていた。「鶴亀々々」と呟きながら、ああ縁起でもないものを見たと思いながら、駒代は家に駈け上ると、芸者の頃から信心している聖天さまに胸をはずませたままで手を合わした。男女の抱擁像を祀ってある大聖歓喜天の廚子《ずし》は、開けると眼がつぶれると云われ、駒代もまだ見たことはないのだが、タキのように処女のまま遂に花開かず老い朽ちていこうとする女に、門出を汚された想いを、払い潔めるには何よりの効験があると思われた。「南無大聖歓喜天、南無大聖歓喜天」それは水商売の守護神なのであった。

だが、タキは門口で待っていたのだ。出会い頭に穢ない物を見たという顔を駒代がしたのをタキは見逃さなかった。買物籠から生魚の臭気が匂い立つのもかまわず、タキは辛抱強く駒代を待ち受けていた。羽織とショールを替えて、また急ぎ足で出てきた駒代は、それに気がつくと息を呑み、棒立ちになった。もう引返すことはできない。木戸を背にして立っているタキが、痩せているのに途方もなく背の高い女に思われ、駒代は唇を嚙んだ。松子の女中が通りかからなかったら、二人は此の世の終りまでもそうして睨みあっていただろう。「あ、お花さん、おつかいなの」「ええ、ちょっとそこまでですけれど」「そうお。私はねえ、一度あなたに話をしようと思ってたことがあるのよ。あなた、私のお店に来てくれない」駒代はいかにも親しげに女中の肩を抱いて話しかけた。松子の神経痛でかなり滅入っていた女中にとっては、俄かに光明がさすような話だった。新橋。料亭。女中頭。そんな考えがぱっぱっぱっと頭の中で点って消えた。「ちょっと、そこで、お茶でも飲まない。おごるわよ」「有りがとうございます。どうも」駒代は女中を楯にして木戸口を突破するつもりだったのだが、タキは動かなかった。駒代は眼を怒らせ、女中が飛上るほど大きな声で叫んだ。「なにしてんだ。どかないか」彼女の手はタキの肩をつかみ、力一杯横に掻いた。タキは黙って抵抗した。枯枝に似た老婆と、枯葉でも紅葉している老婆との揉みあいは、女中が声も出ないで立ちつくしている前で、かなり長い間続いた。タキの抱えていた買物籠が飛び、中から烏賊《いか》が一匹《いっぱい》、胴と足と別れてぺっちゃりと土に落ちた。

「駒代が四ツン這いで逃げたってかい」松子は掛蒲団の衿を嚙むようにして、笑いながら幾度でも同じ言葉を繰返させようとした。女中も幾度繰返して話しても疲れなかった。

「腰のあたり、随分ひどく打ったと思いますよ。びっこ曳きながらいらっしゃいましたもの。その恰好も可笑しくって」それきり駒代は料亭に彼女を引抜く話は忘れて行ってしまった。その口惜しさが手伝っているから女中の話も仮借がない。

気で病むという言葉があるが、松子の神経痛はそんなことから小康を得た。寒さに向うときだというのに、寝たきりから寝たり起きたりできるほどよくなって、笹の家の様子でも見に行こうかという気になった。烏賊一匹を自分で買いにでかけるという義妹の顔をじろりじろりと見てやったら、どんなに胸がすくだろうかと思ったのである。落葉の溜まった小径を、用心深くそろりそろりと歩きながら、松子にはそういう生き甲斐が生れていたらしい。しかし残念なことに、笹の家は声をかけても返事がなかった。しばらく軒に佇んでみたが、帰ってくる気配もないので、今度は逆方向にふらりふらりと歩いて行った。女中の口からこの二、三日、駒代が外出をしていないようだときいていたからである。庭師は終戦前から入ったことがないから、もう庭の荒れざまは多少の手入れではどうにもならないほどひどいことになってしまっていた。紅葉の枝ははり出て、腰のかがんできた松子だからやっと下を通れるが、他の人たちはどうしているのだろうか。飛石が苔でなく雑草に掩われて殆ど見えなくなっていた。昔はこざっぱりしていた石の庭も、岩の下から隠花植物が這い出していて、庭一面に敷きつめた白砂は熊手の目が消えたどころか数年洗わぬうちに苔と土とで泥々になってしまっている。まるで曠野の断片であった。丈高い植物は育たない貧しい土地のように見えるのだ。にじり口は内側から戸板のようなもので閉ざしてあったが、松子は辿りつくとそれに張りついて、中の物音でもきくようにしばらくその姿勢でいた。邸内を対角線よりもっと多く歩いたので、すっかり疲れたのだった。

少し休んでから訪いをかけるつもりだったが、駒代の女中がのっそりと顔を出したので、みつかってしまった。どこから連れてきたのか白痴同然の中年女で、松子の女中とも店子の誰とも口をきいたことのない変り者である。「駒代さんは、おうちですってねえ」松子は、できるだけ優しく女中に話しかけた。「はあ」女中は頷いてからも口を開けっぱなして突っ立っているので、松子は遠慮なく庭へまわり、「はい、ごめんなさいよ」できるだけ気楽に声をかけた。喉のかすれた奇妙な音声がきこえると同時に、松子の老眼に飛込んできたのは、床の上に起き上った駒代の無慚な姿だった。額から瞼にかけて赤紫色に腫れあがり、右眼はひきつって顔が歪んでしまっている。咄嗟の印象は四谷怪談のお岩そのままだった。松子は腰を抜かして、濡れ縁に摑まったまま、しばらくは口を開けても言葉にならなかった。

「まあ、奥さま」ぜいぜいと呼吸の音がして、どこか破れた声で、駒代はあえぎあえぎ、「大変な目に遭ったんですよ」と訴えるような調子である。「どうしたんですか、まあ」やっと松子は縁に這い上って、女中が突き出した小蒲団を受けとると足の下に敷いた。このころになって、ようやく松子は駒代の白髪が黒々と染め変えられてあることと、眼の上だけでなく、耳の後ろから首をつたって喉まで腫れあがってしまっているのに気がついていた。「ひどいこと、まあ。どうしたんです」「白髪染めにかぶれたんですよ。だけど、高い美容院で、かぶれる筈のない薬なんですよ。畜生。あいつなんだ。藪のお化けが祟りやがったんだ。だからたんと化粧《めか》そうとしたのに、それでかぶれたんですよ。大事なときなのに。

いだ」駒代は出ない声をふりしぼって、タキの悪口を云い、こうなったのはあの婆あの呪いにかかったからだと云い、料理屋をやるという仕事まで呪って、私を呪い殺す気に違いないのだと、終りはもう半狂乱であった。古いガーゼの寝巻が絹の丹前の下に重ねられてあったが、それがよれよれと衿もとからはみ出ていた。老醜は先ず寝姿に、もうずっと前から現われていたのに違いなかった。

「こんなになってしまって。こんなになってしまって。何もかも、滅茶々々だよ。何もかも」駒代はぜいぜい喉を鳴らしながら、もう誰に訴えるでもなく絶望的に呟いていた。タキの呪いや、白髪染めばかりが、駒代に不運をもたらしたのではないことを、誰よりも彼女がよく知っていた。進駐軍相手に逸早く復活した花柳界に、それまで何の実績もない女が、小料理屋でも開くのは容易なことではなかったのだ。駒代に金のある間は、それでも希望を持たせるようなことを云って、何かと話を釣っていた人々がいたが、いよいよ最後の虎の子の顔が出ると、もうあとは簡単なものであった。詐欺というほどにもまとまらぬ手口にかかって、駒代は彼女の謂わゆる財産を、摩ってしまったのであった。気がついて立直ろうとした矢先、タキに会い、白髪染めにかぶれたというのが、順序通りの経緯なのであった。しかし、その順序は、駒代自身にもう呑みこめるものではなかった。総てはタキの所為《せい》であった。白髪染めさえも、彼女の呪いに違いなかった。終戦直後、渋谷のタキの家に浩蔵共々厄介になったときのことが、きりきりと口惜しく記憶を逆巻《さかま》いて思い出されてきた。「私や、あいつには若いときっから苦しめられ続けてるんだ。どこまで虐《いじ》めぬく気かみてろ。呪い返してやる」

譫言《うわごと》を、松子はもう冷静にきいていて「駒代さん、駒代さん、熱でも出るといけないわ。まあしばらくは静かに休みなさいな」蒲団に寝かしつけて、彼女は悠々と金閣寺に戻った。心の中がおそろしく平和であった。泉水の水面もこれほどに鎮まったことはないのではないかと思われるほどであった。この平和を保つために駒代とタキが永遠に憎みあい、争いあい、幾度も鳥賊を地に叩きつけてほしいものだと、松子は願っていた。しかしそれにしても、と、ふと松子は足をとめた。駒代の相好の凄まじさは、どうだったろう。

お松婆さんの病気には見舞に出なかった店子たちも、医者が一度二度ならず門をくぐって石の庭へ出入りするのに気がつくと、それぞれ病態を見に出かけた。こういうところは駒代の人徳というものだったが、当の病人に会った瞬間に彼らが受けた衝撃は、お松婆さんと違って出かけた動機が純粋であっただけに強かった。駒代が出ぬ声を振りしぼって、幾度でも飽きずにタキを呪う言葉は、まるで聞き手をも呪い殺すような迫力があるように若い店子たちの耳には聞えた。肌に粟粒が本当に湧きでるのではないかと、彼らは悪寒を覚えて身震いしながら匆々《そうそう》に石の庭から逃れ出た。その夜、山田夫婦は顔を見合わせて、うかうか三年の余もこの家で過してしまったが、そろそろ将来の計に従って行動しなければならないと話しあった。それは、この邸から出て行くことであった。

白髪染めにかぶれたにしては、かぶれ方がひどすぎて、駒代は随分長く臥せっていたが、起きてからはもう前のような元気はなくなってしまって、毎日羽織を替えて出かけるような生活は思いも及ばない風があった。毎日でかける用事は、もうないのであった。タキや松子のように、萎《な》えて枯れてという具合の年のとり方はしていなかったのが、急にこう老い込むとその変化は著しくて、店子たちを慄然とさせるのに充分だった。中年からずっと保っていた肥《ふと》り肉《じし》が、萎《しぼ》むように消えてしまって、何より目に立つのは容貌の変りざまであった。美形好みの浩蔵が離さなかったくらいだから、目も鼻も大きく立派だったのに、それががたんと衰えると却って大ぶりなのが欠点になってしまい、眼はとろんと力なく、鼻と口許にしまりがなくなった。日が経って白髪染めが落ちると、あとには黄色く汚れた白い髪が残って、それがちりちりと縮れて櫛で梳いても梳いてもいうことをきかなくなってしまった。醜さが押えても押えても、体のあちこちからはみ出してくる。

＊

山田吾郎とその妻が、結婚してから十二年目の春、長者丸に近い知人の家に招かれたことがあった。帰り道、「お婆さんたちのとこ、覗いてみないか」と夫がいい、「ええ、どうなってるでしょうね、あの人たち」もう子供も成長して、長く留守番をさせても心配なくなっていた。落着いた暮しは、この三十代の夫婦に、おだやかな心を育てていた。「何年ぶりかしら」「十年になるだろう」「いいえ、まさか」子供の歳で換算して、「八年よ」と云ったが、その間になんと世の中は変ったものかと、二人とも同じことを考えていた。庭木の枝を燃やし、粥やすいとんを炊いて食べていたあの頃に較べて、決して豊かではないが三度々々御飯が戴ける時代になったのだ。衣生活だって比較にならないほど楽になった。あの頃は、新しいものを着るということなど考えることもできなかったのだ。不断は毎日の暮しが慌しくて、つい十年の昔を回想する折もなかったが、武市の邸へ向う途次、山田夫婦は自分たちの生活の変化というものをしみじみ感じないわけにはいかなかった。世の中が随分変ったのだ。それはあの不便な茶室住いから、狭くても実生活向きにできている都営アパートに移った山田家の小市民生活の変化と殆ど同じくらいであった。暮しが、世の中と不即不離なものであることを、吾郎たちはこうして発見していた。

武市浩蔵と金文字で記した表札は、八年前と同様に古びていた。石造りの門柱は昔と変りなく、門扉が閉ざされたまま開けられた気配もないのも、昔と変らなかった。小さい木戸は、すっかり黝ずんで、くぐるときに手の当るところと履物の当るところは、ぐいと丸く擦り減っていた。ここはあのころから戸がなかった。

体中の関節をきしませるように小さくなって木戸をくぐると、夏草のように高く茂った灌木が目の前に迫っていた。仔細に見ればあまり変らないのに、すぐ飛込んできた印象は、荒れ果てたというものであった。すでに十年以上も昔から、荒れ果てていたのであったのに。

笹の家を覗きこむときは、こわごわだった。が、藪の向うに見える田舎家は、昔と大分違っていた。じゃあじゃあと派手に水の音がきこえていた。裏で勢いよく洗濯しているらしい。タキの筈はなかった。彼女は生きていれば七十になっている筈だ。「あのお婆さん、死んだのかしら」「死んだのかもしれないね」家というのは不思議なものだ。住む人に相応しい雰囲気をかもし出すから。笹の家は、昔のような鬱蒼とした不気味なものではなくなっていた。笹の葉は青々と繁り、家の造りはどこかのどかな田舎家の風情に変っていた。どこから見ても老人の住居ではないようだった。あの眼で人生を呪っていたタキが、この明るい家に棲んでいる筈はないと思われた。

通り過ぎて花の庭に出ると、黄色い連翹《れんぎょう》が枝に疎《まば》らに咲いていた。白いこでまりが揺れている。家はひっそりと静まっていた。昔なつかしい茶屋に、住む人たちはどんな人だろうかと、山田夫婦は勝手知ったにじり口近くでしばらく佇んでいたが、中まで覗きこむのはさすがに遠慮した。二人は芯から心楽しく顔を見合せてにやにやしていた。新婚時代の思い出が甘酸っぱく甦ってくる。貧しく苦しい生活だったのに、今はただ懐かしいばかりだった。

不行儀に伸びた庭木の枝を、頭でよけながら小径を踏んで、築山を幾つかまわると景色が開けて泉水が見えた。が、近寄って見ると、水は枯れて、底は沼のように黒く、朽葉《くちば》がぐつぐつと泥の中に腐れていた。お松婆さんも死んだのではないか。予感で二人は懼れるように顔を見合せたが、ともかく声をかけてみようということになった。金閣寺も泉水がなくては佗しすぎた。玄関口に立って、「ご免下さい」と声をかけると、すぐ返事はなかったが中に人の動く気配があった。もう一度、声をかけようかと思うころ、ようやく「はい」けだるそうに応える声があった。外からも手伝って、引戸を開けると、もう一握りほどに小さく萎《かじか》んでしまった松子が立っていて、「はい」もう一度念入りに返事して、小さな眼で二人を見上げる。「山田ですが」「はい」「お久しぶりです。ずっと前ですけど、花の庭に三年ほどいた山田ですよ」「はあ……」だいぶぼんやり考えていて、急に顔の皺が動いた。「まあ、山田さんですねえ」

玄関口の三畳が、そのまま松子の居間になっているらしかった。二人を招じ入れてから、自分で湯を沸かしに立ったところを見ると、女中はもうずっと前からいないのだろう。もう白髪染めを使わないのか、薄く白い髪を、無造作にひっつめてある。すっかり腰もかがんで頭が常住前へ出る恰好になるので、髪の白く貧しいのが目立った。「お婆さん、おかわりありませんか」「はい」「おかわりありませんか」「ああ、どうしても神経痛がねえ」「痛むんですか」「ああ、仲々ねえ。まあ、お茶を」茶托に茶碗をのせ、土瓶の茶を注ぐ手つきは、見ていて危なっかしいほど頼りなかった。すすめられて手にとったが、この老婆が洗った湯呑みかと思うと、申訳ないがどこか穢ならしく思えて、あまり熱い茶でもなく、二人は薄気味悪くてかなわなかった。畳も古く、湿気て表面がぶくぶくしている。

「あの笹の家のお婆さんは」死んだのかという後の言葉は飲みこんで訊ねると、二度三度きき返してからタキのことだと分って、「隣にいますよ」と隣室を指した。「駒代さんもねえ、みんな病気で、丈夫なのは私ばっかり」「まあ、いつから皆さん御一緒なんです」「ええ、いつからでしたかねえ。こうっと、あれはタキさんが足を折ってからで」「まあ足を」

「道で転《こ》けたんですよねえ。年をとると、それだけで壊れますねえ。ぼつぼつ歩けばいいのにねえ。私なんぞは誰にも迷惑をかけたくないので、大事に大事にしてますがねえ、我儘勝手な人は、自分の体も大事にしないんですねえ、えええ」

松子はふらりと立上ると襖の向うに消えた。タキを呼びに行ったのだろうと思って待つうちに、案の定二人で戻ってきたが、もう一人の老婆はタキではなかった。髪も肌も黄色く白っぽい、駒代なのであった。柄の大きい大島の、衿の光った着物姿で、「まあま山田さん、お久しぶりでございます」声は大きくて張りがあったが、動作はもう松子以上に緩慢だった。「どちらでございますかねえ、お住居は」語尾がだらしなく伸びるのは、松子と同じ調子だった。八年前まではいかにも花柳界育ちで言葉のはっきりしゃきしゃきしていた駒代が、こう老いぼれてきている。「杉並です」「杉並なら」駒代は松子を見て、誰それは何町にいた、誰某は何町に今もいる筈だと呟き、松子はその誰某が誰か思い出せず、それを駒代がいろいろに云って説明した。間伸びのした会話で、誰某が誰であってもどうということはないのに、二人ともぼんやりとした会話を果てるともなく続けた。山田夫婦はじれったくなって、途中から口を入れて割りこんだ。「駒代さんは、どこが悪いんですか」「あら、私ですか」言葉は若いのだが、舌の動きがのろいので、波調《サイクル》の違うレコードをかけているようである。

「頭がねえ、悪くなってねえ」「頭が」横から松子が、「駒代さんは一度松沢へ行ったんですよ。気が狂ったって、お医者が云いましてねえ。だけどあんた、気違いになったわけじゃなかったのねえ」「そう、頭がすっかり悪くなったんですよ。それからは家も詰っていたし、此処で仲よく暮すことになってねえ。耄碌したんですねえ、女中なしでもいいようにやれるんですよねえ。料理屋ができるまで、もうちいとの辛抱ですからねえ。そうすれば奥さんに御飯炊かせるどこじゃないですよねえ、えええ」駒代はふらりと立上って、煙草をとりに奥へ立ったが、煙管《キセル》だけ持って帰ってきて、「山田さん、一本下さいなねえ」のろのろと指をのばして差出されたピースを抜きとり、半分にちぎってのろのろと煙管に差込んだ。残り半分は前帯に挟んだ。料理屋の夢をまだ持ち続けている駒代を、松子は嗤いも咎めもしないで、ぼんやり聞いて微かに頷いているようだった。

こう二人揃っているのを見ると、人情でどうしてももう一人のタキが気になり、またあらためて彼女がどうしているかを問いかけると、今度は駒代が受けて、「えええ、三人で仲良く暮してるんですよ。旦那がねえ、どないどして仲ようせえと遺言しなすってねえ、その通りになりました。武市浩蔵って、若い人は知りなさらないでしょうが、偉い人でしたんですよ。私はねえ、妾で一生連れそって、随分ひとにも後ろ指さされましたけどねえ、添い抜いたのが自慢ですよ。ねえ奥さん、旦那は偉い人でしたねえ」松子は答えなかった。彼女は開け放してある縁の向うを、ぼんやりと眼で追っていた。タキが、いつどこから出たのか、下駄をはいて立っていたのだった。向うを向いている。そろそろと用心深く音も立てずに歩いている。片足がやや曳きぎみなのは、骨折が完全に癒らなかったからだろう。

（「新潮」一九六一年二月）

孟姜女考《もうきょうじょこう》

そのときの暑さは、何年か後になって思い出してもその瞬間にじわりと汗をかいてしまうほど凄いものだった。初夏の爽やかな東京から出かけてきた日本人代表団に、大陸の夏が怪物のように襲いかかって、彼らは一人の例外もなく参ってしまっていた。夜になっても、涼風が立つどころか寒暖計の赤い水銀柱は摂氏四十二度から下らない。団員の中では一番若い会田崎子でも遂に一晩中熟睡できなかった。これでは眠れまいと予想したから、アルコール五五・五度という茅台酒《マオタイチユー》を生《き》のままコップに半分ぐいと呑んで、火のように燃え上ってくる酔いにまぎれてベッドに横たわったのだが、廻しっぱなしにしていた扇風機が夜中に二度も高い台から墜落し、その都度ひどい音をたてたので、起き出してはまた台の上に担ぎ上げるという面倒な作業をしなければならなかった。

扇風機をつけっぱなしにして眠ると死ぬといって幼い頃親から厳しく注意されていたのを思い出しても、この暑い夜に風もないのではその方が命の絶える懼《おそ》れがあるように思えたから、崎子は部屋の隅から紫檀《したん》の台をベッドの足許に動かしてきて、その上に重い鉄製の扇風機を据えつけた。それは全く重く、実に頑丈に出来ていた。紫檀の台の高さは一メートル以上もあったが、扇風機はそこから二度も激しく音たてて墜落しながら、床の上で横倒しになっても平然と廻り続けていた。酔って寝呆《ねぼ》けていた崎子の目にも、その扇風機には中華人民共和国の逞しい精神が生きているように見えた。

崎子たちを招待した中国の対外文化協会が作成した盛沢山のスケジュールは、短い期間の旅行に出来るだけ多くのものを見せ、多くの人に接するようにという配慮で詰っていた。北京の一週間は殊の外見るものの多いところだから、朝は九時から夜は宴会の終る八時半まで、寸秒の無駄もない時間割である。この暑さがなければ、それは実に有意義な感謝すべき好意であったのだが、本音を吐けば日本人代表団はその好意の故に唯々《いい》諾々《だくだく》としてスケジュール通りに歩いていたのであって、喜びも感激も息を吹き返したのは何週間か後に旅を終えて羽田へ帰り着いてからであった。北京にいる間は、ただもう暑さだけが見え、聞え、そして完全に崎子たちは圧倒されていた。だが招待者の好意の前では、無い力をふりしぼっても酷暑と闘わなければならない。

その日は、いつもより三十分早く集合して八達嶺《はったつれい》へ万里の長城を見学に行くことになっていた。食堂で八時に顔を合わせると、どの顔も初老を物語っていて、羽田を出発するときの壮年の活気は失われていた。眠れましたか。いや、どうも。私は水風呂に六回入りました。僕は痛飲しましたよ、どうしようもないですからなあ。北京の人たちは平気なのでしょうか。こんな会話の間に誰も「暑い」という言葉を使わなかった。一度でも言えば、それで全員の忍耐が瓦解してしまうと思って誰もが自戒をしていたのではないだろうか。崎子は夜中に扇風機が落ちた話をした。考えてみると船のスクリューも、飛行機のプロペラも、扇風機と同じ形をしているのだから、長く使っていれば扇風機が移動後退するのは理屈だった。高いところから落ちても扇風機が止らなかったと言うと、みんな一様に重々しく頷いたのは、崎子が感じたと同じものを人々も感じたからに違いない。

定刻きっちりにロビーに降りると、接待係の中国人たちはもう待ち受けていた。

「よくお休みになれましたか」

「はい、よく眠りました」

日本側の団長は厳粛な表情で答えた。

五人の日本人のために三台の自動車が用意されてあった。前の二台にそれぞれ日本人二人が通訳一人と文化協会の役員一人と合計四人一組になって乗り組み、団で唯一人の女性である会田崎子は一番最後の車に外文書院という出版社の社員と乗ることになった。

趙秀桂《ちょうしゅうけい》と名乗った彼女は、英語で直接崎子に話しかけてきた。背が高くほっそりした体つきで、髪にはパーマネントをかけ、白いブラウスに青磁色のスカート姿だった。三十歳前後と思われたが、清新な雰囲気の美しいひとであった。挨拶の握手をするとすぐ車に並んで腰を下ろし、出発したのだが、初対面の緊張は却って二人の女を喋りに喋らせた。

そのおかげで崎子は趙女士が北京大学の英文科を卒業して、今は出版社で英文中訳や中文英訳をしていること。彼女の父君がかなり高名な学者であるらしいこと。彼女は童話作家をめざしていて、読める限りの世界中の童話を読んでいるが、しかしまだ日本の童話には接したことがない。などと、一通りの知識をすぐ得ることができた。

車はかなりの速度で走っている。開いた窓からは熱風が吹き込んできて、崎子はすぐぐったりしてしまっていたが、趙女士との会話にはそれほど疲れなかった。英語を母国語としない者同士の英会話は、どうせ正確には喋れる筈がないとお互いにタカをくってしまうから、崎子のような横着者は気が楽なのである。趙女士は淀みもなく話していたが、その文法は英語にも日本語にもない不思議な飛躍を見せることがあった。語彙は崎子より豊かなのだが、明らかに独学の人の陥り易い偏った表現があって、しかしそれが中国人特有の甲高い透きとおるような美声で繰返されると、まるで詩の朗読を聞いているようである。酷暑の中のドライヴの辛さが、この美しい人と同行し、美しい声を聞かされることでどのくらい慰められているか分らなかった。

日本の童話にはどういうものがあるかと趙女士が熱心に聞くので、崎子は「鶴の恩返し」を手短かに話してきかせた。咄嗟には「桃太郎」とどちらがいいかと迷ったのだが、この暑い日中にはせめて雪が大きな主題になっているこの北国の民話でも話していれば凌《しの》げるかと思ったのである。

崎子のぶっきら棒な英語で、この民話の味が伝わったかどうかは甚だ疑問であったが、趙女士は大層感動した。

「綺麗なお話ですね。私は好きですわ。日本の童話で英訳されたものはないでしょうか」

「ある筈ですよ。帰ったら探してお送りしましょう」

「是非お願いします。中国語に訳して、日本と中国の友好に役立てましょう。中国人も、今の鶴の物語は大好きです」

崎子は、はっと気付いて質問した。

「中国にも、これに似た民話があるのではありませんか」

「ええ、ありますよ、沢山」

「聊斎志異《りようさいしい》もそういうものですわね」

日本人が聊斎志異を知っているのが趙女士には意外だったらしく、吃驚《びっくり》して何か言うのを横に、崎子は鶴の恩返しは日本でも秋田から南は九州までの間に同型の話が数ヵ所できかないほど多く語られているのを思い出し、日本にしかない物語のように得々として話して聞かせたけれども、中国にも当然ある話だったと小さく後悔していた。

崎子が黙りこんだのをどうとったのか趙女士が、

「今度は私が話をする番ですね」

と言い出した。

「聞かせて下さいな、是非」

社交的にすぐ応えたが、崎子の本心はそれほど熱意がなかった。なにしろ暑い。万里の長城というのは、いったい万里の果てにでもあるのだろうか。車は郊外に出てひた走りに走っているのだが、目に映るのは黄色い土と黄色い民家がぎらぎら燃え上るような眩《まばゆ》い景色ばかりである。僅かながら横性乱視がかっている崎子の目は、昨夜よく眠っていない為もあって忽《たちま》ち疲れてきた。初対面の趙女士に失礼とは思ったが、もはや体裁を構っていられないほど目が廻ってきていた。崎子は目を閉じた。そうしていると趙女士の声の美しさ、彼女独自の英語の言いまわしの美しさが一層はっきりと聞きとれる。崎子は耳を澄ました。だが崎子が、ときどき相槌を打ったり、短い感嘆詞をはさんだりしたのは、話を聞いていることを趙女士に知らせるためであると同時に、ともすれば崎子自身が眠りこみそうになるのを防ぐ為でもあった。趙女士の口調は子守唄にも似ていて、暑さに茹《ゆ》だっている崎子をとろりとろりと誘う。

「モンチャンニュイというのが彼女の名前でした。深窓に育ったので、父親以外の男性を見たことがありません。ある日、庭を逍遥していると、塀の向うから、ちらっと彼女を見たものがあります。モンチャンニュイはかねてから、自分を最初に見た男の妻になろうと思いきめていましたから、男の視線を一条の光のように感じて受けとめてしまったのです。その男は男で、一目モンチャンニュイを見てからというものは心にその面影が匂うように残って、それから幾度か邸の回りを歩きまわった揚句、到頭意を決して門から彼女の家を訪《と》い、彼女の父親に結婚を申し込みました」

鈴を振るような声というのは、趙女士のような声をいうのではないだろうか。中国人の声帯は日本人より高音に相応しく出来ているらしいとは、かねがね思っていたところだけれども、趙女士の声は日本のいかなる声優にも真似手がないと思われるほど高く美しかった。話しているのは紛うかたなき英語なのだけれども、抑揚はあくまで中国語特有の高低明確なもので、そして不思議な文法と、繊細に使い分ける形容詞の重なりは、崎子をそのまま夢幻の彼方へ運びこむような妖《あや》しさを持っていた。モンチャンニュイという名前にはどういう文字を当てはめればいいのか見当がつかなくて、なかなか情が湧かなかったけれども、趙女士の声はやがて崎子に物語の女主人公の清冽なイメージを形造らせていた。

「モンチャンニュイの父親は激しく怒りました」

「え？」

崎子は突然話し手の口調が変ったので、驚いて聞き直した。ひょっとすると、ついまどろんで前の部分を聞き落し、話の脈絡がつかなかったのかもしれない。

「多分、彼女の父親も、世の父親の例外でなく、自分の娘を手放すことが辛かったからでしょうね」

趙女士は優しく微笑しながら補足し、それで崎子はふと趙女士が一人娘であり、独身であり、学者の父君と二人で暮していることを思い出した。新しい中国の結婚は封建色を払拭されたと聞いているけれども、こうした血縁の愛着は変らないのではないだろうか、とも思った。

「けれども、モンチャンニュイの決意は固かったので、若い二人は結婚することができました」

どうやら二人が愛しあう件は崎子が迂闊に聞き流してしまったようである。

「仕合せな二人に、大きな不幸が起ったのはその直後です。結婚式が終るとすぐ、花婿は万里の長城に出かけなければならなかったのです」

ようやく崎子は、趙女士がこの物語を選んだ理由に思い至った。と同時に、なんだか聞いたような話だと、遠い記憶を呼びさましてみたくもなった。だが趙女士の物語はどんどん続けられて、残された花嫁が涙に明け涙に暮れて、一人で花を見ても月を見ても淋しさに耐えきれなかったという哀切を極めた心情を、まるで謳うように話してくれる。崎子は喉許までモンチャンニュイは処女妻だったというわけですか、という質問がこみ上げてきたのだが、趙女士の横顔を見ていると、それはいかにも慎しみを欠いた質問であるように思われてきた。

「何日待っても夫からは一通の便りもありません。別れるとき夫は堅く誓って文通を約したのですから、モンチャンニュイの心配は一通りではありません。いつも夫の無事を祈って眠るのですが、朝は枕が涙で濡れていました。そしてある夜、モンチャンニュイは夢枕に夫が立って、じっと彼女を見詰め、もの言いたげに唇を動かしながら声にならないでいるのを見てしまったのです。翌朝モンチャンニュイは、すぐに心を決めて旅立ちました。万里の長城をめざして果てしもない旅に出かけたのです。夫のいるところは、万里の長城でも、どこの工事場なのか見当もつきません。山を越え、野に伏せり、ただひたすら歩き続けて、万里の長城に働く人々を訪ね、そこから噂を追うようにして、何年か後にようやく夫のいる場所へ着いたのですが、尋ねるひとはもう一年前にこの世の者ではなくなっていたのでした。モンチャンニュイは、あまりのことに打ち伏して、三月の間、涙が止らなかったといいます。その涙が、万里の長城の中にしみ透り、土を流し、石を動かして、ある日それが崩れ落ちると、中からモンチャンニュイの夫の骨が現われ出たのです」

趙女士の声があまりに真に迫っていたので、崎子はいつか緊張して聞き入っていた。趙女士に許婚者《いいなずけ》がいて、それが朝鮮戦争か、あるいはそれより前の解放戦線で戦死でもしていたのではないだろうかと、またしても崎子は想像したりしていた。

「時の皇帝がこの話を聞いて大層哀れなものに思い、国に三年の間喪に服させる勅令を発したと言われています」

「彼女はそれからどうなったのですか」

「夫の遺骨を抱いて国に帰る途中で命が絶えて亡くなりました。彼女を祭った小さな寺があるそうですが、私は行ったことはありません。けれども彼女の悲しい旅を謳った詩が残っていて、私の大好きなものなのです」

「それはさぞ美しい詩でしょうね」

「ええ。民謡の中にも歌われているのですよ。モンチャンニュイは各地を歩きまわって夫を探したからでしょうね。あちこちの地方に彼女の唄があるのです」

崎子は喉許までその唄を歌ってほしいと言いかけたが、若い学生かなにかならともかく、自分とあまり年齢の違わない趙女士にそんなことを言うのは失礼だと思って控えた。

それで、

「あなたも御存じなのでしょう、趙さん」

と遠廻しに聞いてみた。

「一つだけ知っています」

「教えて頂きたいわ」

「はい。後で書いてお渡ししましょう」

揺れる車の中では書きにくいのであろう。それにそろそろ目的地に着く頃であった。

「ああ、見えてきましたね。あれが万里の長城でしょう？」

「そうです。八達嶺《ワンリーチャンチャン》からは大層眺めがよろしいので、そこで昼食になると思います」

中国語では万里長城と言うのだが、それを趙女士は Great Wallと訳していた。そして崎子の見た第一印象では、漢字の表現よりも英語の偉大なる壁という方が実物を正確に示していると思えた。それは城ではなくて、文字通り壁であり、より正しく言えば城壁だったからである。

それは山々の尾根伝いに巨竜の背鰭のように聳《そび》え連なっていた。石を積み上げて分厚い壁を築き上げ、峰続きにどこまでもどこまでも長く伸びて果てしなかった。誇大な表現を好む中国人だが、万里の長城ばかりは万里以上の長さを以て匈奴《きょうど》の防壁として漢の国の北辺を囲んでいる。地図や写真で見て考えていたよりも、その大きさと長さは想像以上で迫力があった。

八達嶺について、くらくらと眩暈のしそうな明る過ぎる太陽光線の下に降り立つと、先着の人たちは食事をすぐ摂るかそれとも万里の長城の上に先に上るかについて協議しているところであった。

「先に登りましょうよ、どうです、会田さん」

と、団長が崎子に問いかけたが、かなりの決意でそう言っているらしいことは、彼の眼尻が吊《つ》り上っているので分った。この暑熱の中では、じっと立っていても疲れてしまうのだから、食事を始めればその間に却って城壁に挑む闘志が萎えてしまう心配があった。

「ええ、その方が……」

勢いよく答えかけて崎子は他の三人の様子を見たが、誰も黙ってはいたが同じ決意をしているらしく、唇を強く引き締めている。まったく、そうでもしなければ眼前にそそり立つ城壁には取りかかる術もないように思われた。

このとき若し中国側にジュースを支給する配慮がなかったら、折角の決意の方も体力の限界でおしまいになっていたかもしれない。化学製品ではない天然果汁の瓶詰めは、少しも冷たくなかったし、むしろ人間と同じように車に積まれて炎天下を走ってきていたので、なまあたたかくさえなっていたのだが、崎子たちの喉を潤すには充分以上に役に立った。これが若し電気冷蔵庫で冷やされたものであったら、どんなに美味であったろうかと思わないではなかったが、それはすぐに日本で文明の恩恵に必要以上に馴れて脆弱になっている生活感覚への反省になった。昨夜は冷房装置のないホテルで、しかし頑丈な扇風機を使い、今日は万里の長城で本物の果汁を飲んでいるのだ。質実剛健という長く忘れていた美徳への郷愁が湧き起り、それが日本人たちがこれから高い石段を登って行くための直接の原動力になった。

山の背に添って伸びる長城は、遠くで見るときはなだらかな曲線を描いていたが、実際にその上に立ち、いざ歩き出してみると、かなり嶮しい坂道であった。崎子は運動靴をはいていたが、それでも上りにはかなり骨が折れた。長城はところどころに砦が築かれ、そこは二階建てで小窓が幾つかあり、その中へ入ればきっと日蔭があるだろうと思われたので、日本人たちはそれを第一目標として黙々と歩き出したのだったが、着いてみると天井は吹き抜けていて眩い空が見えた。二階の床はおそらく木造だったのであろうが、今は何も残っていない。

「もう一つ先まで上れば、眺望が素晴らしいですよ」

通訳が言った。中国人たちは客の体力を見極めたのか、それとも礼節の国のそれは礼儀なのであろうか、決して何事も強制をしない。

しかし、それで全員が後込《しりご》みしたのでは日本人の恥というものである。崎子は自分が一番若いのだから、と自分に言いきかせて、黙って歩き出した。団長はその勲《いさおし》を愛でて、

「行ってらっしゃい、会田さん」

と、機嫌のいい声で激励した。

ゴルフで鍛えていた一人が、団長の横をすり抜けて登り出し、忽ち崎子を追い抜いてしまった。崎子は一緒に話しながら歩きたかったが、坂は急になるばかりで余分な呼吸を許さない。

何もお先っ走りに飛び出さなくてもよかったのにと後悔する頃、ようやく二の砦に着いた。そこに立って振り向くと、連れの人たちはもう石段へかかって下に降りて行くところだった。

「なるほど、いい眺めですね」

「はい。やっぱり登った甲斐はありました」

「あそこまで行けば、もっと素晴らしいでしょうね」

それはもっと急傾斜した坂道を上った次の砦である。崎子はあいまいな顔をしながら、

「きっと、そうでございましょうね」

と相槌を打ち、そこで二人は声を揃えて笑った。朗らかに笑っていた。

それより上に登る気はなかったが、ここまで上ったことには本当によかったと思う喜びがある。眺望は本当に素晴らしかった。炎天の下ではあったけれども、それだけ遠くまで見通しがきいて、遥かな山々は緑が冴え、禿山は薄黄色く霞み、地の果てと空は互いに溶けあって穏やかに伸びていた。それは日本では見ることの出来ない風景であった。山の形が違う。色が違う。何よりも視界に万里の長城以外の人工の存在がなくて、人家も見えなければ、汽車の煙も立っていない。狭い島国に一億の人口が犇《ひし》めいている日本では見ることの出来ない茫漠たる原野、禿山の海。そこに一条の Great Wall が巨大な軌跡を描いている。

趙女士の物語の女主人公は、この万里の長城を探し歩いたのかと思うと、崎子は急に彼女の小さな足が痛々しく傷ついているのが見えるような気がした。夫の骨を抱いて間もなく息が絶えたのは尤《もっと》もなことだと、実感を持って思い返すこともできた。美しい処女妻と、この巨大な長城との取合せには、しかし崎子の感覚では中々馴染み難いところがある。どんなに恋しい夫であったとしても、あてどもなく探し歩くには万里の長城はいかに

も長すぎるし大きすぎる。モンチャンニュイとかいう女の旅は、この万里の長城を見るだけで、どれほど絶望的なものであったかすぐに分るというものだ。

通訳の他に、趙女士ともう一人の中国人が一緒に上ってきていた。崎子は趙女士に振り向いて聞いた。

「この万里の長城を、端から端まで歩いた人がいるものでしょうか」

趙女士が素早く中国語に通訳すると、その日の案内の責任者らしい対外文協の役員が、崎子に微笑みながら話し出した。その訳は趙女士ではない通訳がした。

「秦の頃の長城は遼陽《りょうよう》から蘭州《らんしゅう》を通って臨洮《りんとう》まであったのですが、現在の長城は御存知の通り山海関《さんかいかん》から敦煌《とんこう》の手前の嘉峪関《かよくかん》までで、長さは約二千四百キロメートルあります。最も壮大堅固に築かれているのがこの八達嶺なのですが、ここでも二百メートル先からは危険なので立入禁止にしてあります。もともと辺境の外敵を防ぐ目的で造られたものですから、万里の長城を端から端まで歩くという必要は誰にもなかったでしょうね。聞いたことがありません」

それから始まって、話は長城の詳しい歴史になり、春秋時代すでに築造が始まっていたことや、秦の始皇帝は既にあったものを繋げて更に強化したのだということや、蒙古が猛烈な力を持った明代に現在のような大きなものにまで修復されたという話がきけて面白かった。漢代の長城が敦煌付近で発見されているが、それは柳や葦を束ねて土と交互に積み上げたものだという話になったとき、崎子はようやくモンチャンニュイの物語と長城を結びつける緒《いとぐち》を見出したように思った。日乾《ぼし》煉瓦や石積みで築いている部分は、明代でも特別重要な場所に限られているという説明もあった。崎子は、三月も泣き続けた女の涙で崩れたのは日乾煉瓦のところだったろうかと思ったりした。

下りは上りより楽だったけれども、崎子は足がもつれて幾度か躰がふらふらした。坂が急だった。と同時に、ようやく空腹を感じていた。

年々国際都市の様相を呈して外国人旅行者を多く迎えている北京では、観光施設の増築を始めていて、八達嶺にも観光客用の休憩所が造られ始めていたが、崎子たちが出かけたときはまだその工事が半ばで、それで昼食には車で近所の民家に出かけ、その一室を借りるように手筈が整えられていた。粘土細工のような家は軒が低く窓の小さい古風なものであった。

崎子は車の中から眺めていかにも中国らしい家だと好奇心をそそられていたものである。身をかがめて小さな入口から中にはいると、土蔵の中のようにひいやりとした空気が待っていた。なるほどこの気候に相応しい建築なのだと崎子は心の中で頷いていた。土が熱を遮断するので、冬は冬で温かいのに違いない。

紙箱に詰められたサンドイッチを頬ばりながら、話題は例によって暑さについては避けようと皆が気をつかっていた。だから、ともすれば黙々と食べるだけになるので、崎子は趙女士の話を紹介することにした。

「ああそれは孟姜女《もうきょうじょ》でしょう」

　さっき崎子と二の砦まで上ったI先生は中国文学の権威だったから、すぐ頷いて漢字を紙ナプキンの端に書いて崎子に示した。やはりこれは築城悲話の一つとして読んでいたものだったと崎子も思い出した。

「それが、趙さんの声がそれは綺麗で、まるで夢物語のようだったんです。孟姜女が、まるで妖精《ようせい》みたいに美しく可憐な感じでした」

「僕の聞いたのとは大違いだなあ」

　H先生が笑いながら、彼もまた来る道で通訳を通して同じ物語を聞いたと話し出した。団長とI先生は先頭の車に乗り、H先生たちは二番目の車で万里の長城に着いたのである。

「僕の方のは秦の始皇帝の暴政に重点が置かれていたからね、美しい物語なんてものではなかったよ。この長城を築くために、いかに人民は苦しみ、いかに当時の搾取階級は横暴だったか、それを示す人民英雄の物語なのです、とこう来ちゃうんだ」

「なるほどねえ、そうなりますか」

「亭主が夫役《ぶえき》にとられるところなんかも、皇帝は人民に強制労働を課し、当時の人民には抵抗するのに充分な力がまだなかったので、という調子なんだ。強制労働と言うんだよ。僕らには大昔の話と受け取りにくくなるね」

「人民英雄というのは孟姜女の夫の方ですか、それとも孟姜女自身なんでしょうか」

「孟姜女の方らしいよ。亭主の方はすぐ死んでしまったんだから。なんでも秦の始皇帝が泣いている孟姜女を後宮に入れようとしたら、孟姜女は勇敢に闘争しました、ということだった」

「私の聞いたのでは、皇帝が孟姜女の貞節を愛でて国に三年の喪を命じたというのでしたよ」

「大分違うねえ。しかし皇帝などというのは支配階級の権力の象徴だから、今の中国ではアメリカ帝国主義と共に諸悪の根源になる筈だから」

「作り変えたのでしょうか」

「さてね。しかし、話してくれた人の話と、若い通訳の日本語とでは、かなり感じというか味が違ってしまうのじゃないかな」

「話の面白さが骨抜きになるかもしれませんね。もっともあちこちに言い伝えが残っているという話でしたから、人によってそれぞれ少しずつ違うということもあるかもしれません」

漢の元帝のとき匈奴に望まれて嫁した王昭君《おうしょうくん》の哀話も、悲嘆に暮れて異郷の水に身を投じて死んだと伝えられていたのに、実際は蒙古の王との間に子供を何人ももうけ、幸福な余生を送ったのだそうだ。内蒙古には今、それを記念して碑が立てられ、郭沫若《かくまつじゃく》氏の筆によって王昭君が内蒙古と中国の文化交流に功績あったと讃えてある、という話を、崎子はほんの数日前に聞いていた。

　時代によって歴史の解釈が百八十度の転回をすることは、崎子も日本の敗戦を経験して知っているが、中国古代の伝説は帝王の神格化などされていなくて、たとえば秦の始皇帝にしても極悪人のように語られているのだし、何より中国大陸のイメージから、とても容易なことでは物語の書き替えなど行われないと日本人の感覚では信じこんでいるところがあって、それがこういうことに出会う度に意外性を強く感じることになるのだろうか。中国の変貌というものに日本人がとかく鈍感なのは、こういうイメージが作用しているからかもしれない、と崎子は思った。しかしそれにしても、趙女士の描いてみせた孟姜女と、強制労働や、人民英雄や、権力、闘争などという言葉は、やはりなかなか結びつくものではなくて、正直いって崎子の興が殺《そ》がれたのは間違いなかった。

　食事のときは日本人ばかりであったが、頃合を見はからって中国人が入ってきて、一緒に菓子などをつまみながら四方山話になった。I先生を初めとして、日本人が中国の故事に詳しいので、若い通訳は大分戸惑いながら、上司に問い質して理解したり納得したりしていた。

「昔の日本人は論語などは必読書だったのですが、中国の大学では古典教育はどうなっているのですか」

「特別に古典を専攻する学生以外は読みません。ですから、先生方のような方々のお伴をするときは困難です」

と、若い通訳が答えた。笑顔の愛くるしい青年だった。彼の日本語は時折日本人より正確なことがあり、発音にもなまりがなかった。日本育ちの華僑青年かと最初崎子たちは思ったほどである。だが、純粋に彼は北京大学の東洋語科で学んだだけの日本語を話していた。

「あなたは何故《なぜ》、日本語を専門に選んだんですの」

という崎子の質問に、

「はい。中学のとき東洋各国の歴史を勉強しましたとき、日本の人民は正義に強く、常に権力と闘争したという尊敬すべき歴史を持っていることを知りました。それで日本語を選んだのです」

と、彼は澱みなく答え、聞いていた五人の日本人は寂《せき》として声がなかった。

日本語の分らない中国人のために、通訳の青年はたえ間なく日本語と中国語を交互に喋り続け、時には逐語訳さえすることがあった。しかも座持ちの呼吸もわきまえていて、その技術は驚嘆の他なかった。

若い通訳には古典の教養はなかったけれども、中年の上司たちは昔の中国人のイメージそのままに該博な知識の持主であり、話は楽しくて、いつ果てるともしれなかった。通訳の日本語にはまだまだ生硬なところがあり、夫役を強制労働と訳すような表現が屢々《しばしば》飛び出したが、崎子たちはもう慣れていた。

時間はどんどん過ぎた。みんな再び炎天下を灼きつけられて帰るのを懼れているようであった。が、中国人たちは予定の時間が来ると立ち上り、その日のリーダーが日本人を鼓舞するような笑顔で言い出した。

「帰り道に碧雲寺《へきうんじ》を御案内いたしましょう。先生方なら、きっと喜んで下さると思います」

それはその日のスケジュールには組まれていないコースだったのだが、古い文物に興味のある一行の為にという特別の計らいに違いなかった。

ところが通訳の青年が訳し終らないうちに、趙女士が突然激しい口調で、それまでの趙女士からは考えることもできなかった激しさで、何ごとか早口にまくしたて始めた。日本人にはむろん何がなんだか分らない。上司を初めとして、中国人男性たちは黙って聞いている。こう見たところ彼女に叱責されて彼らはうなだれているようにしか思えなかった。

奇異な光景だったが、日本人代表団は何か見てはならないものを見てしまったようなきまりの悪さで、急いで家の外に出ると、めいめい車に乗り込んでしまった。想像した通り、車体は灼けていて、崎子は熱い釜の中に入ったような錯覚を起した。間もなく趙女士が隣に腰を下ろし、車はもと来た道を走り出した。

「孟姜女の歌です」

趙女士が紙に書いたものを崎子の膝にのせた。

正月梅花是新春
家々戸々点紅燈
別人家丈夫団欒
小奴家丈夫去造長城

一番の歌詞を趙女士は優しく美しい中国語で読んだ。韻律があって、まるで音楽が聞えてくるようだったが、崎子はほんの少し前に彼女が甲高い声でまくしたてていたのと思い合せて、戸惑っていた。

「正月には梅の花がひらいて春が来る。家々の戸口には紅い提燈《ちょうちん》が吊されます。他の家では御主人が家人の喜びの中にいるのに、私の家では長城造りに行ってしまった……そういう意味ですね」

「そうです。これは一月から十二月まである長い歌なのですけれど、誰も最後までは覚えていませんでした。すみません」

趙女士は残念そうに頭を下げたが、顔はにこやかに笑っていた。

道の両側には片手で摑めそうな細い並木があった。中国に来て一番先に目につくのは、若い植えたばかりの並木が、どの道にもよく手入れされて並んでいることであった。一様に白い除虫剤が腰に塗られてあり、それはペンキ塗りの柵のようにも見えた。

「あら、あの高い山も植樹したばかりですね」

崎子が感心して遠くの山々を指さすと、趙女士は頷いてから、

「私たちの先祖は何も私たちに残してくれませんでしたから、私たちは子孫のために樹を植えているのです」

と答え、崎子を驚かせた。

崎子が驚いたというのは、中国は世界最古の文明を持つところであり、日本の文化の古里だという、これまでの崎子の抱いていたイメージが、趙女士の言葉でゆすぶられたからだ。見渡す限りの山々は、うち続く内乱や無計画な伐採のために禿山になっていたのを、中国人たちは恥としている。日本人にとって、それはいかにも中国的な風景であったのだが。先祖は何も残さなかった、という反省と、子孫のためにという考えには、明らかに新しい中国の新しい精神があるのに違いなかった。

「孟姜女の話を他の人たちも聞いていましたが、皇帝は彼女を後宮に加えようとしたので、孟姜女は勇敢に戦ったということでしたよ。いろいろな言い伝えがあるのですね」

「はい。それは孟姜女が後宮に入るのと交換条件として国に三年の喪に服させるように言

って、三年目に皇帝の花嫁という装いのまま海に入って死んだという物語のことでしょう。トリックをしかけて皇帝をだまし果《おお》せたというわけですが、私はどうもその話は好みに合わないのです」

「あなたには童話的な方がよろしいのね」

「そうですね。でも、あなたも孟姜女の悲嘆が悪徳の皇帝をも感動させたという方が好ましいとお思いになりませんか。無力な人間の抵抗というのは、いろいろな形で現われたのでしょうから、どの解釈も間違ってはいないと思いますけれども」

それからまた童話の話になって、日本の民話と同型のものが中国にも多いことを幾度か確かめながら、趙女士も崎子も初対面のときよりずっと馴れてきて、会話は切れ目もなかった。

車が止ったので見ると、碧雲寺ではなくて宿舎の北京飯店の前に来ている。

「先生方はお疲れでしょうから、どうぞゆっくり休養をおとり下さい。六時にお迎えにまいります」

ということで、中国人たちと別れて日本人だけが暗く涼しいロビーに入って行った。

「碧雲寺行きは中止になったのですね」

「新中国は女権の強いところですなあ」

「いや、則天武后以来の伝統ですよ。昔から女の強い国です」

碧雲寺は趙秀桂女士の一言で沙汰止《さたや》みになっていたのを、日本人は確認しなければならなかった。おそらく暑さで疲れきっている連中は早く宿舎に帰すべきだと主張したのであろう。崎子は、そのときの男性たちが異もたてずに謹聴していたのを改めて思い出した。趙女士の好み通りの孟姜女も、ああいう激しさで皇帝に自責の念を起させたのであろうか。

「則天武后といえば、これも新解釈があるようですね」

「郭沫若氏のでしょう？　女性の地位を向上させたことと、文化政策に見るべきものが多いとかいうことでしたね」

切れ味鋭い評論家として懼れられている周揚《しゅうよう》氏が、歴史上の人物の解釈には常にプラス面とマイナス面の両側を勘考すべきだと毛沢東理論を引いて説明していたのを崎子も思い出した。

部屋に戻ると、ベッドに横になって、疲れていた崎子はひきずり込まれるように眠ってしまった。扇風機をつけるのを忘れたのは、やはりホテルの中は冷房はなくても陽かげであるだけいくらか涼しかったからである。

魚の肌のように白銀色に光る海の上に崎子のベッドは安置されてある、という妙な夢を見た。それが、あっと気付くとみるみる高く持ち上げられて、高所恐怖症の崎子は助けを呼ぼうにも声が出ない。躰を動かすとベッドが平衡を失って白い水の中に顚覆しそうになるので、声も出せずベッドに磔《はりつけ》になって、崎子は全身から滲み出る汗がぬるぬると皮膚を伝うのを感じながら、ようやく目を醒ました。

則天武后の話が少し出たので、その聯想がつい先日きいたばかりの彼女の墳墓発掘計画と結びついてしまったのだろう、と崎子は苦笑しながら起き上った。則天武后の棺《ひつぎ》は深く掘られた地下宮殿の中の水銀の池の中に浮べられているという話であった。その水銀が温度計の水銀柱と同じ作用をして、暑くなると膨張を起し、棺は気温によって上ったり下ったりするのではないか、と崎子は密かに想像して可笑しかったのだが、それが夢で崎子を脅やかしたのであった。

夢の冷汗は現実には暑さが原因した寝汗で、崎子は起きるとすぐ浴室に入って頭からシャワーを浴びた。着替えると、随分さっぱりし、時計を見るとまだ六時には一時間以上ある。外は少し暮れかかって、昼日中の暑さからは大分楽になっているようだったので、崎子はその時間を王府井《ワンフーチン》の散歩に当てようと思い立った。

中国側は代表団の接待には至れり尽せりで言葉の不自由な日本人が一人で街へ出て万一にも妙な誤解が生れてはいけないと気を使っているのであったが、それが却って自由を抑えられ窮屈に思ってしまう者も出る結果になり、つまり崎子は幾日も前から、一人きりの小さな冒険をやってみたかった。王府井の大通りは北京飯店のすぐ傍にあり、東安市場《トンアンシーチャン》の在りかも見当はつけている。そこらあたりなら崎子が女一人で出かけるには手頃だと思われた。

大通りの角や、人民日報社の前には「打倒、アメリカ帝国主義！」「アメリカ帝国主義はベトナムから出て行け！」「毛主席の偉大な紅旗を高く掲げよう！」「中国は必ず勝つ、アメリカは必ず負ける！」というスローガンが赤と白の大きな文字で書き立てられてあったが、王府井を歩く中国人たちの歩調はそれらの文字群からは想像もできないのんびりしたものであった。王府井といえば、いわば東京なら銀座に当る繁華な商店街なのだけれども、銀座を行く人々の表情をこうして思い出すと、まるで殺気立っていて、戦争だ、大変だ、と右往左往しているような錯覚が起ってくる。それにひきかえ、外交政策が激しく闘争的で世界の耳目を惹いている中国で、この王府井を行く人々の有様は日本人には意外だった。やっぱり出てきて見なければ分らないことというのはあるものだ、と、崎子は出来るだけゆっくり歩きながら、夕暮れの街を眺めていた。

しかし、中国人たちの独特のテムポには、崎子も歩調を合わせ難い。崎子は日本では決して歩速の早い方ではないのに、王府井で見較べると崎子の歩き方というのはどこか急いでいるのであった。時間はたっぷりあるのに、何の目的もない散策なのに、どうしても早い。

崎子は、やがて前に纏足《てんそく》の老婆が杖をついて歩いているのを見つけた。髪をひっ詰めて、小さな金色の耳飾りをし、黒い便装《ビンツォ》を着た瀟洒なひとであった。彼女の歩き方に較べれば、スラックスやスカート姿の若い娘たちの歩調は活潑で、早い。崎子は店の飾り窓などを覗きながら、つとめて老婆の速度に合わせた。せめて中国語が下手な英語ぐらい話せたら、寄って行って話しかけたかった。お婆さん、あなたのお国は変りましたねえ。いかがです? こんなことを言いながら近寄ってみたかった。はい、変りましたよ、大変に変りました。けれども私たちは昔っから、こんな調子で歩いてきたんです。どんな時代にもねえ。なんだか、そんな返事が聞えてくるような気がする。孟姜女も纏足をしていたのだろうか。纏足は深窓の婦女の習俗だが、しかし秦の始皇帝の時代には纏足はなかった筈だ。崎子はぼんやりそんなことも考えていた。よく見ると老婆の顔には皺が多かったが、昔はさぞ色白で美しかったに違いないと思われる匂うようなものの名残りがあった。孟姜女も杖をついて、こういう歩き方をしていたのだろうか。とすれば、あの長城を尋ね歩くのに、まあどれだけの歳月がかかっただろう。夫の死を知ったとき、孟姜女はひょっとするとこのお婆さんほどに老いていたかもしれない。崎子は趙女士の語った孟姜女に出会ったような気がしていた。老いた孟姜女を皇帝が後宮に入れようとする筈はない、そうだ、こういう解釈もあるではないか。

突然、その老婆は立ち止り、崎子を認めるとしげしげと眺め入った。随分地味な身なりにしたつもりでも、崎子の髪型や洋服姿は王府井の中国人たちからはかけ離れて奇異なものであったのに違いない。孟姜女の老婆は、まるで珍獣に出会《でくわ》したように好奇心に満ちた目つきで臆する色もなく崎子を観察し始め、それで崎子はすっかり現実に突き戻されてしまった。

運よく東安市場の入口にさしかかっていた。崎子は逃げるようにその中に飛び込むと、日本人の歩速に戻って迷路のような小径を歩きまわった。昔は暗黒の泥棒市だったという東安市場は、今ではどんな小さな商品にも公定価格を明示していて、崎子のような旅人が紛れこんでも危険なことはなかった。足の向くままに歩いていると、両側に本屋の並んでいる小路に出た。古い雑誌の紅旗などが積み上げてある。崎子は足を止め、その中の一軒に入りこんだ。北京で古本屋に入ったなどというのはいい土産話になろうというものだ。

どの本も紙が悪い。日本の戦後にセンカ紙が氾濫したときのことを思い出した。文房四宝といって、紙、墨、筆、硯《すずり》には中国は伝統があるのだが、新中国に粗悪な紙が多いのは、それまで読むことも書くこともなかった五億の農民たちが人民公社で組織化された教育施設によって一斉に紙を使い始めたので、それで紙が払底した結果だという説明を聞いていたのを崎子は思い出した。五億が一斉に読み書きを始めたら、それはチリ紙だってなくなってしまうだろう、と、崎子はその表現にこもっている実感に打ちのめされていた。

製本も簡単で、パンフレットのような金綴《かねと》じのものが多い。漢字は表意記号なので、日本語の小説を翻訳すると、どんな長篇でも薄っぺらな冊子になってしまうという話も聞いたばかりだった。こういうパンフレットでも、日本語なら一冊の本になるところなのだろうか。読み書きに面倒な漢字がこんなところで経済的なものだとは思わなかった。

店の中には立読み客が多かった。店員がどれか見分けがつかない。本を読んでいる人たちは堂々としていて、三日も四日もずっと前からそこにそうして立読みをしているように見えた。そこで崎子もだんだん図々しくなり、一冊ずつ手にとって丁寧に目を通してみることにした。古本と思ったが、それは紙質のせいで、展《ひろ》げてみると新しい簡略文字が使われていた。

黄色い表紙の小冊子を何気なく取り上げたとき、崎子はもう少しで声をあげるところだった。「長城史話」と書かれていたからである。中国歴史の小型本シリーズと銘打たれてあった。急いで頁を繰ると、秦始皇以来の各時代の万里長城についてかなり詳しく書いてあるらしい。後半の「重要的長城遺跡」という章で、横書きの行を指で追ってみると、孟姜女に関する記述があった。


在秦始皇修築万里長城的時候、南方有一个名叫范杞（qi）梁（也有称万喜良的）的人、被抓到北方去修築長城。他的妻子孟姜女日夜思念、決心到遥远的北方去寻探丈夫。她跋歩千山万水、歴尽艰辛、終于来到了修築長城的地方。但是、她的丈夫已経死了、而且被埋在長城里面。她非常悲痛、一連哭了三天三夜、哭得感動天地、長城竟然倒揚下来。

話を知っているから、分らない簡略文字が入っても意味がとれる。三日三晩泣いたら天地が感動して長城が倒れたなどというのは、いかにも中国的な表現で面白い。趙女士は三月泣いたと言っていたけれども、それで長城が溶けて崩れたというのも、本当に面白い。その後に続く解説に、つまりH先生の聞かれた通りの現代色があった。

孟姜女的故事、雖然幷没有可靠的記載、但在民間已相伝千年以上。这个故事反映了封建社会里労働人民対統治階級残暴奴役的反抗、頌揚了一个忠于愛情的女子的高貴品徳。

三週間の旅の間は暑さで夢中だったが、香港から羽田へ飛ぶ帰り道でもう総てが貴重な懐かしい思い出に変っていた。三火炉と呼ばれている土地の一つである武漢で、暑さと不眠とで気が変になってしまったことさえ思い出すと楽しかった。また行きたい。もっと、ゆっくり時間をとって、と崎子は念じるように口の中で繰返していた。

帰国すると、思いがけないほど多くの人々から新中国の印象を聞かれた。日頃は縁のない革新系の雑誌や、あるいはまた保守系のグループ機関紙などから、たて続けにインタビューを受けた。そのおかげで崎子は日本の中で中国に関心を寄せている人々が多いことと、その人々にははっきり二つの種類があることを知らされた。明らかに新中国の欠点を崎子が指摘するものと思って訪ねてくる者と、崎子の礼讃《らいさん》を期待して来る者と。しかし短い旅の印象から、一つの国の批判をするのは浅墓《あさはか》というものであった。崎子は慎重にと心がけながら、見たこと感じたことを扮飾せずにありのまま話した。それで前者は「あなたでもそう言うのですかねえ」と憮然として、崎子が大真面目で好意的に語るのに不満を持ち、「本当に蝿がいませんか」という類の質問をしつこいほど繰返すのであった。会田崎子という女のイメージが、中華人民共和国と共通するものを持たないのだと強調された形で、それがどうしていけないのかと崎子の方が後で憮然としてしまう。

この一群の訪問者の中に、C氏が混っていた。財界の喜捨のようなもので成立している雑誌の編集長という肩書きつきの名刺を示した彼は、年配は五十歳を過ぎていると思われたが、がっしりした躰つきに、皺だらけの夏のシャツを着たたらしのない格好で崎子の家の応接間に腰を下ろした。太い眉と、不精髭が印象的だった。型通りのインタビューが始まったが、決して聞き上手な人柄ではなくて、崎子の中国に関する知識の幼さにじりじりしては時折口を挟んで勝手に解説をつける。

「Cさんは中国にいらしたことがおありのようですね」

「僕は支那育ちですよ。終戦で引き揚げるまで三十五年いました」

「北京ですか」

「子供の頃は北京ですがね、放浪癖がありましたからね、まあ大げさに言えば隈《くま》なく歩いてます。面白いこともしてきましたよ」

大陸浪人という言葉があったのを崎子は思い出した。野心にみちた日本男子が続々と大陸に新世界建設を夢みて出かけて行った時代が、かつてあったことを。Ｃ氏は中国語が話せるだけでもどんなに華やかな青春を謳歌したことだろう。その時代に中国人たちはやりきれない惨めさを味わっていたわけだが。

「中国人というのはしぶといですからねえ。どんな時代が来たって、変るもんじゃないですよ。奴らは日本人なんてものは大嫌いなんです。共産主義になったって同じことだと僕は思いますねえ。会田さんは感激してるようですが、なに、支那っていうのは、そんな簡単に底の割れるところじゃない。招待客を大事にしたってのは、応接間に通しただけのことで、決して台所は見せてないってことです。台所には昔通り蠅だって泥棒だって一杯いますよ。そんなものは平気なんだから、奴らは」

過去の中国に関する知識が、新中国の理解を阻むという例を崎子は帰国してから数多く見たが、Ｃ氏もそういう型の日本人であるようだった。しかし、過去の中国についてあまりにも知らなすぎる崎子には、そういう話も聞いておく必要があった。聞けば聞くほど、その中から立ち上ることのできた中国人にいよいよ感嘆してしまうのだが、相手はそういう効果には頓着なく、まるで昔の鶯を鳴かせた物語に酔うようにして喋り続けるのであった。金持の中国人の想像を絶するような栄華のさま、貧乏人の怖るべき生活の智慧。それらは、崎子の耳にはまるで千一夜物語をきくような面白さと、亡国の万華鏡を覗くような色彩を感じさせた。この人に、あの中国の果てしもないような若木の並木道を歩かせたら、なんと言うだろうか。なに、支那人はしぶといですよ、と、やはり嘯《うそぶ》くのだろうか、と崎子は考えていた。

C氏の物語には、明治の壮士のような調子があって、実は崎子の趣味にはかなったので、ときにはあれこれ質問もして話を四方八方に散らした。呆れるほど物識りなのである。中国の文物にも通じている。

「それじゃ孟姜女の話もご存じでしょうね」

「モーキョージョ？」

「万里の長城にとられた夫を探しに歩いた美しい女のひとの物語ですわ」

「ああ、モンチャンニュイ！」

C氏は眼をかっと見開いて宙を睨んだが、たちまち懐かしそうに眸《ひとみ》をうるませていた。

「支那人の大好きな話ですよ、それは」

「あちこちに語りつがれているんですのね」

「そう、唄がありますよ。僕の得意中の得意の奴です」

おだてれば今にも歌い出しそうだったので崎子は少々狼狽した。

「日本では親や子が子や親を探すという話はありますけど、夫を探すというのは有りませんのにね」

「支那の女はなかなか心は許さないが、一たん許したとなるとそのくらい情が深いんです。ですから軍隊の慰安婦も支那人は使いにくくてね、みんな他から連れてきたもんですよ。支那人というのは女でもしぶといですからね」

「中国の男性がそれだけ素晴らしいんじゃないかしら」

「何しろ、あの料理を喰ってるんですからなあ！」

崎子が絶句したので、C氏は再び孟姜女の話に戻った。

「范杞梁《はんきりよう》というのは会田さん、不良青年なんですよ」

「そうですよ。孟姜女が行水しているのを、塀をよじのぼって覗いた奴なんですからね」

「まあ、孟姜女の夫がですか？」

「まあ」

「孟姜女は最初に裸を見られてしまったから、范杞梁に抵抗できなかったんですなあ。それで父親が怒って、婿を万里の長城へ送ってしまったんです。支那は昔から賄賂でどうでもなる国ですからね。役人はすぐ引っ立てて行っちまったんですよ」

「それから孟姜女が探しに出ますの？」

「そうですよ。しかし不良の范杞梁があの苦役に役立つわけはないでしょう？　叩っ殺されてしまってたんですよ」

「不良ですからね。喧嘩でもやらかしたんでしょう。何しろ女の行水を覗き見するくらいの奴だから。孟姜女こそ災難でしたよ」

「まあ叩き殺されて？」

まったく夫をこれだけぼろくそに言われたのでは、孟姜女も災難というものだろうと崎子も思った。趙女士は深窓育ちの孟姜女が庭を逍遥する姿を男に見られたので、とさりげない物語にしていたのに、それが行水で、男が塀をよじのぼってみたというのでは、まるで西鶴の一代男のようで、若妻が千山万水を越えて尋ね歩いて夫を探した物語としては、あまりにも夫の范杞梁がお粗末すぎる。行水しているところを見られたというのは、それなりに美しい情景であるのに、それを不良、不良ときめつけるのも少しどうかと思われた。C氏は自分が完全に中国を理解していると思いこんでいるようだが、彼の思考方法には范杞梁の解釈に見られるように面白すぎて却って辻褄が合わないようなところがあるのではないか。

試すつもりではなかったが、話のついでに崎子が例の「長城史話」を持ち出して見せると、

「ほう、こんなものが出てますか。ひどい紙だな。中国歴史小伝編集委員会か、なるほど。呉晗《ごがん》が主編か。大変なメンバーが揃ってますな、ふうむ」

独り言を言いながら、やがて黙りこんで喰い入るように読み始め、孟姜女の件にくると

眼を怒らせた。

「新しい略字はお読みになれますか」

「読めます」

C氏は崎子をはね返すように答え、いきなり中国語でペラペラペラペラと読んで見せてから、次には日本語にして声高く読んだ。どうも話のしつこい人らしい。

「……かかる故事は、封建社会における労働人民の統治階級に対する反抗を反映せるものにして、忠実かつ愛情深き一人の高貴なる品徳の女を称揚するものである」

崎子はすぐに悔んだのだが間に合わなかった。C氏はこの文章に対する反感を露骨に現わして、彼特有の中共罵倒を始めたのである。彼の口を封じるのに、崎子の僅かな知識では足りなかった。そして崎子は、彼の語る中共と、崎子の見た中国とのあまりの懸隔に半ば茫然としていた。中国と日本との距離は、ずっと昔の二つの国の出会い以来、まだまだ近くて遠い間柄でいなければならないのであろうかと思っていた。

「たとえばこの孟姜女の話ですよ」

C氏は「長城史話」を破れるほど力を入れて叩きながら言うのである。

「民間に千年以上も伝わっていると書いてありますがね、それはその通りなんだ、しかし、支那人は孟姜女をそれはそれは愛してるんだ。支那人はみんな、この女に惚れてますよ。そうでしょう、男ならこれは理想の女じゃないですか。日本の女なんぞは、みんな駄目だ。殊に近頃の女は全く話にならん。孟姜女はいい。みんな抱きしめて寝たいと思ってるんですよ。支那人は、そう思ってる。これはねえ、支那人好みの女なんだ」

「窈窕《ようちょう》たる美女ですか」

「とんでもない。大女ですよ、孟姜女は」

「まあ」

「柳腰だの纏足だのってのは、本当の支那人の好みじゃないんだ。支那人というのは男でも女でもしぶとくってねえ、僕は苦力《クーリー》なんかと一緒に寝起きしてた頃もあるから分りますが、彼らの性生活の逞しさは凄いものなんですよ、会田さん。あっというまに人口七億になった国ですよ、中共は。窈窕たる美女なんてものは、老いぼれの皇帝が、何千人から後宮に入れている女を一人一度だけがやっとという、つまり能力の衰えから出てきた好みですよ。支那人はでかい女が好きなんだ。石臼みたいな尻を持ってなきゃ、間に合わないんですよ、彼らには」

C氏はそこでもう一度「長城史話」を忌々しげに叩いた。

「それをねえ、こんな短い文章で、統治階級の残忍暴虐な奴隷的圧政に対する反抗を示す物語だなんて、高貴品徳の女だなんて、笑わせらあ。彼らのいう人民大衆はねえ、こんな説明は受け付けませんよ。そんなものじゃあないんだ、支那は、支那人は」

悪いことに崎子はC氏に酒をすすめていた。来客に酒を出すことは原則としてしない家にしてあるのだけれども、C氏が懐かしそうに中国を追憶するのに誘われ、それに話も最初は面白かったので、初対面であったにもかかわらず、中国から大切に持ち帰ってきた茅台酒を出してしまったのであった。C氏は目を輝かせて飲み、崎子も共に杯をあげ、最初のうちはだから大層うまい具合だった。

革命前の中国しか見ていない日本人と、革命後の中国しか見ていない日本人との対話は、それでなくても滑らかに運びにくいものであった。崎子自身は昔の支那の知識は意識して求め、よって今の中国を更に理解したいという気構えがまだあるのだけれども、C氏は昔の中国を知悉《ちしつ》しながら、しかも今の中国に関しても浅からぬ知識を持ちながら、決して現実の変化を認めようとはしていない。見る、ということはどんなに大切なことか、と崎子は切実に感じていた。どうC氏が説いても、崎子には大女の孟姜女は想像できなかった。

「中国では今、植樹運動が盛んで、どんな片田舎にも若い並木道が続くんですよ。禿山にもどんどん苗木を植えてますの。中国人はそれを緑の長城と呼んでるようでしたわ」

「緑の長城か、フン。中共にできるのはせいぜいそのくらいのところだな。支那人というのは盛大に喰って、盛大に飲んで、こんなでかい牌《パイ》で昼も夜も麻雀《マージャン》してるのが彼らの悦楽なんだから」

「麻雀は一般にはやってないみたいだわ」

「それこそ支那の陰謀です。あれは亡国の遊戯ですからね」

C氏は拳を振り上げて宙を睨んだ。それが如何《いか》にも滑稽に見えたもので、崎子は思わず、何が陰謀なのかと聞いてしまった。

「そうじゃないですか。麻雀の麻は麻薬の麻ですよ。日本の若い連中を見てごらんなさい。学生はデモでなければ麻雀ですよ。私の会社でも徹夜でやっては、ふらふらになって出社して、事務所の中でボーッとしているのばっかりですからね。嘆かわしいじゃないですか。亡国の兆が、この怖るべき麻雀の流行に現われていますよ。しかも、あの遊びを考え出した本家本元が麻雀を禁じている。これが陰謀でなくて何ですか。イギリスの阿片と同じですよ。世界を麻雀で骨抜きにしておいて、自分たちは満を持して世界征覇をしようという中華思想ですよ。実に怪しからん」

斗酒なお辞さない勇気は今もあるらしかったが、若い頃より酒量が落ちているのは当然で、だからC氏はもう相当いい気持になってきている。崎子は、くすくす笑いながら、C氏の中国罵倒の奥に実は感嘆の声が潜んでいるのを感じていた。もっとも崎子の方でも大分酔いがまわって、C氏が何を言っても当惑するような神経をなくしていた。

緑の長城と自分で紹介して、また孟姜女のことを思い出していた崎子は、調子づいているC氏に、今度は自分の方から誘い水をむけた。

「孟姜女の歌というのは、易しいのですか」

「民謡ですよ、つまり。僕の知ってるのは山東節です」

「歌うには、まだお酒が足りません？」

「いやいや」

C氏は相手が崎子ただ一人というのだけが気に入らない様子だったが、しかし先刻からあった歌いたい気持はもう押えきれなくなっていた。

「歌いますかな」

盃に残っていた透明な酒を、喉に投げ入れるようにして、しばらく瞑目していたが、やがて歌いだした。

生れ育ったというだけあってC氏の発音は日本人離れのしているものに崎子の耳には聞えたが、その節は正調かどうかちょっと疑わしかった。C氏の声量は大層もないもので、深夜のことでもあったから家人が驚いて覗きに出て来たほどだったが、しかしそれは豊かというより蛮声に近かった。節はあるときは日本の古い子守唄のようにも、あるときは軍歌のようにも聞えたが、しかしときどき隙間風のように日本には決してない旋律を示して、その都度崎子の心をそそった。

C氏は瞑目したまま、いつまでも歌い続けていた。その閉じた瞼には若い日の彼が駆けめぐった大地の光芒が懐かしく明滅しているのに違いなかった。彼がそれに執着する限り新しい中国を理解するのは難かしいことであろうと思われたが、C氏にも崎子にもそれをどうすることも出来ない。夜は更けていたが、崎子は酔いを深める気持をなくして、いつまでも山東節の孟姜女に聞き入っていた。C氏の蛮声は次第次第にかすれて、やがては呟きに似ていたが、いつ止むともしれなかった。

その後、崎子は折にふれて孟姜女に関する文献はないかと漁《あさ》ってみたが、仏曲に「孟姜女宝巻」があり、閩南《びんなん》の歌謡に「美女歌」があるのが最も有名で、その変形が台湾に渡って「孟姜女故事」となっていることなどが分った。歴史家の考証的著作としては「孟姜女故事研究」というものがあることも知ったが、いずれも中国語のもので日本では手に入れるのも難かしいし、それができたところで崎子が読解できるかどうか問題だった。

それでも心がけていると思いがけないときに孟姜女に関する記述にぶつかることがあって、中国の故事に触れた随筆などから、かなり確実な経緯を知ることができたのは、崎子が再び中国へ出かける直前のことであった。

孟姜女が実在したのかどうか、という疑問が崎子には最初からあったのだが、「左伝」の中に「杞梁の妻、夫を哭《こく》す、城崩る」という記事があり、「孟子」の中にも「杞梁の妻善くその夫を哭して国俗を変ず」とあり、それはつまり斉《せい》の荘公《そうこう》が莒《きょ》の国を征伐したときに随行した大夫杞梁が戦死したときの記録であって、実説は万里の長城と時代も事情も違うのであった。夫の柩を出迎えた孟姜女が、哭きながら「上は則ち父なく、中は則ち夫なく、下は則ち子なし、将に何を以てか節を立てん」と嘆き、琴をかきならしてから淄水《しすい》に身を投げて死んだという具合に、「古今注」に解説がある。「列女伝」では更に杞梁の妻が夫の死後よるべないまま遺体を枕にして城下に号泣すること十日、城壁はこれがために崩れたということになっている。

暴政の悲劇は実話のままでは口にされないために、伝説の形をとってひろまり始めたのだという想像もなりたつだろう。なんといっても万里の長城の大工事のために男手を奪われた家族の嘆きと服役者の死は当時は夥《おびただ》しいものであったに違いないから、孟姜女の実話と長城悲話とは容易に結びついたのに違いない。

孟姜女の歌は、京兆《けいちょう》、河南《かなん》、江蘇《こうそ》、南京、浙江《せっこう》、広東《カントン》、広西《カンシー》と各地に類歌があって、おそらく二十種以上はあろうとも言われている。

崎子がこういう具合に孟姜女に関心を寄せたというのも、もとはといえば趙秀桂女士の声と中国的英語の表現の美しさに魅せられたからである。しかし、あのとき童話的な響きを帯びて語られた孟姜女は、それから三年たつ間に崎子にとってかなり複雑なものに変ってきていた。少なくとも孟姜女は美しく可憐な手弱女《たおやめ》から、次第に意志鞏固《きょうこ》で健康な女というイメージに変っていた。何も知らない頃は、孟姜女が色白で痩身の、若妻で、小さな足をもった、ひょっとすると纏足をしていたかもしれない華奢な女だと思っていたのに、今では孟姜女が浅黒い肌を持って、仮に痩せていたとしても筋肉質の女だったと思われる。事実、どの物語でも孟姜女は南の人で、夫を尋ねて北の築城をまわり歩くことになっていた。

この変化は、中国というものに対する崎子の認識が深まるのと比例していた。あるいは現代中国の、男性に伍して働いている闊達な女性たちを目の辺りにして、それが孟姜女のイメージに作用していたのかもしれない。

三年ぶりで北京に来た会田崎子は趙秀桂女士に会いたいと思ったが、彼女は恰度《ちょうど》下放《シャアファン》したばかりでまだ三ヵ月は帰ってこないということだった。下放というのは何年か前から起っている中国国内での都会人と農村の文化交流運動で、都会の知識人たちがある期間人民公社へ出かけて行って応分の手伝いをしながら農村の実態を知ると共に、都会との格差をなくすために人間同士の交歓にも重点を置いて共同生活をするというものであった。反共的な情報では実態は強制労働だと言われていたが、都会中心の旅行者である崎子には真偽のほどは分らない。むしろ、都会人の間で下放は何か楽しい流行のようになっているように思われた。

北京に着くとすぐあの暑い夏が来た。病後でしかも子供連れの崎子を中国側では大層気づかって、北戴河《ペイタイホ》という避暑地に行くことをすすめてくれた。崎子もあの暑さは懐かしくはあったが二度味わいたいとは思わなかったので好意に甘えることにし、その間は北の地方を調べものに歩こうと考えた。

北戴河というのは天津から汽車で四時間ほど北上した海沿いの町であった。昔はフランス人が開発した避暑地で、だから海岸線には赤い屋根の瀟洒な洋館が立ち並び、町の雰囲気は中国ばなれのしたものである。崎子たちは各国の大使館の別荘地帯にある一軒家の二階に落ち着いた。すぐ目の前に大海原が迫って見える。崎子は北京の図書館から借りてきた書物を机の上にひろげて、海鳴りをききながら「悠然」というのは、こういう暮しを言うのではないかと思っていた。

昔は白人たちの特殊な避暑地であった北戴河も、今は各職能団体の別荘や労働模範たちの休養所になっているので、その期間だけ管轄者たちが北京から出張してくる。外交部休養所というのが崎子たちの住みついた一劃《いっかく》の名称だったが、その所長の楊氏もまた北京から来ていて、すでにまっ黒に陽灼けしていた。

「所長が天下第一関を御案内したいと言っていますが、いかがでしょうか」

崎子は通訳つきで来ているので、誰と話すのにも不自由がない。所長さんの案内で山海関や秦皇島《しんのうとう》も見せてもらえる光栄を断わる理由はなかった。

しかし車に乗り込むと間もなく思わない事故が起った。通訳の李さんが蒼ざめて、掌で口を掩ってしまったのである。彼女の異変に気がついたのは北戴河に来て間もなくだったから、崎子はあまり驚かなかった。

「大事なときだから乗物はやめた方がいいのよ。私たちだけでなんとかなりますから、あなたはお帰りなさい」

「いえ、大丈夫です」

「駄目よ。私は経験者なのだから、言うことをききなさい」

「大丈夫です。自動車には弱いだけです。ちょっと我慢すればすぐ直ります。ご迷惑かけてすみません」

「まだ一時間もかかるというのに頑張るのはおよしなさい。赤ちゃんにもしものことがあったら、どうするんですか」

崎子は最後には叱咤して彼女を家に帰した。新婚一年足らずの彼女が崎子の通訳として配置されると、下放から帰ったばかりの夫を残して北戴河に同行してきていた。崎子はそれを知ると恐縮して、避暑の間は通訳の必要もないからと断わったのだが、「お世話をするのが私の仕事ですから」と李さんは崎子の心づかいの方をうるさがった。

それにしても新婚の夫が下放に出かけたり、帰ってきた夫を残して妻が出張してしまったり、新中国の男女平等の厳しさには崎子も驚嘆しないわけにはいかない。悪阻《つわり》の苦しさを我慢して、車に揺られる危険を冒しても任務の方を遂行しようとする闘志にも、崎子は恐れをなした。日本の働く女性たちというのは、これと較べれば随分甘やかされている。

所長の楊さんも、どちらかといえば李さんと同じような考え方をしていたのだが、崎子が李さんが行くのなら自分は行かないとまで叫んだので、やむなく李さんを置いて出かけることになった。崎子は中国語の会話を一年だけ勉強してあるので、なんとか用は足せるだろうと思っていたのだが、崎子の家族と楊さんだけで車が走り出すと、楊さんは助手席から振り向いて、

「僕、日本語すこしできるね。でも下手だよ」

と思いがけないことを言い出した。

「まあよかった。それだけお出来になれば安心ですわ」

「駄目ね。下手だよ。子供のとき覚えただけ。長く使わないから、忘れたよ」

しかし崎子は、楊さんがこの非常事態に所長としての体裁を捨て、下手な日本語でも使うことにした好意を有りがたいと心に銘じた。それに、どんな珍妙な日本語であっても、直接の会話には血が通う。

「天下第一関の向うに女の寺があるよ。会田さんは、きっと好きだよ」

「女ばかりの尼寺ですか」

「ラマ寺でないね。中国人の好きな女の寺だよ」

自分の日本語にもどかしがりながら、楊さんの唇からモンチャンニュイという懐かしい名が洩れたとき、崎子は声をあげた。

「ああ、孟姜女！」

「知ってるか！」

楊さんは、まっ白な歯を見せて嬉しそうに笑った。

山海関というのは、万里の長城の東端にもうけられた有名な関所であり、別名が天下第一関である。昭和六年に日本軍がここから中国へなだれ込んだという知識が崎子にはあった。その年は崎子の生年なので記憶が確かなのである。北京郊外の八達嶺で万里の長城は見てあるから、どうという期待もなく車から降りたった崎子は、関門の偉容に驚いて呆然としていた。八達嶺の長城より、もっと頑丈で大きなものが目の前に立ちはだかっている。十メートルはあろうと思われる石積みの城壁の上に灰色のいらかを葺いた二層の櫓《やぐら》が聳《そび》えている。それは櫓というより城といった方が相応しいほど見事な建造物であった。のぞき窓は朱色に縁どられ、簷《のき》には「天下第一関」の横額がかかっている。墨痕淋漓《ぼっこんりんり》として今書いたばかりではないかという錯覚を起させるほど見事で雄渾な筆蹟だった。この五文字は明代の進士《しんし》蕭顕《しょうけん》の書いたものだと、楊さんが手帳に書いて説明してくれた。

楊さんの日本語は子供の頃覚えたまま成長していないので、会話だけで判断すると可笑しなことになったが、歴史に関して該博な知識の持主だということは筆談になるとよく分った。

「この上に登るか。それとも先に孟姜女の寺へ行くか」

楊さんが聞いたのは、崎子の質問が天下第一関よりも孟姜女に関することの方が多くなったからである。

「そのお寺には孟姜女のお墓があるのですか」

「いや、望夫石《ぼうふせき》というのがあって、孟姜女が旦那さんを懐かしいと思って泣いていた場所だね。墓は、海の中だよ」

「海の中？」

「そう。海の湯が少ないとき見えるね。孟姜女が旦那さんの骨を抱いて海に入って死んだあと、その墓が出てきたよ」

「それじゃ、先にそちらへ行かせて下さい。この関門の上は、戻ってきてから登りますわ」

「はい、行きましょう」

楊さんの孟姜女物語が、これまでに崎子が聞いたものの中では一番詳しかった。手帳に書き、片言の日本語と、英語少々と仕方話を混えての話だったが、まとめてみればこういうことになる。

秦の始皇帝が長城構築を始めると、この大工事のためには夫役一万人が犠牲にされるだろうという噂が立った。人民は怯え、あらゆる抵抗を試みて夫役から逃れようとしたので当局は困って、なんとかしてこの謡言を打ち消さなければならなかった。当時、始皇の側近第一号であった趙高《ちょうこう》という宦官《かんがん》は、腹黒いので有名な奸臣《かんしん》であったが、自分の仇敵《きゅうてき》范啓忠《けいちゅう》に復讐する手段として、その子范杞梁を殺して城下に祀《まつ》れば一万人に代る人柱になるという予言を得たと進言する。そこで国をあげて范杞梁を探せという命令が出た。身にふりかかる危難を知った范杞梁は松江《しょうこう》に逃げこみ、孟隆徳《もうりゅうとく》の花園に隠れるのだが、折から孟隆徳の一人娘姜女が沐浴しているのを見てしまう。かねてその肌を窺い見た者の妻となるという予言をされていた姜女の方も、杞梁が風流人であるのを見て心を奪われ、かくて二人は結ばれる。

しかし、やがて探索は孟家の邸内にまで及び、婿の范杞梁は捕えられて都に送られてしまった。以後、消息は杳《よう》として絶え、所天《しょてん》の存亡も不明ということになる。孟姜女は痛心のあまり、冬が近づくと夫の衣を取り出して、どうしてもそれを届けに行きたいと思った。下女の春環《しゅんかん》、下男の興児《きょうじ》と同行して出発するのだが、この興児が悪党で春環を殺し、姜女に迫るのを、山中で逆に姜女に殺されてしまうといった劇的な道中があり、一人になった孟姜女は万里を突破するに万苦を嘗《な》めつくし、ようやく長城に辿りつく。

日本語も中国語も所詮は同じアジアの言語だということになるのだろうか。あやふやな日本語と筆談によって、楊さんと会田崎子の間で、信じられないような珍妙な会話が交わされながら、これだけの長篇叙事詩が語られたのだから素晴らしい。孟姜女の寺へ着くころには崎子は再びこの物語に陶酔していた。

楊さんの話は主として古典劇の中の孟姜女なので、范杞梁が長城へ連れられる経緯が少し芝居がかりすぎている欠点はあったが、話の辻褄もあうし、何より孟姜女の悲劇性が強調されるという効果を持っている。楊さんはねっからの芝居好きらしく、話の中には役者の声色も入るし京劇風の仕方話も入るという面白さだったが、夢中になると中国語で喋り出し、すると崎子もまるで芝居を見ていて、しかも台詞の意味もはっきり分るような錯覚が起る。

孟姜女の寺は、山海関から五キロばかり出たところにあった。途中はずっとリンゴを主とした果樹園で眺めるところもないので、二人とも話に熱中していた。崎子の子供は手伝いの若い娘の腕の中で、ぐっすりと眠っていた。

小高い丘の前で車が止り、眠っている子供たちを残して楊さんと崎子は二人で細かい石段を登った。

「この段の数は百八あります」

「ああ」

百八つの煩悩という意味かと崎子は合点したのだが、楊さんは微笑して、水滸伝《すいこでん》の中の武将の数だと言った。ああそうだったと思ったが、中国人と日本人の生活の中に入っている古典の知識は必ずしも共通していないという印象が強い。

石段を登りつめると、小さな朱塗りの寺があり、中には南の大海原を望んで孟姜女の坐像が置かれていた。等身大の、およそ芸術的でない稚拙な人形で、白い布で頭を包み、黒衣を身にまとっていたが、その顔は胡粉《ごふん》で平坦に塗りこめられ、大きすぎる眼は児童画のようで、見れば恨みがましく見えないこともない。紅は唇に濃く、そこだけの彩りだった。が、ともかく美貌とも幻想とも無縁の泥人形で、それが絵具の色もなまなましく塗りたてられていたのだから、崎子の詩情を傷つけること甚だしいものがあった。これは見ない方がよかったと崎子は悔んだ。物語の女主人公ならば、せめて可愛い小さな人形であってほしかった。崎子の目に、それはどうにも大きすぎた。何年も前に崎子の家の応接間で、孟姜女は大女だ、石臼のように巨大な尻を持っていると怒号していたC氏を思い出したのは、ようやくこのときである。

孟姜女の像の両脇に、対聯《ついれん》がかかっていた。楊さんが、宋末の丞相《じょうしょう》文天祥《ぶんてんしょう》の筆になるものだと言う。文天祥は蒙古族の侵入を迎えて死ぬまで節に屈しなかった民族英雄だということであった。

秦皇安在哉　万里長城築怨

姜女未亡也　千秋片石銘貞

寺の後ろに人の背丈ほどの小さな岩があって「望夫石」と彫りこまれた文字に、たっぷりと赤い絵具が塗ってあった。その毒々しいほどの色の赤さも、崎子の日本人的感覚にはショックであったが、その岩の頂までの足がかりに夥しい窪みがあって、それで登りなが

ら楊さんが、

「これは孟姜女の足痕《あしあと》だよ」

と説明したときには、崎子の幻滅も決定的なものになった。

それは、喩えてみれば巨人の足跡であった。大相撲の横綱でも、こんな大きな蹠《あしのうら》は持っていない。崎子は心中の動揺に耐えるために、じっとその大きな窪みから目を離さなかった。なるほど形としては人間の蹠がめりこんだような形をしている。

これが孟姜女の足跡なのか。

もちろんこの望夫石は歴史的には何の根拠もなくて、この土地の人々がその物語を好むあまり遂に祀りあげたものに違いないのだから、それが本当に孟姜女の足跡かどうかは詮索するまでもないことだったのだが、この石の窪みを孟姜女の足跡だと言い伝え語り続けてきた中国人の感覚というものに、崎子はまいっていた。この仁王様のような足跡から、嫋々《じょうじょう》たる美女を聯想することは、もはや不可能であった。千山万水を越えるには、このくらいの足を持たなければならなかったのだろうと思い直しながらも、崎子はすっかり夢を砕かれてしまっていた。馬鹿の大足という言葉があるように、日本人の感覚では美女の足は小さくなければならない筈であったから。

憮然としながら岩の上に登ると、孟姜女の日用品というものが岩で形造られてあった。鏡台があり、箪笥があり、机があり、洗い桶まである。それらはもちろん精巧なものではなくて、子供が泥をこねて造ったような素朴なものであった。しかし、どれも実物大かそれ以上の大きさであって、日本の雛の節句の道具のように小ぶりに作るという神経はない。人々が孟姜女の物語を愛するあまり、せっせと岩を削って調度を整えたということはよく分るのだが、しかしそれも日本人の感覚では起り得ないことなのである。黒い岩の大鏡台。黒い岩の大箪笥。黒い岩の一抱えもある洗い桶……。

手頃な岩に腰を下ろすと、万里の長城が燕山の岸伝いに蜿蜒《えんえん》と伸びて天地の果てまで続く有りさまが眺められた。八達嶺の景観よりも長城が厚く大きくて見事であった。匈奴というものに手を焼いた揚句の思いつきであるとはいっても、よくもまあこんなものを蜿蜒と築くことを考え、実行し、完成したものだと、崎子は今更のように驚嘆していた。山海関は長城の東端にあり、北京郊外の八達嶺と、崎子は二ヵ所の長城を見たわけだけれども、仮に山海関から八達嶺まで踏破したところで長城全長の五分の一にも及ばないのだ。紀元前五世紀から明朝にいたるまで幾度も幾度も築き続け補修し強化してきた中国人の鞏固な意志と粘り強さに、あらためて圧倒されていると、楊さんが途中になっていた孟姜女の物語を続け出した。

長城に辿りついた孟姜女は、探していた夫が大きな台石の下に埋められていたのを知らなければならなかった。身も世もなく泣き崩れている孟姜女を、築城監督の蒙恬《もうてん》が発見して、その美貌に驚き打たれて、彼女を始皇に献じる。姜女は始皇が杞梁の葬儀を盛大に行うことと、その日満朝の文武官に喪服を着けさせることを条件として妃になることを承諾したのだが、始皇がこの二つの条件を忠実に行なったのを見ると満足して、望萍橋《ぼうへいきょう》から身を躍らせて死ぬ。

「でもこの地方では、芝居と違って、孟姜女は海へ入って死んだことになっているよ。旦那さんの骨を持って、この下の海に入ったら、後で大きな石が出て来たよ。それが孟姜女と旦那さんと二人の墓よ」

「それは此処《ここ》から見えますの？」

「海の湯が少ないときは見えるけど、今日はどうかなあ」

楊さんと崎子は再び孟姜女の跫跡を辿って寺の前にまわった。楊さんが水を湯と言うのが崎子には可笑しい。水は中国語では涼開水《リャンカイシュイ》というので、開水は訳せば湯になるところから、こういう間違いが生れるのである。言葉というものは人間同士なら必ず心の通い合うものでありながら、ときにこうした滑稽さも生れてくる。しかし誤謬《ごびゅう》が重なりすぎて深刻な問題が生れたときはなまなかなことではわだかまりがとけないのだ。異なった国と国が正確に理解しあうのは、やはり容易なことではない。

百八段のゆるい石段を途中まで降りたとき、楊さんが立ち止って正面の海を指さした。

「湯が少なければ、あの辺りに孟姜女と旦那さんと二つの墓が見えるよ」

下では崎子の子供を抱いて、手伝いの娘が車から出てきたところであった。

「御苦労さま。この上に可愛い寺があるから、見ていらっしゃい。後で説明をしてあげるわ」

寝起きでぐずぐずしている子供を抱きとると、崎子は口早に言った。

手伝いの娘と階段の下で行き会った楊さんは、親切にもう一度解説してくれるらしく、一緒にまた丘の上へ引き返した。

それを見守り、腕の中の子供をあやしながら、崎子は海に向き直った。見霽《みはる》かすところには小舟一つ浮いていなかった。水平線の向うに夏の夕雲が湧いている。夫の骨を抱いて孟姜女が入水した後に二つの岩が現われたという話から、崎子はなんとはなしに二見ヶ浦の女夫岩《めおといわ》を聯想していた。もっこりとした形の二つの岩を注連縄《しめなわ》で繋いだユーモラスな女夫岩は、二見ヶ浦に軒を並べている土産物屋の店先の、さまざまな玩具《おもちゃ》に朝日と共に描かれていた。崎子は父親への土産に貝で作った盃に、女夫岩の図を描いたものを買って帰った記憶があった。いま北戴河の海を見渡しながら、崎子は満潮であるのを少し残念に思ったが、しかし、それ以上に岩を見ておきたいとは思わなかった。

楊さんたちが帰ってきて、車に乗り、天下第一関へ戻る道々、崎子はまたしても孟姜女のイメージが混乱し続けているのに悩んでいた。良家の優雅な子女の旅。処女妻。南方女性。大女。仁王さまのように大きな足痕。雄大な万里の長城と秦の始皇帝。哭いて涙で長城を崩した孟姜女。たった今見た大きくて粗末で醜怪だった泥人形。

天下第一関の下をくぐり抜けたところで車が止った。長城の前の広場に、先刻はなかったが三台のトラックが止っていた。あちこちにカーキ色の制服を着た若者たちがいる。

楊さんが聞いた。

「登るか？」

崎子は答えた。

「はい。登りましょう」

子供はもう完全に目をさましていたので、その手をひいて、だらだら坂をゆっくり上ると関門の上に着いた。

二層の櫓の中は、日本の古城と同じように採光が悪く、薄暗く土臭い匂いがこもっていた。小さな博物館のように、太刀や石貨などが陳列してあって、それぞれ解説文がつけてある。正面の壁にも「天下第一関」の横額があって、その下に万里の長城の略地図と、長城構築史の概略を記した大きな立札があって、その前に解放軍の兵隊服を着た青年たちが群がり集まって、しかし黙ってそれを読んでいた。

「あのひとたち兵隊さんよ」

「ヘイタイサン？」

手伝いの娘が子供に教えている。子供が覚束なげに反芻する口調から、ああ日本にはもう兵隊さんはいないのだと崎子には感慨があった。

その夏から階級というものを撤廃した中国の軍隊は、士官も兵隊もみな一様に星のない赤一色の衿章をつけていた。だから無腰でぶらぶらと櫓の中を歩きまわっている彼らから軍隊での位置づけを測ることは難かしかったが、ぶかぶかのカーキ色の兵隊服と、大きなカーキ色の帽子の下からのぞいている顔は、どれも若くて、あどけなかった。展示品を物珍しげに見守っている表情は、まるで中学生の修学旅行を聯想させた。二見ヶ浦で女夫岩を見たのは、と崎子は思い出した、あれは崎子の小学校修学旅行のときであった。

奈良や京都の寺などで修学旅行の一団に出会うと甚だしく興を殺《そ》がれるように、暗さに馴れた目で見廻してみると二層の櫓の中はカーキ色で一杯になっていることが分ったので、中を通りぬけるだけで崎子たちは帰ることにした。中国史に詳しくない崎子たちは歴史上の人物の持物類にあまり興味を惹かれなかったせいもある。それでなくても崎子は人混みというものが嫌いだ。解放軍の兵士たちがトラックに乗って、休暇を長城見物にやって来たのに出会したのは不運というものであった。

楊さんが崎子の子供を抱き上げて二階から下の櫓へ通じる急な階段を降り始め、手伝いの娘がそれに続いた。崎子もさっさと階段の降り口まで来たのだが、そこでふと、此処へ一生の間に二度来ることができるかどうか自分に問いかけ、急に未練を起した。見落したものはないかと振り返った。と、その恰度背後に、兵隊たちが取り囲んでいる絵がある。崎子は踵《きびす》を返して、その人垣に割りこんで行った。

若者たちの視線を集めていたのは、一枚の油絵であった。それも八号ほどの油絵で額縁もついていない粗末なものだった。だがその図柄は、崎子には一目でそれが何なのか分った。

干潮の海水の上に現出している二つの岩。それは天を衝いて怒る岩と、天に向って荒々しく開いている岩組とを並べて描いた油絵であった。海は碧く、空も青く、そして岩の色は赤黒い。油絵にしては陰影が少なくて平板に描かれていたが、それが孟姜女と范杞梁の女夫岩であることは間違いなかった。岩が海水に没しているとき崎子が想像したよりも、はるかに猛々しく即物的な二つの岩が、稚拙ではあるが油絵本来の写実の手法で丁寧に描かれ彩色されている。青い海面に、白い波を根元に巻きつけて屹立している赤黒い棒状の岩。すぐ隣には、轟々と音をたてて女岩が開いている。

崎子は一瞬、棒を呑んだように佇んでいたが、次の瞬間には全身が崩れ落ちるほど狼狽していた。思いがけないものを見たので、どうしていいか分らない。怯えるようにして彼女は彼女の両側にいるカーキ色の青年たちの表情をうかがおうとし、そうしながら、羞恥心で汗をかいていた。物見高く彼らをかきわけて前へ出て、こういうものを見てしまったのだ。若者たちの前で、いい年をした女が、こういうところに一人で出ているというのは醜態ではないか。

だが、崎子のこうした落着きのない惑いの前で、若い兵士たちは瞬きもせずにその油絵を見詰めていた。あるいは、絵の横に掛っている孟姜女の物語と解説を熱心に読んでいるのだった。薄嗤《うすわら》いを浮べたり、意味ありげに肘をつつきあうような者は一人としていないのであった。その露骨な岩の形状から猥雑な聯想をしている者が、誰もいないらしいと悟ったとき、崎子は絵から受けたものよりも、もっと強くて深い衝撃を覚えた。若い兵士たちは厳粛な顔をして、いや、そう思ったのは崎子の誤解であろう、彼らは無邪気に、生真面目に、往古の暴政と人民の抵抗の跡を、その一枚の絵から感じとっているのであろうか。彼らは熱心に絵を眺め、解説を読んでいた。

この国は今、おそろしく健康になっているのだ、と崎子は打ちのめされたように思い知らされていた。古い物語にはどこか隠微な影がまつわりついているものであり、それを現代人は美の陰影のように受け取りがちのものであるのに、だから崎子も孟姜女にはともすれば柳腰と小さな足と青白い肌を聯想せずにはいられなかったし、夫の骨を抱いて哭く美女を後宮に望む皇帝の嗜好にも美しい残忍さを感じたのであったのだが、中国人にはもともとそうした小味《こあじ》な美は尊重しない性向があったのではないだろうか。少なくとも、貴族の好んだ芝居の中ならばともかく、民衆の愛に育まれた孟姜女はC氏が言っていた通り、巨大な女であり、大きな足で万里の長城を踏破し、そして海に入っても現世の姿で雄姿を示さずにはやまない強烈な意志と健康とエネルギーを持っていた。摂氏四十二度の酷暑の中で初めて孟姜女の話を聞いたときを崎子は汗ばみながら思い出していた。

カーキ色の制服を身につけた解放軍の兵士たちは、この十五年の間に初めて文字を読むことを覚えた新しい中国人たちであった。彼らが堅持しているのは父祖伝来の健康であって、それが今この絵の前で微動だにすることなく孟姜女の物語に接している。崎子にとってそれは眩《まばゆ》い光景であった。このとき崎子を強く囚えていたのは、崎子が彼らにとって異邦人だというそのことに他ならなかったが、しかもなおそこには崎子を戸惑わせるほどの感動があった。

戦後二十年たって、日本の若者たちは、アメリカへ出かけてもヨーロッパへ出かけても、異国に来たという情緒を覚えることはあまりないようになっているというのが、崎子の常々口にするところなのだが、中国は違う。この国は外国だ。日本にとってこれほどの異国があろうかと、そう思うともう矢も楯もたまらない気持になって、崎子は夢中で狭い木組の急な階段を駈け降りていた。薄暗い穴の中を細い梯子段がほとんどまっ直ぐに下っている。足を踏み外しては大変だという思いで崎子はしばらく降りることだけ考えて、やがて足が土に着くと、すぐ外に駈け出した。

黄色い土が目の前に展がり、視界が一度に明るくなった。崎子は呼吸を整えながら、踵を返して、高い天下第一関を見上げた。それが改めて偉容と思えた。が、思うことは、あの女夫岩の孟姜女と、その何年も前に趙秀桂女士の口から崎子が聞いた孟姜女の物語との間には、一朝一夕には埋めつくせない懸隔があるということであった。少なくとも崎子にはそう思われたし、そのときもなお京劇や古曲に於ける孟姜女や、崎子自身が一度は思い描いた窈窕たる美女を払拭してしまうことはできなかった。だが、やがてこの国には泥でこね上げた巨大な孟姜女像を作り、岩に大きな跫痕を彫りつけ、猛々しい女夫岩を孟姜女の墓と呼ぶ人々が、どんどん殖えていくのに違いない。そしてその人々が、たとえば解放軍のあの若者たちが、この国の美女のイメージをも変革してしまうのに違いない。崎子はやがて自分が怒濤の中で踠《もが》きながら孟姜女を探し当てたような息苦しさを覚えていた。

（「新潮」一九六九年一月）

解説

彼女の美学

宮内淳子

『群像』の編集者であった大久保房男は、『恍惚の人』がベストセラーとなり、続く『複合汚染』を連載していた頃の有吉に、自分の小説を率直に批評してほしいと言われて当惑した思い出を、『面白半分』の有吉佐和子特集（一九七六年七月）に書いている。人気作家として不動の地位を築いていた有吉が、あえてこう問うたのは、彼がいわゆる純文学の作家を担当する名編集者だったからである。「私にはあなたの文章のよしあしはようわからんけど、文壇の文章美学から外れていることは確かで、文壇文士があなたのものをよく言わないのはそのせいじゃないだろうか」と答えると、そういう「文壇文士」の反応をすでに知っていた有吉は、では、自分の文章のどこがいけないのか具体的に言ってほしいと、大久保房男に食い下がったという。

有吉佐和子は、自分の内部の未知の部分を手探りで進んで、その探究の経緯を描くといった作家ではないし、新しい文章の形式に挑む作家でもない。ストーリーを明快に淀みなく語る文章が持ち味である。文章についてだけでなく、ベストセラーを出していることも、「文壇文士」の気に入らなかったであろう。確かにベストセラーの中には、一見新しい装いをしながら、実は既成の価値観をなぞるだけの迎合的な内容ゆえによく売れる本もある。だから、たとえば『三婆』や『華岡青洲の妻』を、女たちのいがみあいにのみ興味を持って読み、「女はこわいね」で終わらせてしまえば、まさにそのような小説だと誤解されかねない。しかし実は、これらの小説は、なぜ女たちが憎みあい争うのか、その理由を見れば、「女はこわいね」で済ませる話ではなく、むしろ従来の家族像に疑問を突きつけるものであることがよくわかるはずである。

『華岡青洲の妻』で、加恵とその姑が反目せねばならなかったのは、家長である青洲の評価に自分たちの価値のすべてが懸かっていたからである。彼はそれを利用して、人体実験を成功させた。青洲の妹の小陸は加恵に「嫂さん、それでも男というものは凄いものやと思いなさらんかのし。お母はんと嫂さんとのことを兄さんほどのひとが気付かん筈はなかったと思うのに、横着に知らんふりを通して、お母はんにも嫂さんにも薬飲ませたのですやろ。どこの家の女同士の争いも、結句は男一人を養う役に立っているのとは違うかしらん」と語っている。まるで小陸のことばを証明するように、『三婆』では、家長の不在に慣れるにつれ、反目しあっていた女性たちはいつの間にか、いたわりあって暮らすように

昭和38年頃の著者

なっている。「女はこわいね」というなら、若さと美貌を武器に無一文の少女が富豪にな
ってゆく『悪女について』という小説がまさにその典型のように見えるが、これもまた、実はそう単純な話ではない。この主人公が男をだまし続けたのは、よくいう「遊ぶ金欲しさ」ではなく「働く金欲しさ」であったところが有吉独自の造型なのである。主人公は男から資本と利権を得た。それによって贅沢な生活を楽しみもしたが、仕事をやめることはなく、仕事に夢を持てなくなったとき謎の死を遂げたのである。

およそ抑圧的でない家庭に育った有吉が女性の問題を考え始めたのは、おそらく作家となってからであろう。有吉佐和子は、一九五六年、二五歳のときに「地唄」が『文学界』新人賞候補となって同誌に掲載され、引き続き同年の芥川賞候補にもなって有望な新人として注目を集めた。テレビが普及しはじめ、週刊誌の創刊が相次いだ時代であった。マスコミはこの新人を歓迎し、有吉には小説依頼が相次いだ。テレビ出演もした。しかし派手に登場してしまった彼女は、やがて自分が難しい位置にいることに気づく。

この頃、女性作家といえば、戦前から戦後にかけて活躍した林芙美子、平林たい子、宇野千代らに代表される、波乱の多い人生を経て、それを素材に書くというイメージが強かった。もちろんこれらの作家は、その人生経験のゆえではなく、優れた技量によって読み継がれたのであるが、女性作家がまだ少なかった時代にあっては、特殊な人生経験を経た珍しい存在ゆえに作家となり得たものとして、女性作家を囲い込みたい人が多かったらし

『断弦』カバー
（昭32・11　講談社）

『美っつい庵主さん』カバー
（昭33・4　新潮社）

『三婆』カバー
（昭36・4　新潮社）

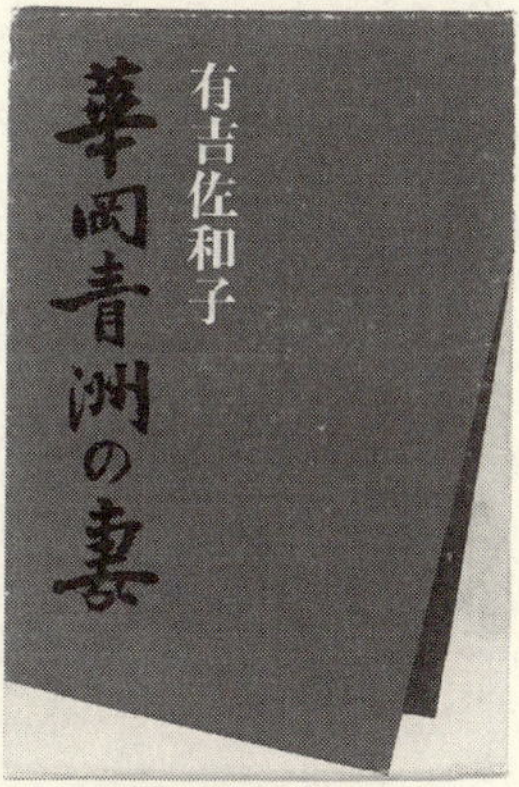

『華岡青洲の妻』函
（昭42・2　新潮社）

い。そこに、大学を出て間もない〈良家の子女〉が作家として現われ、しかもマスコミにもてはやされている。文壇も男性社会であってこの現象が不本意だった人もいたらしく、彼女は思いがけない悪意に驚く日もあったようだ。また、文壇の事情に疎かったので、男性作家たちの嗜好があたかも小説の規範であるかのように作用している現実に対し、改めて、「驚くべきことに（感謝すべきことかもしれませんが）男の作家が『女』を書くのがうまいと云われるのは、讃辞なのです」（「女の幸福論」『新潮』一九五七年八月）と書くような状況だった。引き続き、そもそも「女の幸福論」という題自体が与えられたものであり、そんな題を考えるのも、編集者のほとんどが男性という現状によるものだと述べたあと、この皮肉な文章は、「最後に聡明な男性諸氏にお願い申上げます。私たち、ほっといて下さつても自分たちでちやんと不幸を踏みこたえ、本質的な幸福は確保いたしますから、そんな女をツノメだつて論じるヒマに、男も女もひつくるめた社会全般の福祉と向上のために、その優れた頭脳を駆使して下さいませ」と結ばれている。

それから二〇年後、彼女は次のように自分の仕事を語ることになる。

私はもともと同じテーマをしつこく追求するタイプの作家ではなくて、一つ一つ、フィクションの形で、新しい試みをしてきましたが、にもかかわらず一貫した関心を持ち続けてきたように思います。『出雲の阿国』でも『海暗』でも『真砂屋お峰』でも、すべて女性の側から書いてきました。それは、私が女だから、女を書く、というような単純なことではありません。現在「群像」連載中で、まもなく完結する『和宮様御留』は、幕末維新で活躍する男たちを陰で操っていた女たちを書くことで、従来男性の手によって書かれてきた維新史の定説をくつがえしてみせたつもりです。

（「ハストリアンとして」『波』一九七八年一月）

彼女はここで更に、「男が書きもらしているところを、女が書き改めなくてはいけないという意識」を常に持って作家活動をしてきたと書いている。『恍惚の人』と『複合汚染』がそれぞれ世に問うた老人介護と食品の安全性の問題は、今でこそ重要な課題となっているが、三〇年前にはそうでなかった。たとえば『恍惚の人』であるが、これが発表された一九七二年の日本は、「日本列島改造論」によって地価が高騰し常軌を逸した土地ブームに沸いていた。その翌年にはオイルショックがやってくるのだし、経済優先によって起きた公害は深刻な状況になっていたが、まだ多くは、高度経済成長の夢を追っていた。そんな時代に『恍惚の人』は、家庭内の問題として主として女性が担ってきた問題を社会に提示したのである。現在の認識からすれば、この作品の終わり方には再考の余地があろうが、当時こうした素材で、しかも読ませる小説を書く人は他にいなかったのである。これはベストセラーとなって、世論を動かすきっかけを作った。農薬使用のありかたに疑問を突きつけた『複合汚染』も、日常、食品を扱って家族に供することの多い女性だからこそ見えてきた課題だったという。

断っておくが、家庭内の問題が女性によく見えていたということと、家庭内労働が女性の役割だという考え方とは直結しない。有吉が、生まれついての性別を特権化していなかったことは、実生活では母となった彼女が、文章の上で決して母性を振りかざさなかったことにも現われている。ここにいう女性の眼とは、現在の体制に疑問を持たざるを得ないものの眼、ということで、自明のように見えるものを疑うきっかけは、体制の主流にいなかった女性のほうがより多く持ちえたということである。

家父長制度への疑問は、すでに見たように『華岡青洲の妻』にも『三婆』にもあった。そこに『美《う》っつい庵主さん』を加えることもできる。人間の欲望をあらわにした『三婆』と、『美っつい庵主さん』の尼寺の生活を並べるのは奇異に思われるかもしれないが、ともに現行の家族制度に依拠しない女性の共同生活が展開しているのだ。『美っつい庵主さん』で、ひと夏をそこで過ごした都会の若者の、「ね、尼寺が失恋して入るとこだなんて嘘っぱちね」「うん、寺の実体は非常に生活的なんだな」という会話に現われた、ちょっと期待外れな思いは読者にも共有されたかもしれないが、人は実際に、年中恋愛に悩んでいるわけではない。人の感情は他にもさまざまあるのに、恋愛ばかりを特権化する傾向は、異性愛を疑わず、性を通して人間を描くことに熱中してきた日本の近代文学にも責任の一端がありそうだ。まして作家の多くが男性であったから、恋愛小説は、見られる対象としての女性がもっぱら描かれ、流布されてしまった。『美っつい庵主さん』にも、若い昌妙尼にかすかな心の揺らぎが見られるものの、それは庵主に静かに見守られており、それも含めて明秀庵の「生活的」なものはずっと続いてゆく気配である。異性愛があって、結婚があって、家庭があってこその「生活」という神話は、ここでは機能していない。

有吉は、恋愛神話に冒されていない作家である。だから、花柳界を舞台にした小説でも、そこは女性の職場として「生活的」に描かれている。客に接する仕事である以上、男女間の葛藤は避けられないものの、そのことで主人公は、芸を磨いたり自立して生活してゆこうとする意志を放棄したりはしない。むしろ妻として家の中で生きることの方が、たとえば『華岡青洲の妻』のような、むごい結末を描き出さねばならない仕儀となった。それに対し、『美っつい庵主さん』の尼寺では、小さな口げんかはあっても、互いの存在を排除しあうような「女同士の争い」はあり得なかったのである。

有吉は、一九六一年、亀井勝一郎を団長とする日本文学代表団の一員として、はじめて中国へ行った。日中の国交がまだなくて、誰もが行ける時代ではなかった。他に平野謙、井上靖らが一緒で、団員と中国側との記念写真では、和服姿の有吉が周恩来と並んで写っている。訪中後、井上靖はその印象を求められて、「若者たちは驚くほど誠実で、真摯であった。眼には汚れというものがなく、身につけている雰囲気も清潔であった。いかにも育ちのよい、曲ったところのみじんもない素直な心と応対している感じで、日本に於てはちょっと想像できないことであった」(「四年目の中国」『世界』一九六一年一〇月)と書いている。それはもちろん実際の光景だったろうが、この時期から文化大革命が終焉するまで、中国がユートピアのように語られる傾向があったことも確かである。ところが井上靖と同じ特集に寄せられた有吉の「三人の女流作家」という文章は、中国で会った三人の女性作家を等身大の「同業者」として観察しており、井上靖ほど中国革命の結果を美化してはいない。なお、そのうちの一人は『孟姜女考』に出てくる「趙女士」のモデルであろう。その後有吉は中国天主教の調査のため中国に長期滞在して「中国天主教―一九六五年の調査より―」(『世界』一九七一年五月)を書いているし、一九七八年に中国へ行ったときは人民公社を訪問し、『複合汚染』の執筆で問題意識を深めていた農薬使用について『有吉佐和子の中国レポート』にまとめている。中国への関心はむしろ強かったのであるが、それは情緒に霞んだものではなかった。

こうした、大勢の感情に巻き込まれない眼を持ち得たのは、彼女が、いわゆる帰国子女であったことにも一因がありそうだ。特に、昭和六年生まれの彼女が戦時下の教育に距離を持って成長したのは、当時としては特殊なことであった。

戦後しばらくの間は、若い世代を中心に、戦時中に鼓吹されたナショナリズムを忌まわしい記憶として持つ者も多く、日本の伝統的なものを忌避する傾向が生じていた。ところが有吉は『地唄』を発表した年に、「私にはどうも、壁の向うに置き去られた遺産が気になる。勿体なくて仕方がない。旧時代の残滓を生活に持たない私たちには、遺産を担う力がある」（「伝統美への目覚め」『新女苑』一九五六年一二月）と、書いていた。

有吉は、一九三七年から一九四一年まで、六歳から一〇歳までを父の赴任先であるインドネシアで過ごした。インドネシアでは日本人学校に通っていたが、いったん学校を出れば、多人種、多民族の社会であり、日本人教師がいくら日本は一等国だと叫んでも、「当時オランダの植民地であったジャバでは、白人は総てに優位だったし、経済的には華僑をしのぐ日本人が決して多くなかった」（「子供の愛国心」『週刊朝日』一九五九年九月六日）という現状だったので、子どもたちは、教師の言うことを鵜呑みにしてはいなかったという。一等国か否かは別として、故郷は美しいところに違いないと憧れていたのに、一〇歳で帰国して見ると、日本には戦時下の疲弊した光景が広がっていた。軍国主義教育にも怯えた。有吉の母は旧家に育ち、そのしきたりの理不尽さに反発し続けた人なので、サラリーマンの妻となって家庭を持ってからは、家族間でも自由を重んじ、開放的な関係を保つようにしていた。父も、「日本はもう負けるよ」と平気で子どもに語るような人だったから、当時の日本の学校はずいぶんこの少女に違和感を与えたのである。そんな彼女が、唯一、歌舞伎の華やかな舞台を見たとき、日本に帰ってきた喜びを感じたという。戦後、大学生になってからは歌舞伎研究会に入り、『演劇界』が募集した「俳優論」に応募し、「尾上松緑論」「勘三郎について」「海老蔵について」とたて続けに入選を果たした。

ところで、政治家の家に生まれた母と銀行員の父という、伝統芸能に縁のない家庭で育った有吉が、いくら歌舞伎通とはいえ、古典芸能の世界を内側から描けたのはなぜだったのだろう。縁がないといえば、『香華』『芝桜』『木瓜の花』などに描き出された花柳界は、もっと知らない世界だったはずだ。文献を読んだり現地調査をしたり、小説を書くための準備はきっちりとやる彼女だが、それにしてもこうした世界の息遣いを知ったことについては、一九五四年に始まった、日本舞踊家の吾妻徳穂との交流を抜きには考えられない。

徳穂がアメリカで行なうアヅマカブキ第二回公演を翌年に控え、日本を留守にする間の連絡、秘書係を探していたところに、英語科出身で、古典芸能に興味を持つ有吉が採用されたのである。有吉の方は、かつて徳穂が踊る「時雨西行」を見て深い感銘を受けていたので、そこで働くのは喜ばしいことだった。和服の畳み方さえ知らなかったという有吉は、ここで、読書や舞台鑑賞だけでは知り得ないさまざまな知識を得た。日舞を習いに通う花柳界の女性たちとも知り合いになった。何より、吾妻徳穂の、芸に打ち込むすがたは、有吉に深い影響を与えたのである。

若くして伝統芸能に強く心ひかれた有吉だが、一方、ミッション系の女学校に在学中、カトリックに入信していた。大学に入ってからはカトリック学生同盟に入り、キリスト教的実存哲学者のベルジャエフに傾倒した。カトリックの信者になりはしたものの、他の信者に違和感を感じて悩んだ経緯を有吉は次のように語っていた。

聖堂の中でロザリオを爪ぐって祈るのは精神統一に役に立っても、直接の世の中には何も響かない。身辺には焦眉の急と思える社会悪が蠢《うご》めいているのに、信者の魂だけが救われていていいものかどうか。私は多少の障害を敢えてしても、大きく行動して大きく稔らせたいのだ。
（「預り信者の弁」『声』一九五九年五月）

いったんは信者をやめようとしたが、尊敬する神父に「あなたは破門されたいと願ったときから、よりよいカトリック信者になったのです」と諭されて、その神父の「預り信者であることを自称」するようになったのだと、この文章に書かれている。『江口の里』に結晶したテーマである。

ところで、世の中には文学への信仰心というものもあるらしい。知識階級とか文士とかいう特権意識がまだ生きていて、自分の自我を他人に押しつけてやまない小説家や、そうした生き方に心酔する信者たちが結界を設けていた頃もあった。しかし、有吉は、自分の魂が救われるのが第一で読者のことは考えなくてよい、という創作態度は取れなかった。彼女に作家も読者も、ともに同じ社会に生きるものだということを忘れたくはなかった。

とって小説は一部のマニアのものではなく、寝転がって読んでも良い、おもしろいものであるべきで、しかもそのおもしろさは、人生いかに生きるべきかといった安直な説教をしたり、恋愛のもつれで興味を引いたり、性描写に頼ったりしたものであってはならなかった。情緒に訴えて引っ張ることは潔いばかりに退けて、自分に納得がゆく、しかも多くの読者と共有し得る小説を書こうとする努力が続けられた。それだけに、彼女を疎外するような文壇の空気に対して平気ではいられず、そこから、冒頭で触れたような、大久保房男につめよるといった事態が生まれたわけである。

晩年の彼女の随筆には、ときに深い疲労感が見られる。文学教の信者であったほうが、楽だったのかもしれない。しかしあくまで彼女は〈預り信者〉として、異議申し立ての態度を貫いたのである。それが彼女の美学であり、倫理であった。

年譜――有吉佐和子

一九三一年（昭和六年）
一月二〇日、和歌山市真砂丁に、父眞次、母秋津の長女として生まれた。兄善、弟眞咲がいる。父は当時、横浜正金銀行のニューヨーク支店に勤務しており、母は実家のある和歌山市にいた。

一九三五年（昭和一〇年）　四歳
四月、父が帰国し、和歌山市から東京へ転居した。

一九三七年（昭和一二年）　六歳
一月、父の転任でジャワ（現、インドネシア）のバタビア（現、ジャカルタ）へ一家で移る。四月、現地の日本人学校へ入学した。病弱で学校を休みがちだった。もっぱら読書にふける。

一九三九年（昭和一四年）　八歳
一時帰国し、和歌山市立木本小学校に通う。一年弱の滞在の後、ジャワに戻り、スラバヤ日本人学校に転入。

一九四一年（昭和一六年）　一〇歳
ジャワから帰国。東京市下谷区の根岸小学校に転入。

一九四三年（昭和一八年）　一二歳
三月、根岸小学校を卒業。四月、第四東京市立高等女学校（現、都立竹ノ台高等学校）に入学。

一九四五年（昭和二〇年）一四歳
四月、空襲で家が焼失。夏に和歌山へ移り、二学期から県立和歌山高等女学校（現、県立桐蔭高等学校）に通う。それまで病弱で引きこもりがちだったが、和歌山の学校生活で健康を得、集団生活にも慣れていった。昔ながらの習慣を守ってきた祖母との生活は、開明的な両親に育てられた有吉にはかえって新鮮であった。
一九四七年（昭和二二年）一六歳
前年の暮れに上京し、杉並区堀ノ内に住む。一月、光塩高等女学校（現、光塩女子学院）に転入した。在学中にカトリック受洗。
一九四八年（昭和二三年）一七歳
三月、光塩高等女学校卒業。学制改革があり、進学のため四月に、都立第五女子新制高等学校（現、都立富士高等学校）に転入。
一九四九年（昭和二四年）一八歳
四月、東京女子大学文学部英米文学科に入学。
一九五〇年（昭和二五年）一九歳
体調不良のため五月より休学。七月、父が脳溢血のため急死。
一九五一年（昭和二六年）二〇歳
四月、東京女子大学短期大学部英語科二年に移る。歌舞伎研究会に所属する。五月、雑誌『演劇界』の「俳優論」に応募して入選。この後続けて二回入選を果たし、編集長利倉幸一に認められる。カトリック学生同盟に加入。
一九五二年（昭和二七年）二一歳
三月、東京女子大学短期大学部英語科を卒業。『演劇界』の嘱託となって、訪問記事などを書いた。八月、大蔵財務協会発行の『ファイナンス・ダイジェスト』の編集にかかわり一年ほど勤める。
一九五三年（昭和二八年）二二歳
ほぼ毎月『演劇界』に訪問記事を書く。同人雑誌『白痴群』の同人となる。演劇を志す新人たちがつくった「ゼロの会」に参加。野口達二、永山雅啓らを知る。

一九五四年（昭和二九年）二三歳

四月、「落陽の賦」を『白痴群』に発表。『文学界』などの同人雑誌評で評価される。七月、日本舞踊家の吾妻徳穂が主宰するアヅマカブキ第二回公演の連絡・秘書係となる。第一五回『新思潮』の同人となったのは、この年の暮れ頃か。同人には村上兵衛、三浦朱門、曽野綾子、阪田寛夫らがいた。

一九五五年（昭和三〇年）二四歳

八月からアメリカに発った吾妻徳穂の留守を預かる（〜翌年四月）。『新思潮』一二号に「盲目」を、一三号に「ぶちいぬ」を発表。この年の秋に和歌山の祖母が脳溢血で亡くなる。

一九五六年（昭和三一年）二五歳

一月、「地唄」が『文学界』に新人賞の候補となって掲載される。また芥川賞候補ともなって『文芸春秋』九月号に転載される。四月、「キリクビ」を『三田文学』に発表。地唄や歌舞伎といった古典芸能の世界を、若い世代の女性が書いたことで話題となる。舞踊劇「綾の鼓」、人形浄瑠璃「雪狐々姿湖《ゆきはこんこんすがたのみずうみ》」を書き、それぞれ新橋演舞場、大阪文楽座で上演された。

一九五七年（昭和三二年）二六歳

二月、『処女連禱』（三笠書房）刊行。六月、「白い扇」を『キング』に発表。これは上半期の直木賞候補となる。七月、戯曲「笑う赤《あか》猪子《いこ》」を『文学界』に発表。一一月、『断弦』（講談社）刊行。NHKテレビ「わたしだけが知っている」にレギュラー出演（〜一九五九年）する。

一九五八年（昭和三三年）二七歳

四月、短編集『美っつい庵主さん』（新潮社）、『花のいのち』（中央公論社）刊行。八月、小説「わたしは忘れない」の取材のため鹿児島県黒島へ行く。九月、『ずいひつ』(新制社)を刊行。小説、随筆、ルポルタージュ、脚本などの執筆や、テレビ出演など多忙をきわめる。

一九五九年(昭和三四年) 二八歳

一月より「紀ノ川」を『婦人公論』に連載し始める(~五月)。一月、随筆「遊女となるの記―文春まつり若手歌舞伎稽古風景」を『文芸春秋』に、「私のキャリア」を『早稲田文学』に発表。二月から一〇月まで、『QUEEN』に随筆を八回連載する。五月、「預り信者の弁」を『声』に、「芥川賞残念会」を『新潮』にと、この頃随筆の執筆が盛ん。四月、短編集『江口の里』、六月、『紀ノ川』を、ともに中央公論社より刊行。七月から九月にかけて、『週刊朝日』に随筆「あんまり若くはないけれど」を八回連載する。一一月、ロックフェラー財団の招きでニューヨークのサラ・ローレンス・カレッジへ留学し、演劇コースで学ぶ。ブロードウェイで八〇ほどの演劇を観たという。若くして人気作家となり、マスコミに振り回されて自分を見失いそうな不安から、作家としての自分を見極めるため、この留学は決行された。

一九六〇年(昭和三五年) 二九歳

三月、『私は忘れない』(中央公論社)刊行。八月、『新女大学』(中央公論社)刊行。同月、アメリカを出発し、朝日新聞社特派員としてローマオリンピックを取材。ヨーロッパ、中近東を経て一一月一六日に帰国。

一九六一年(昭和三六年) 三〇歳

一月より「香華」を『婦人公論』に連載(~翌年一二月)。『中央公論』三月号のための対談で、アート・フレンド・アソシエーション理事の神彰に会う。四月、短編集『三婆』(新潮社)刊行。六月、亀井勝一郎を団長とする日本文学代表団の一員として、井上靖、平野謙らとともに中国を訪問（六月二八日～七月一五日）。八月、独居のため、実家と同じ町内である杉並区堀ノ内に新居を建てて移る。一一月、『女弟子』（中央公論社）を刊行。塚本史郎と婚約。

一九六二年（昭和三七年）　三二歳
一月より「助左衛門四代記」を『文学界』に連載（～翌年六月）。一一日、塚本史郎との婚約を解消。二月、『更紗夫人』を集英社より、短編集『雛の日記』を文芸春秋新社より、三月『閉店時間』を講談社より刊行。三月二七日、当時アート・フレンド・アソシエーション理事だった神彰と結婚。カトリック築地教会で式をあげた。九月二五日、中国の招きで訪中し、三週間滞在する。一二月、『香華』（中央公論社）刊行。

一九六三年（昭和三八年）　三二歳
四月、「非色」を『中央公論』に連載（～翌年六月）。九月、『助左衛門四代記』（文芸春秋新社）刊行。一一月、『有田川』（講談社）刊行。『香華』で第一〇回小説新潮賞受賞。一六日、長女の玉青誕生。

一九六四年（昭和三九年）　三三歳
五月二九日、神彰と協議離婚成立。玉青を引き取る。六月、「一の糸」を『文芸朝日』に連載（～翌年六月）。八月、『非色』（中央公論社）刊行。同月、「特別手記」として『婦人公論』に「作家として、妻として、私の立場から」を発表し、離婚前後の事情を語る。一二月、『ぷえるとりこ日記』（文芸春秋新社）刊行。

一九六五年（昭和四〇年）　三四歳
一月、「日高川」を『週刊文春』に連載（～一一月）。五月、中国作家協会の招きで玉青を伴い一一月まで留学。中国天主教の調査を行なう。廖承志や作家の老舎と旧交を温める。一一月、『一の糸』を新潮社より刊行。

一九六六年（昭和四一年）　三五歳

一月、『日高川』（文芸春秋新社）刊行。九月、「海暗」の取材のため伊豆諸島の御蔵島に滞在。一一月、「華岡青洲の妻」を『新潮』に発表する。

一九六七年（昭和四二年）　三六歳

一月、「出雲の阿国」を『婦人公論』に連載（～一九六九年一二月）。二月、『華岡青洲の妻』（新潮社）を刊行し、三月、これによって第六回女流文学賞を受賞。四月より、安保条約の問題を庶民の視線から切り取った「海暗」を『文芸春秋』に連載（～翌年四月）。

一九六八年（昭和四三年）　三七歳

一月、「海暗」が第二九回文芸春秋読者賞を、「出雲の阿国」が第六回婦人公論読者賞を受賞。二月、『不信のとき』（新潮社）刊行。文化人類学者の畑中幸子に誘われ、カンボジア、インドネシア、ニューギニアの奥地などをまわる。四月に帰国したが、マラリアを発病して入院した。この旅について書いた「女二人のニューギニア」を、『週刊朝日』に五月から連載（～一一月）。一〇月、『海暗』（文芸春秋）刊行。

一九六九年（昭和四四年）　三八歳

一月より「芝桜」を『週刊新潮』に連載（～翌年四月）。九月に『出雲の阿国』上巻を、一一月に中下巻を、中央公論社より刊行。

一九七〇年（昭和四五年）　三九歳

三月、『出雲の阿国』が第二〇回芸術選奨文部大臣賞受賞。四月、『有吉佐和子選集』全一三巻（新潮社）の刊行が開始される（～翌年四月）。七月、戯曲「ふるあめりかに袖はぬらさじ―亀遊の死」を『婦人公論』に発表。八月、『芝桜』上巻を、九月に下巻を新潮社より刊行。一一月、ハワイ大学から講師として招かれ、小学校一年生だった玉青を伴ってホノルルに滞在する。

一九七一年（昭和四六年）　四〇歳

三月、『針女』(新潮社）刊行。中国のカトリック教会の問題をルポした「中国天主教―一九六五年の調査より」を『世界』に発表。六月、ハワイ大学での講義を終えたあとニューヨークへ行き、多くの芝居を見る。ヨーロッパを経て八月に帰国。

一九七二年（昭和四七年）　四一歳

一月、ダニエル・ベリガンの反戦劇「ケイトンズヴィル事件の九被告」をE・ミラーと共訳し、『世界』に発表する。六月より、「木瓜の花」を『読売新聞』に連載（〜翌年五月）。書き下ろしで『恍惚の人』（新潮社）刊行。老人問題が小説となったことで反響を呼び、ベストセラーとなった。一〇月、ベトナム戦争反対の気運を背景に、ボランティアの上演委員会が結成され、有吉の演出、小沢栄太郎主演で「ケイトンズヴィル事件の九人」(紀伊國屋ホール）が上演された。

一九七三年（昭和四八年）　四二歳

一月、「真砂屋お峰」を『中央公論』に連載（〜翌年八月）。九月、『木瓜の花』上下巻（新潮社）刊行。

一九七四年（昭和四九年）　四三歳

三月、『母子変容』上下巻（講談社）刊行。四月から上智大学で金田一春彦教授の言語学セミナーに通う。五月二九日から七月七日まで、参議院選挙に立候補した市川房枝、紀平悌子の応援演説を行なう。七月、金芝河事件のため日本ペンクラブを脱会する。九月、『真砂屋お峰』（中央公論社）刊行。一〇月より、「複合汚染」を『朝日新聞』に連載（〜翌年六月）。有害物質に汚染されている現状を豊富な資料で証明するもので、多くの読者層を摑んだ。

一九七五年（昭和五〇年）　四四歳

一月、有吉作・演出のミュージカル「山彦ものがたり」（音楽・内藤法美）を紀伊國屋ホールで上演。四月に『複合汚染』上巻、七月に下巻を新潮社より刊行。一一月二七日、「四畳半襖の下張り」裁判で被告側証人として出廷。
一九七六年（昭和五一年）四五歳
一月、「青い壺」を『文芸春秋』に連載（〜翌年二月）。七月、『面白半分』臨時増刊号で「全特集有吉佐和子」が組まれる。
一九七七年（昭和五二年）四六歳
一月、「和宮様御留」を『群像』に連載（〜翌年三月）。三月、過労のため入院。四月、『青い壺』（文芸春秋）刊行。八月、第二期『有吉佐和子選集』全一三巻が新潮社より刊行される（〜翌年八月）。
一九七八年（昭和五三年）四七歳
四月、『和宮様御留』（講談社）刊行。女性差別の問題を論じたブノワット・グルー著『最後の植民地』をカトリーヌ・カドゥと共訳するためパリへ行き、五月に帰国。六月、国交回復した中国へ行き、農村の実情を見ようと各地の人民公社を訪ねる。七月に帰国。このときの体験を、八月から『週刊新潮』に「中国レポート」として連載（〜翌年二月）。九月、『悪女について』（新潮社）刊行。
一九七九年（昭和五四年）四八歳
一月、『和宮様御留』で第二〇回毎日芸術賞受賞。三月、『有吉佐和子の中国レポート』（新潮社）刊行。四月、カトリーヌ・カドゥとの共訳『最後の植民地』（新潮社）刊行。「油屋おこん」を『毎日新聞』に連載（〜八月）。
一九八〇年（昭和五五年）四九歳
一月から、「日本の島々、昔と今。」を『すばる』に連載（〜翌年一月）。取材のため、北は焼尻島、天売島から、南は与那国島、波照間島まで、各地を旅する。
一九八一年（昭和五六年）五〇歳
四月、『日本の島々、昔と今。』（集英社）刊行。

一九八二年（昭和五七年）　五一歳
三月、『開幕ベルは華やかに』（新潮社）刊行。
一九八四年（昭和五九年）　五三歳
四月、ウェールズ大学日本学大会のゲストとして講演するためにイギリスへ行く。七月、イギリスへ短期留学する玉青をロンドンまで送る。八月三〇日、東京都杉並区堀ノ内の自宅で、急性心不全のため死去。九月四日、東京大聖堂マリア・カテドラルにて告別式。

＊紙幅の関係上、演劇関係の事項は最小限にとどめた。

（作成・宮内淳子）

著書目録――有吉佐和子

【単行本】

処女連禱　昭32・2　三笠書房
まつしろけのけ　昭32・6　文芸春秋新社
断弦　昭32・11　講談社
美っつい庵主さん　昭33・4　新潮社
花のいのち　昭33・4　中央公論社
ずいひつ　昭33・9　新制社
げいしゃわるつ・い　昭34・1　中央公論社
たりあの　昭34・4　中央公論社
江口の里　昭34・6　中央公論社
紀ノ川　昭35・2　講談社
祈禱　昭35・3　中央公論社
私は忘れない　昭35・8　中央公論社
新女大学　昭36・4　新潮社
三婆　昭36・5　講談社
ほむら　昭36・11　中央公論社
女弟子　昭37・2　集英社
更紗夫人　昭37・2　文芸春秋新社
雛の日記　昭37・3　講談社
閉店時間　昭37・7　講談社
脚光　昭37・12　中央公論社
香華　昭38・4　集英社
若草の歌　昭38・7　集英社
連舞　昭38・9　文芸春秋新社
助左衛門四代記　昭38・11　講談社
有田川　昭38・11　集英社
仮縫

非色　昭39・8　中央公論社
ぷえるとりこ日記　昭39・12　文芸春秋新社
女館　昭40・6　講談社
一の糸　昭40・11　新潮社
日高川　昭41・1　文芸春秋新社
乱舞　昭42・2　集英社
華岡青洲の妻　昭42・2　新潮社
不信のとき　昭43・2　新潮社
海暗　昭43・10　文芸春秋
女二人のニューギニア　昭44・1　朝日新聞社
出雲の阿国（上・中・下）　昭44・9、11　中央公論社
かみながひめ　昭45・1　ポプラ社
ふるあめりかに袖はぬらさじ　昭45・7　中央公論社
芝桜（上・下）　昭45・8、9　新潮社
針女　昭46・3　新潮社
夕陽ヵ丘三号館　昭46・5　新潮社
恍惚の人　昭47・6　新潮社
ケイトンズヴィル事件の九人　昭47・9　新潮社
孟姜女考　昭48・3　新潮社
木瓜の花（上・下）　昭48・9　新潮社
母子変容（上・下）　昭49・3　講談社
真砂屋お峰　昭49・9　中央公論社
複合汚染（上・下）　昭50・4、7　新潮社
鬼怒川　昭50・11　新潮社
青い壺　昭52・4　文芸春秋
複合汚染その後　昭52・7　潮出版社
和宮様御留　昭53・4　講談社
悪女について　昭53・9　新潮社
有吉佐和子の中国レポート　昭54・3　新潮社
日本の島々、昔と今。　昭56・4　集英社
開幕ベルは華やかに　昭57・3　新潮社
有吉佐和子と七人のスポーツマン　昭59・4　潮出版社

【全集】

有吉佐和子選集 第1期全13巻 昭45・4〜46・4 新潮社
有吉佐和子選集 第2期全13巻 昭52・8〜53・8 新潮社
新選現代日本文学全集33 昭35・11 筑摩書房
新鋭文学叢書9 昭36・2 筑摩書房
長編小説全集37 昭37・10 講談社
新日本文学全集4 昭37・11 集英社
現代の文学41 昭40・2 河出書房新社
現代文学11 昭41・2 東都書房
われらの文学15 昭41・7 講談社
新潮日本文学57 昭43・11 新潮社
日本の文学75 昭44・2 中央公論社
現代長編文学全集43 昭44・9 講談社
現代日本の文学49 昭45・9 学習研究社
現代日本文学大系89 昭47・1 筑摩書房
現代の女流文学3 昭49・10 毎日新聞社
筑摩現代文学大系63 昭51・6 筑摩書房
新潮現代文学51 昭53・11 新潮社
昭和文学全集25 昭63・4 小学館
女性作家シリーズ12 平11・2 角川書店
作家の自伝109 平12・11 日本図書センター

【文庫】

紀ノ川（解＝桂芳久） 昭39 新潮文庫
香華（解＝小松伸六） 昭40 新潮文庫
非色（解＝日沼倫太郎） 昭42 角川文庫
華岡青洲の妻（解＝和歌森太郎） 昭45 新潮文庫
不信のとき（解＝巌谷大四） 昭50 新潮文庫
真砂屋お峰 昭51 中公文庫
複合汚染（解＝奥野健男） 昭54 新潮文庫

芝桜（上・下）（**解**＝池田弥三郎）　昭54　新潮文庫
連舞（**解**＝進藤純孝）　昭54　集英社文庫
青い壺　昭55　文春文庫
木瓜の花（**解**＝池田弥三郎）　昭56　新潮文庫
和宮様御留（**解**＝篠田一士）　昭56　講談社文庫
恍惚の人（**解**＝森幹郎）　昭57　新潮文庫
悪女について（**解**＝武蔵野次郎）　昭58　新潮文庫
仮縫（**解**＝進藤純孝）　昭60　集英社文庫
女二人のニューギニア　昭60　朝日文庫

【文庫】は本書初刷刊行日現在の各社最新版「解説目録」に記載されているものに限った。（　）内の略号は、**解**＝解説を示す。

（作成・宮内淳子）

本書は、新潮社刊『有吉佐和子選集』第一巻（一九七〇年）、第十一巻（一九七〇年）、『有吉佐和子選集（第二期）』第三巻（一九七八年）を底本として、多少ふりがなを加え、明らかな誤植と思われる個所は正しましたが、原則として底本に従いました。また、底本にある表現で、今日からみれば不適切と思われる表記がありますが、作品が書かれた時代背景および著者（故人）が差別助長の意図で使用していないことなどを考慮し、原文のままとしました。よろしくご理解の程お願い致します。

地唄《じうた》・三婆《さんばば》 有吉佐和子《ありよしさわこ》作品集《さくひんしゅう》

有吉佐和子《ありよしさわこ》

二〇〇二年六月一〇日第一刷発行
二〇二五年五月一三日第八刷発行

発行者――篠木和久
発行所――株式会社 講談社
東京都文京区音羽2・12・21 〒112-8001
電話 編集（03）5395・3513
販売（03）5395・5817
業務（03）5395・3615

デザイン――菊地信義
製版――株式会社KPSプロダクツ
印刷――株式会社KPSプロダクツ
製本――株式会社国宝社

定価はカバーに表示してあります。

講談社文芸文庫

ISBN4-06-198300-8

講談社文芸文庫

▶解=解説　案=作家案内　人=人と作品　年=年譜を示す。 2025年4月現在

伊藤比呂美-とげ抜き　新巣鴨地蔵縁起　栩木伸明―解／著者――年
稲垣足穂―稲垣足穂詩文集　高橋孝次―解／高橋孝次―年
稲葉真弓―半島へ　木村朗子―解
井上ひさし-京伝店の烟草入れ 井上ひさし江戸小説集　野口武彦―解／渡辺昭夫―年
井上靖――補陀落渡海記 井上靖短篇名作集　曾根博義―解／曾根博義―年
井上靖――本覚坊遺文　高橋英夫―解／曾根博義―年
井上靖――崑崙の玉｜漂流 井上靖歴史小説傑作選　島内景二―解／曾根博義―年
井伏鱒二―還暦の鯉　庄野潤三―人／松本武夫―年
井伏鱒二―厄除け詩集　河盛好蔵―人／松本武夫―年
井伏鱒二―夜ふけと梅の花｜山椒魚　秋山駿――解／松本武夫―年
井伏鱒二―鞆ノ津茶会記　加藤典洋―解／寺横武夫―年
井伏鱒二―釣師・釣場　夢枕獏――解／寺横武夫―年
色川武大―生家へ　平岡篤頼―解／著者――年
色川武大―狂人日記　佐伯一麦―解／著者――年
色川武大―小さな部屋｜明日泣く　内藤誠――解／著者――年
岩阪恵子―木山さん、捷平さん　蜂飼耳――解／著者――年
内田百閒―百閒随筆 Ⅱ 池内紀編　池内紀――解／佐藤聖――年
内田百閒―[ワイド版]百閒随筆 Ⅰ 池内紀編　池内紀――解
宇野浩二―思い川｜枯木のある風景｜蔵の中　水上勉――解／柳沢孝子―案
梅崎春生―桜島｜日の果て｜幻化　川村湊――解／古林尚――案
梅崎春生―ボロ家の春秋　菅野昭正―解／編集部――年
梅崎春生―狂い凧　戸塚麻子―解／編集部――年
梅崎春生―悪酒の時代 猫のことなど ―梅崎春生随筆集―　外岡秀俊―解／編集部――年
江藤淳――成熟と喪失 ―"母"の崩壊―　上野千鶴子-解／平岡敏夫―案
江藤淳――考えるよろこび　田中和生―解／武藤康史―年
江藤淳――旅の話・犬の夢　富岡幸一郎-解／武藤康史―年
江藤淳――海舟余波 わが読史余滴　武藤康史―解／武藤康史―年
江藤淳
蓮實重彥―オールド・ファッション 普通の会話　高橋源一郎-解
遠藤周作―青い小さな葡萄　上総英郎―解／古屋健三―案
遠藤周作―白い人｜黄色い人　若林真――解／広石廉二―年
遠藤周作―遠藤周作短篇名作選　加藤宗哉―解／加藤宗哉―年
遠藤周作―『深い河』創作日記　加藤宗哉―解／加藤宗哉―年
遠藤周作―[ワイド版]哀歌　上総英郎―解／高山鉄男―案

講談社文芸文庫

大江健三郎-万延元年のフットボール	加藤典洋──解/古林 尚──案
大江健三郎-叫び声	新井敏記──解/井口時男──案
大江健三郎-みずから我が涙をぬぐいたまう日	渡辺広士──解/高田知波──案
大江健三郎-懐かしい年への手紙	小森陽一──解/黒古一夫──案
大江健三郎-静かな生活	伊丹十三──解/栗坪良樹──案
大江健三郎-僕が本当に若かった頃	井口時男──解/中島国彦──案
大江健三郎-新しい人よ眼ざめよ	リービ英雄-解/編集部──年
大岡昇平──中原中也	粟津則雄──解/佐々木幹郎-案
大岡昇平──花影	小谷野 敦──解/吉田凞生──年
大岡 信──私の万葉集一	東 直子──解
大岡 信──私の万葉集二	丸谷才一──解
大岡 信──私の万葉集三	嵐山光三郎-解
大岡 信──私の万葉集四	正岡子規──附
大岡 信──私の万葉集五	高橋順子──解
大岡 信──現代詩試論|詩人の設計図	三浦雅士──解
大澤真幸──〈自由〉の条件	
大澤真幸──〈世界史〉の哲学 1 古代篇	山本貴光──解
大澤真幸──〈世界史〉の哲学 2 中世篇	熊野純彦──解
大澤真幸──〈世界史〉の哲学 3 東洋篇	橋爪大三郎-解
大澤真幸──〈世界史〉の哲学 4 イスラーム篇	吉川浩満──解
大西巨人──春秋の花	城戸朱理──解/齋藤秀昭──年
大原富枝──婉という女|正妻	高橋英夫──解/福江泰太──年
岡田 睦──明日なき身	富岡幸一郎-解/編集部──年
岡本かの子-食魔 岡本かの子食文学傑作選 大久保喬樹編	大久保喬樹-解/小松邦宏──年
岡本太郎──原色の呪文 現代の芸術精神	安藤礼二──解/岡本太郎記念館-年
小川国夫──アポロンの島	森川達也──解/山本恵一郎-年
小川国夫──試みの岸	長谷川郁夫-解/山本恵一郎-年
奥泉 光──石の来歴|浪漫的な行軍の記録	前田 塁──解/著者──年
奥泉 光 群像編集部 編-戦後文学を読む	
大佛次郎──旅の誘い 大佛次郎随筆集	福島行一──解/福島行一──年
織田作之助-夫婦善哉	種村季弘──解/矢島道弘──年
織田作之助-世相|競馬	稲垣眞美──解/矢島道弘──年
小田 実──オモニ太平記	金 石範──解/編集部──年

講談社文芸文庫

小沼丹	懐中時計	秋山 駿——解／中村 明——案
小沼丹	小さな手袋	中村 明——人／中村 明——年
小沼丹	村のエトランジェ	長谷川郁夫-解／中村 明——年
小沼丹	珈琲挽き	清水良典——解／中村 明——年
小沼丹	木菟燈籠	堀江敏幸——解／中村 明——年
小沼丹	藁屋根	佐々木 敦——解／中村 明——年
折口信夫	折口信夫文芸論集 安藤礼二編	安藤礼二——解／著者——年
折口信夫	折口信夫天皇論集 安藤礼二編	安藤礼二——解
折口信夫	折口信夫芸能論集 安藤礼二編	安藤礼二——解
折口信夫	折口信夫対話集 安藤礼二編	安藤礼二——解／著者——年
加賀乙彦	帰らざる夏	リービ英雄-解／金子昌夫——案
葛西善蔵	哀しき父｜椎の若葉	水上 勉——解／鎌田 慧——案
葛西善蔵	贋物｜父の葬式	鎌田 慧——解
加藤典洋	アメリカの影	田中和生——解／著者——年
加藤典洋	戦後的思考	東 浩紀——解／著者——年
加藤典洋	完本 太宰と井伏 ふたつの戦後	與那覇 潤——解／著者——年
加藤典洋	テクストから遠く離れて	高橋源一郎-解／著者・編集部-年
加藤典洋	村上春樹の世界	マイケル・エメリック-解
加藤典洋	小説の未来	竹田青嗣——解／著者・編集部-年
加藤典洋	人類が永遠に続くのではないとしたら	吉川浩満——解／著者・編集部-年
加藤典洋	新旧論 三つの「新しさ」と「古さ」の共存	瀬尾育生——解／著者・編集部-年
金井美恵子	愛の生活｜森のメリュジーヌ	芳川泰久——解／武藤康史——年
金井美恵子	ピクニック、その他の短篇	堀江敏幸——解／武藤康史——年
金井美恵子	砂の粒｜孤独な場所で 金井美恵子自選短篇集	磯﨑憲一郎-解／前田晃——年
金井美恵子	恋人たち｜降誕祭の夜 金井美恵子自選短篇集	中原昌也——解／前田晃——年
金井美恵子	エオンタ｜自然の子供 金井美恵子自選短篇集	野田康文——解／前田晃——年
金井美恵子	軽いめまい	ケイト・ザンブレノ-解／前田晃——年
金子光晴	絶望の精神史	伊藤信吉——人／中島可一郎-年
金子光晴	詩集「三人」	原 満三寿——解／編集部——年
鏑木清方	紫陽花舎随筆 山田肇選	鏑木清方記念美術館-年
嘉村礒多	業苦｜崖の下	秋山 駿——解／太田静一——年
柄谷行人	意味という病	絓 秀実——解／曾根博義——案
柄谷行人	畏怖する人間	井口時男——解／三浦雅士——案
柄谷行人編	近代日本の批評 I 昭和篇上	

柄谷行人編－近代日本の批評 II 昭和篇下

柄谷行人編－近代日本の批評 III 明治・大正篇

柄谷行人──坂口安吾と中上健次　井口時男──解／関井光男──年

柄谷行人──日本近代文学の起源 原本　関井光男──年

柄谷行人 中上健次──柄谷行人中上健次全対話　高澤秀次──解

柄谷行人──反文学論　池田雄一──解／関井光男──年

柄谷行人 蓮實重彥──柄谷行人蓮實重彥全対話

柄谷行人──柄谷行人インタヴューズ1977-2001

柄谷行人──柄谷行人インタヴューズ2002-2013　丸川哲史──解／関井光男──年

柄谷行人──［ワイド版］意味という病　絓 秀実──解／曾根博義──案

柄谷行人──内省と遡行

柄谷行人 浅田彰──柄谷行人浅田彰全対話

柄谷行人──柄谷行人対話篇 I 1970-83

柄谷行人──柄谷行人対話篇 II 1984-88

柄谷行人──柄谷行人対話篇 III 1989-2008

柄谷行人──柄谷行人の初期思想　國分功一郎-解／関井光男・編集部-年

河井寛次郎-火の誓い　河井須也子-人／鷺 珠江──年

河井寛次郎-蝶が飛ぶ 葉っぱが飛ぶ　河井須也子-解／鷺 珠江──年

川喜田半泥子-随筆 泥仏堂日録　森 孝──解／森 孝──年

川崎長太郎-抹香町｜路傍　秋山 駿──解／保昌正夫──年

川崎長太郎-鳳仙花　川村二郎──解／保昌正夫──年

川崎長太郎-老残｜死に近く 川崎長太郎老境小説集　いしいしんじ-解／齋藤秀昭──年

川崎長太郎-泡｜裸木 川崎長太郎花街小説集　齋藤秀昭──解／齋藤秀昭──年

川崎長太郎-ひかげの宿｜山桜 川崎長太郎「抹香町」小説集　齋藤秀昭──解／齋藤秀昭──年

川端康成──一草一花　勝又 浩──人／川端香男里-年

川端康成──水晶幻想｜禽獣　高橋英夫──解／羽鳥徹哉──案

川端康成──反橋｜しぐれ｜たまゆら　竹西寛子──解／原 善──案

川端康成──たんぽぽ　秋山 駿──解／近藤裕子──案

川端康成──浅草紅団｜浅草祭　増田みず子-解／栗坪良樹──案

川端康成──文芸時評　羽鳥徹哉──解／川端香男里-年

川端康成──非常｜寒風｜雪国抄 川端康成傑作短篇再発見　富岡幸一郎-解／川端香男里-年

上林暁——聖ヨハネ病院にて|大懺悔　富岡幸一郎-解／津久井 隆—年
菊地信義—装幀百花 菊地信義のデザイン 水戸部功編　水戸部 功—解／水戸部 功—年
木下杢太郎-木下杢太郎随筆集　岩阪恵子—解／柿谷浩一—年
木山捷平—氏神さま|春雨|耳学問　岩阪恵子—解／保昌正夫—案
木山捷平—鳴るは風鈴 木山捷平ユーモア小説選　坪内祐三—解／編集部—年
木山捷平—落葉|回転窓 木山捷平純情小説選　岩阪恵子—解／編集部—年
木山捷平—新編 日本の旅あちこち　岡崎武志—解
木山捷平—酔いざめ日記
木山捷平—[ワイド版]長春五馬路　蜂飼 耳—解／編集部—年
京須偕充—圓生の録音室　赤川次郎・柳家喬太郎—解
清岡卓行—アカシヤの大連　宇佐美 斉—解／馬渡憲三郎-案
久坂葉子—幾度目かの最期 久坂葉子作品集　久坂部 羊—解／久米 勲—年
窪川鶴次郎-東京の散歩道　勝又 浩—解
倉橋由美子-蛇|愛の陰画　小池真理子-解／古屋美登里-年
黒井千次—たまらん坂 武蔵野短篇集　辻井 喬—解／篠崎美生子-年
黒井千次選-「内向の世代」初期作品アンソロジー
黒島伝治—橇|豚群　勝又 浩—人／戎居士郎—年
群像編集部編-群像短篇名作選 1946～1969
群像編集部編-群像短篇名作選 1970～1999
群像編集部編-群像短篇名作選 2000～2014
幸田 文——ちぎれ雲　中沢けい—人／藤本寿彦—年
幸田 文——番茶菓子　勝又 浩—人／藤本寿彦—年
幸田 文——包む　荒川洋治—人／藤本寿彦—年
幸田 文——草の花　池内 紀—人／藤本寿彦—年
幸田 文——猿のこしかけ　小林裕子—解／藤本寿彦—年
幸田 文——回転どあ|東京と大阪と　藤本寿彦—解／藤本寿彦—年
幸田 文——さざなみの日記　村松友視—解／藤本寿彦—年
幸田 文——黒い裾　出久根達郎-解／藤本寿彦—年
幸田 文——北愁　群 ようこ—解／藤本寿彦—年
幸田 文——男　山本ふみこ-解／藤本寿彦—年
幸田露伴—運命|幽情記　川村二郎—解／登尾 豊—案
幸田露伴—芭蕉入門　小澤 實—解
幸田露伴—蒲生氏郷|武田信玄|今川義元　西川貴子—解／藤本寿彦—年
幸田露伴—珍饌会 露伴の食　南條竹則—解／藤本寿彦—年

講談社文芸文庫

講談社編――東京オリンピック 文学者の見た世紀の祭典　高橋源一郎-解
講談社文芸文庫編-第三の新人名作選　富岡幸一郎-解
講談社文芸文庫編-大東京繁昌記 下町篇　川本三郎――解
講談社文芸文庫編-大東京繁昌記 山手篇　森 まゆみ―解
講談社文芸文庫編-戦争小説短篇名作選　若松英輔――解
講談社文芸文庫編-明治深刻悲惨小説集 齋藤秀昭選　齋藤秀昭――解
講談社文芸文庫編-個人全集月報集 武田百合子全作品・森茉莉全集
小島信夫――抱擁家族　大橋健三郎-解／保昌正夫――案
小島信夫――うるわしき日々　千石英世――解／岡田 啓――年
小島信夫――月光|暮坂 小島信夫後期作品集　山崎 勉――解／編集部――年
小島信夫――美濃　保坂和志――解／柿谷浩一――年
小島信夫――公園|卒業式 小島信夫初期作品集　佐々木 敦―解／柿谷浩一――年
小島信夫――各務原・名古屋・国立　高橋源一郎-解／柿谷浩一――年
小島信夫――[ワイド版]抱擁家族　大橋健三郎-解／保昌正夫――案
後藤明生――挾み撃ち　武田信明――解／著者――年
後藤明生――首塚の上のアドバルーン　芳川泰久――解／著者――年
小林信彦――[ワイド版]袋小路の休日　坪内祐三――解／著者――年
小林秀雄――栗の樹　秋山 駿――人／吉田凞生――年
小林秀雄――小林秀雄対話集　秋山 駿――解／吉田凞生――年
小林秀雄――小林秀雄全文芸時評集 上・下　山城むつみ-解／吉田凞生――年
小林秀雄――[ワイド版]小林秀雄対話集　秋山 駿――解／吉田凞生――年
佐伯一麦――ショート・サーキット 佐伯一麦初期作品集　福田和也――解／二瓶浩明――年
佐伯一麦――日和山 佐伯一麦自選短篇集　阿部公彦――解／著者――年
佐伯一麦――ノルゲ Norge　三浦雅士――解／著者――年
坂口安吾――風と光と二十の私と　川村 湊――解／関井光男――案
坂口安吾――桜の森の満開の下　川村 湊――解／和田博文――案
坂口安吾――日本文化私観 坂口安吾エッセイ選　川村 湊――解／若月忠信――年
坂口安吾――教祖の文学|不良少年とキリスト 坂口安吾エッセイ選　川村 湊――解／若月忠信――年
阪田寛夫――庄野潤三ノート　富岡幸一郎-解
鷺沢萠――帰れぬ人びと　川村 湊――解／著者、オフィスめめ-年
佐々木邦――苦心の学友 少年倶楽部名作選　松井和男――解
佐多稲子――私の東京地図　川本三郎――解／佐多稲子研究会-年
佐藤紅緑――ああ玉杯に花うけて 少年倶楽部名作選　紀田順一郎-解
佐藤春夫――わんぱく時代　佐藤洋二郎-解／牛山百合子-年

講談社文芸文庫

里見弴	恋ごころ 里見弴短篇集	丸谷才一——解／武藤康史——年
澤田謙	プリューターク英雄伝	中村伸二——年
椎名麟三	深夜の酒宴｜美しい女	井口時男——解／斎藤末弘——年
島尾敏雄	その夏の今は｜夢の中での日常	吉本隆明——解／紅野敏郎——案
島尾敏雄	はまべのうた｜ロング・ロング・アゴウ	川村 湊——解／柘植光彦——案
島田雅彦	ミイラになるまで 島田雅彦初期短篇集	青山七恵——解／佐藤康智——年
志村ふくみ	一色一生	高橋 巖——人／著者——年
庄野潤三	夕べの雲	阪田寛夫——解／助川徳是——案
庄野潤三	ザボンの花	富岡幸一郎-解／助川徳是——年
庄野潤三	鳥の水浴び	田村 文——解／助川徳是——年
庄野潤三	星に願いを	富岡幸一郎-解／助川徳是——年
庄野潤三	明夫と良二	上坪裕介——解／助川徳是——年
庄野潤三	庭の山の木	中島京子——解／助川徳是——年
庄野潤三	世をへだてて	島田潤一郎-解／助川徳是——年
笙野頼子	幽界森娘異聞	金井美恵子-解／山﨑眞紀子-年
笙野頼子	猫道 単身転々小説集	平田俊子——解／山﨑眞紀子-年
笙野頼子	海獣｜呼ぶ植物｜夢の死体 初期幻視小説集	菅野昭正——解／山﨑眞紀子-年
白洲正子	かくれ里	青柳恵介——人／森 孝一——年
白洲正子	明恵上人	河合隼雄——人／森 孝一——年
白洲正子	十一面観音巡礼	小川光三——人／森 孝一——年
白洲正子	お能｜老木の花	渡辺 保——人／森 孝一——年
白洲正子	近江山河抄	前 登志夫——人／森 孝一——年
白洲正子	古典の細道	勝又 浩——人／森 孝一——年
白洲正子	能の物語	松本 徹——人／森 孝一——年
白洲正子	心に残る人々	中沢けい——人／森 孝一——年
白洲正子	世阿弥 ——花と幽玄の世界	水原紫苑——人／森 孝一——年
白洲正子	謡曲平家物語	水原紫苑——解／森 孝一——年
白洲正子	西国巡礼	多田富雄——解／森 孝一——年
白洲正子	私の古寺巡礼	高橋睦郎——解／森 孝一——年
白洲正子	[ワイド版]古典の細道	勝又 浩——人／森 孝一——年
鈴木大拙訳	天界と地獄 スエデンボルグ著	安藤礼二——解／編集部——年
鈴木大拙	スエデンボルグ	安藤礼二——解／編集部——年
曽野綾子	雪あかり 曽野綾子初期作品集	武藤康史——解／武藤康史——年
田岡嶺雲	数奇伝	西田 勝——解／西田 勝——年

高橋源一郎	さようなら、ギャングたち	加藤典洋―解／栗坪良樹―年
高橋源一郎	ジョン・レノン対火星人	内田 樹―解／栗坪良樹―年
高橋源一郎	ゴーストバスターズ 冒険小説	奥泉 光―解／若杉美智子―年
高橋源一郎	君が代は千代に八千代に	穂村 弘―解／若杉美智子・編集部―年
高橋源一郎	ゴヂラ	清水良典―解／若杉美智子・編集部―年
高橋たか子	人形愛｜秘儀｜甦りの家	富岡幸一郎―解／著者―年
高橋たか子	亡命者	石沢麻依―解／著者―年
高原英理編	深淵と浮遊 現代作家自己ベストセレクション	高原英理―解
高見順	如何なる星の下に	坪内祐三―解／宮内淳子―年
高見順	死の淵より	井坂洋子―解／宮内淳子―年
高見順	わが胸の底のここには	荒川洋治―解／宮内淳子―年
高見沢潤子	兄 小林秀雄との対話 人生について	
武田泰淳	蝮のすえ｜「愛」のかたち	川西政明―解／立石 伯―案
武田泰淳	司馬遷―史記の世界	宮内 豊―解／古林 尚―年
武田泰淳	風媒花	山城むつみ―解／編集部―年
竹西寛子	贈答のうた	堀江敏幸―解／著者―年
太宰治	男性作家が選ぶ太宰治	編集部―年
太宰治	女性作家が選ぶ太宰治	
太宰治	30代作家が選ぶ太宰治	編集部―年
田中英光	空吹く風｜暗黒天使と小悪魔｜愛と憎しみの傷に 田中英光デカダン作品集 道籏泰三編	道籏泰三―解／道籏泰三―年
谷崎潤一郎	金色の死 谷崎潤一郎大正期短篇集	清水良典―解／千葉俊二―年
種田山頭火	山頭火随筆集	村上 護―解／村上 護―年
田村隆一	腐敗性物質	平出 隆―人／建畠 晢―年
多和田葉子	ゴットハルト鉄道	室井光広―解／谷口幸代―年
多和田葉子	飛魂	沼野充義―解／谷口幸代―年
多和田葉子	かかとを失くして｜三人関係｜文字移植	谷口幸代―解／谷口幸代―年
多和田葉子	変身のためのオピウム｜球形時間	阿部公彦―解／谷口幸代―年
多和田葉子	雲をつかむ話｜ボルドーの義兄	岩川ありさ―解／谷口幸代―年
多和田葉子	ヒナギクのお茶の場合｜海に落とした名前	木村朗子―解／谷口幸代―年
多和田葉子	溶ける街 透ける路	鴻巣友季子―解／谷口幸代―年
近松秋江	黒髪｜別れたる妻に送る手紙	勝又 浩―解／柳沢孝子―案
塚本邦雄	定家百首｜雪月花(抄)	島内景二―解／島内景二―年

講談社文芸文庫

塚本邦雄	百句燦燦 現代俳諧頌	橋本 治——解／島内景二——年
塚本邦雄	王朝百首	橋本 治——解／島内景二——年
塚本邦雄	西行百首	島内景二——解／島内景二——年
塚本邦雄	秀吟百趣	島内景二——解
塚本邦雄	珠玉百歌仙	島内景二——解
塚本邦雄	新撰 小倉百人一首	島内景二——解
塚本邦雄	詞華美術館	島内景二——解
塚本邦雄	百花遊歴	島内景二——解
塚本邦雄	茂吉秀歌『赤光』百首	島内景二——解
塚本邦雄	新古今の惑星群	島内景二——解／島内景二——年
つげ義春	つげ義春日記	松田哲夫——解
辻 邦生	黄金の時刻の滴り	中条省平——解／井上明久——年
津島美知子	回想の太宰治	伊藤比呂美—解／編集部——年
津島佑子	光の領分	川村 湊——解／柳沢孝子——案
津島佑子	寵児	石原千秋——解／与那覇恵子—年
津島佑子	山を走る女	星野智幸——解／与那覇恵子—年
津島佑子	あまりに野蛮な 上・下	堀江敏幸——解／与那覇恵子—年
津島佑子	ヤマネコ・ドーム	安藤礼二——解／与那覇恵子—年
坪内祐三	慶応三年生まれ　七人の旋毛曲り 漱石・外骨・熊楠・露伴・子規・紅葉・緑雨とその時代	森山裕之——解／佐久間文子—年
坪内祐三	『別れる理由』が気になって	小島信夫——解
鶴見俊輔	埴谷雄高	加藤典洋——解／編集部——年
鶴見俊輔	ドグラ・マグラの世界｜夢野久作 迷宮の住人	安藤礼二——解
寺田寅彦	寺田寅彦セレクション Ⅰ 千葉俊二・細川光洋選	千葉俊二——解／永橋禎子——年
寺田寅彦	寺田寅彦セレクション Ⅱ 千葉俊二・細川光洋選	細川光洋——解
寺山修司	私という謎 寺山修司エッセイ選	川本三郎——解／白石 征——年
寺山修司	戦後詩 ユリシーズの不在	小嵐九八郎—解
十返肇	「文壇」の崩壊 坪内祐三編	坪内祐三——解／編集部——年
徳田球一 志賀義雄	獄中十八年	鳥羽耕史——解
徳田秋声	あらくれ	大杉重男——解／松本 徹——年
徳田秋声	黴｜爛	宗像和重——解／松本 徹——年
富岡幸一郎	使徒的人間 —カール・バルト—	佐藤 優——解／著者——年
富岡多恵子	表現の風景	秋山 駿——解／木谷喜美枝—案

講談社文芸文庫